HAOSHI
ZAI ZHELI

好诗在这里

时代出版传媒股份有限公司
安徽文艺出版社

李 云◎著

李云，1964年10月出生。安徽省作家协会副主席、秘书长。中国作家协会会员，鲁迅文学院学员。曾有小说、诗歌、散文在《人民日报》《光明日报》《人民文学》《诗刊》《小说月报原创版》《诗选刊》《江南》《中国作家》《北京文学》《小说林》《长江文艺·好小说》《大家》《新华文摘》《小说选刊》《作品与争鸣》等刊物刊发选载，有作品在《人民日报》《人民文学》征文获奖并入选多种年鉴和选本，被评为2019年度封面新闻"名人堂"全国十大诗人，2021年度十佳华语诗人，中篇小说《大鱼在淮》《一枪毙命》分别获安徽省政府文学奖，小说《去老塘》获十三届《小说选刊》年度奖，出版诗集《水路》《一切皆由悲喜》，发表电影剧本《山鹰高飞》（安徽省委宣传部扶持项目）、《第六号银像》（省委宣传重点扶持项目院线电影）、《俺是一个兵》等，出版长篇小说《山鹰行动》、中短篇小说集《大鱼在淮》、诗歌评论集《好诗在这里》《李云电影文学剧本》，长篇报告文学《一条大河波浪宽》（与他人合作）。

好诗在这里

李云 著

安徽文艺出版社

图书在版编目（CIP）数据

好诗在这里/李云著．—合肥：安徽文艺出版社，2023.10
ISBN 978-7-5396-7710-1

Ⅰ．①好… Ⅱ．①李… Ⅲ．①诗歌欣赏－中国－当代 Ⅳ．①I207.22

中国国家版本馆CIP数据核字(2023)第046557号

出版人：姚 巍
责任编辑：张妍妍　　姚爱云　装帧设计：余　超　　张诚鑫
....
出版发行：安徽文艺出版社　　　www.awpub.com
地　　址：合肥市翡翠路1118号　邮政编码：230071
营 销 部：(0551)63533889
印　　制：安徽联众印刷有限公司　(0551)65661327
....
开本：710×1010　1/16　印张：18　字数：280千字
版次：2023年10月第1版
印次：2023年10月第1次印刷
定价：68.00元
....
（如发现印装质量问题，影响阅读，请与出版社联系调换）

版权所有，侵权必究

目录
Contents

自序

001　我愿是那个苦苦坚持赠送"礼品"的人

2017年

002　育邦·臧北
005　陈先发·张建新
008　胡弦·韩玉光
011　李少君·姜桦
014　臧棣·阿成
017　潘漠子·方文竹
020　柏桦·森子
023　简明·黄沙子
026　北野·汤养宗
029　沈天鸿·杨海蒂
032　韩东·曹有云

2018年

036　商震·高春林
039　沈苇·江耶
042　黄礼孩·川木
045　梁小斌·吴少东
048　王夫刚·天天

051　车前子·向以鲜

055　梁平·冯娜

058　简明·江雪

061　江非·王学芯

2019年

066　谷禾·许敏

069　蓝蓝·蒋戈天

072　津渡·育邦

075　林雪·高粱

078　阎安·李建新

081　池凌云·曹大臣

084　何晓坤·曾纪虎

087　张执浩·然也

090　蓝角·王天武

093　田君·古马

096　梁晓明·柳宗宣

099　吉狄马加·傅天琳

2020年

104　老井·李不嫁

107　亚楠·李皓

110　王小妮·孤城

113　李寂荡·木叶

117　林莽·余怒

120　潘洗尘·代薇

123　汗漫·孙思

126　庞培·李点

130　川美·李海洲

133　熊焱·张岩松

136　张曙光·飞廉
139　荣荣·马泽平

2021年

144　赵丽宏·卜卡
147　陈东东·李敢
150　叶延滨·谢克强
154　杜涯·尚仲敏
158　路也·梁积林
162　敕勒川·朱记书
165　洪放·卢卫平
168　金铃子·李志勇
171　巴音博罗·李樯
174　大卫·爱松
177　张作梗·唐旺盛
181　琳子·泉子

2022年

186　郑小琼·宇轩
190　李南·单永珍
195　冉冉·叶丽隽

附录

200　《诗潮》：安徽诗人赏评小辑
210　中国诗歌网：李云评诗辑
226　有关诗集评论
275　论文两则

自序

我愿是那个苦苦坚持赠送"礼品"的人

读本书之前,我们先来轻松一下,看看这道简单的算术题。

我问:2+2+1=?

你看后肯定不屑并责怪我的荒唐,这是幼儿园小孩都知道的答案,等于5呗!

这是数学答案,如果我把这个题目用诗歌公式给变一下,你会怎么看?

比如:两个诗人+两首诗+一篇推荐语=?

你能找到答案吗?

让我来告诉你,以诗人的思维来思考,这道诗歌加法题的答案应该是:好诗的赏读。

说到这里,你会哑然一笑,责怪我在搞怪,你笑了,才会怀着好玩的心情去读我这本浅近的书。阅读本应该是一件轻松快乐的事,我想。

是的,这本《好诗在这里》的基本结构就是:我在每节中推介两位诗人,两位诗人的两首好诗,再加上我的一篇千字之内的短评,为了让你清楚这本书到底说了什么,我就拟了那个2+2+1=?的算式。

这本书推荐了我国当下诗坛活跃的100余名老中青诗人的诗,老诗人有"40后""50后",中年诗人有"60后""70后""80后",青年诗人有"90后""00后"。他们的诗作大多是在我编辑的《诗歌月刊》的《头条》和《独秀》重要栏目发表的,也有的是在其他刊物和网络发表时我点评过的。

我做《诗歌月刊》主编迄今六年了,负责所有稿件的三审把关,并主持《头条》《独秀》栏目。按刊物的传统,栏目主持人每期要撰写主持人语或推荐语,六年来,读来稿、选好稿、严审稿、推优稿——这几个环节使我不断对被选的作品由浅层次了解到深层次把握,使我得到了"诗眼"的开启。寻找好诗,识辨好诗,推介好诗,这三个过程,周而复始地伴我走过了六年的时光。所以我先得感谢那段黄金时光里向我投稿的诗人们,他们创作的好诗给了我许多点评的灵感。

和诗在一起是幸福的,和诗人在一起更是幸福的。

在过去的六年里,我通过文本结识并拜读了来自全国各地诗人的近百万首诗。当然,这些诗歌来稿从质量到形态是有差别的,有泥沙俱下的,有滥竽充数的,有名大于实的,有虚张声势的,也有拉大旗,作虎皮的，更有装神弄鬼跳大神的……千奇百怪，甚是好玩，也可写另一本书，书名可叫《诗坛诡异事》，我想一定会畅销，这是闲话。但确实存有不少难得的好诗。这些好诗需要你耐心地阅读，仔细地品味，稍不留神可能一首好诗就像流星一样划过天际，也可能你就失去了认识一位好诗人的机会，同样，你也可能埋没一个潜在的天才诗人。我常自警"选好诗，评好诗，推好诗"是我当编辑的第一要务。应该说我这些年是严格遵循这一标准，不逾矩的。

研读好诗，也是在拓展我的诗歌美学视野和诗歌美学向度，使我不断敞开自己，吸收更多有益的东西。同时，在编稿的过程中，文本带来的陌生感、压迫感和专业性的内外要求逼着我去阅读更多中外传统的和现当代的诗歌理论及哲学、社会学等多方面的知识。只有深度研读这些文本并有针对性地运用诗歌美学、哲学、社会科学等理论来深层次地剖析，才能让读者随着我的引导看到诗歌戈壁上的圣泉、诗歌沙漠里的黄金，这也是写推荐语的责任所在。好在，这一路写来，推荐语得到诗界同行的认同，得到被评同道的首肯，得到读者的认可。每期杂志发行后，都会收到很多读者朋友的谬赞和青睐。其间也有同道来电来函同我进行学术交流和商榷，也在友好的探讨中取得各美其美、美美与共的收获。同时，也有读者朋友和几家出版社的编辑朋友，建议我把这些文字结集出版，让更多爱好诗歌的人来一起阅读。一开始我并不在意，去年底，我的一位不写诗的老师很认真地说："你该把它整理出来。"我思忖了一下，就动了此念。

在我写主编推荐语的同时，承蒙中国诗歌网、《诗潮》等有关杂志和诗歌网络同人们的信任，我撰写了一系列诗歌赏析类的点评和评论。在这样高密度写评论的过程里，我的逻辑思维有了一定的进步，辨析能力有了一定的提高，集腋成裘，聚沙成塔，终于有了这些文字，这里我要感谢所有被评者和给我机会写评论的同人。

好诗标准是什么？关于这个问题，中外诗坛有多次讨论，结果也是莫衷一是，应该说一个诗人的好诗标准就有一千个。这也符合诗歌的自身发展规律和诗人个体的认知，如果好诗标准是亘古不变的，那它就是诗的僵尸标准。所以董仲舒两千多年前就曰"诗无达诂"。每个人每个时代都有着自己的好诗标准，它不能用某个时代的某个人的标准来固化，如果用但丁《神曲》的标准来套波德莱尔的《恶之花》，用惠特曼的《船长哦我的船长》来框特朗斯特罗姆的《雪花消融》，或者用聂鲁达的《马楚·比楚高峰》来评叶芝的《当我老了》，用阿赫玛托娃的《安魂曲》来讨论狄金森的《因为我不能停步等待死亡》，这显然是行不通的。他们都是好诗人，他们写的是不同美学向度的好诗，他们的好诗之所以成为经典，是因为它们代表着那个时代的好诗标准。这些标准自然有其共性，或者说好诗的共同点：是有悲悯情怀的，是存在哲学意味的，是先锋现代的，是具有神性与智性表达的，是有批判精神的，是有异质呈现的。其文本应该是：用神性目光审视万物，用顿悟发现提炼诗意，用手术刀般的语锋果敢剖开社会病灶揭示真相的。

我的好诗观点很简单：有思想、有诗意、有特质。诗歌文本的主题揭示是有思想的，要有重量和钙质；诗歌文本的表达是有诗意的，要有美感和充沛的情感；诗歌文本的呈现是有特质的，要有异秉的光泽，要有独立性的精神风貌。

我认为好诗的品质应该是：雅正、饱满、锐利、润通、奇特、异相、幽默，它不晦暗、不病态、不乖张、不戾气、不下流、不邪气。它不虚浮、不油滑、不空洞、不小气、不花哨、不匠气。

我就是持以上观点和标准来选诗、评诗的。万幸自己没有被这些年诗坛的乱象蒙了眼睛，乱了心智。我认为自己的文字是走在诗歌评论的正途之上的，每每审视这些文字，我看它们是干净的、是有良心的文字，没误人子弟，没引人入歧途。

诗人罗伯特·勃莱在《寻找美国的诗神》中引用散文家路易斯·海德的话说，（写诗）是在这个商品社会中苦苦坚持"赠送礼品"。我想做个"在这个商品社会中苦苦坚持'赠送礼品'的人"，《好诗在这里》是我送给读者的礼物，但愿你能喜欢。

如果是那样，那道诗歌算术题将会演变成这样：两个诗人+两首好诗+一篇推荐短评+你的阅读=好诗本身。因为，你的阅读就是参与了这本书的第二次创作，让我们一起在阅读中打开我们的"诗宇宙"，认识"诗星空"里面的一个个星座，领略它们各自的光辉。

2+2+1+1=好诗N次方。

但愿是这样。

2017年

育邦·臧北

陈先发·张建新

胡弦·韩玉光

李少君·姜桦

臧棣·阿成

潘漠子·方文竹

柏桦·森子

简明·黄沙子

北野·汤养宗

沈天鸿·杨海蒂

韩东·曹有云

推荐语

育邦·臧北

"育邦的诗，更多的还是关乎风骨与心灵"，诗人黄玲君如是说。至于我的阅读体会，一是对他刻写的"中年"心境心有戚戚。中年是个艰难、挣扎、尴尬、迷惘、沉沦、得意、失落、自省等众多复杂情绪的综合体，这样的一杯五味酒，只有饮者知其甘苦。育邦写透中年境遇和况味，他的参悟是独特的。二是感觉他在诗歌叙述视角上有新的探索，诗中的"我们"是包括他自己在内的"少数人"，是精神上的同道、同人、同志的集合体。育邦用"我们"的公共意识和个体独特视角去审视自我生命和时代面貌，并为"我们"去发言、去倾诉、去喟叹，引人沉思。

评论家刘康凯认为，臧北的诗简朴、短小，一副悄声细语的样子，却蕴含着巨大的心灵力量。在我看来，臧北在诗中不断提到的西奈山已成为一种象征，具有拨云见日的神性力量。山川草木大自然就是我们的宗教，古人先贤走过的路我们仍需要重新走上一回。而臧北用属于他自己的诗歌语言去解读和表现，亦让凡俗中浮沉的人们能够一瞥那自然纯粹的光辉。

育邦

育邦，1976年生。从事诗歌、小说、文论的写作。著有小说集《再见，甲壳虫》《少年游》，有诗入选《大学语文》及多种诗歌选本，著有诗集《体内的战争》《忆故人》，文学随笔集《潜行者》《附庸风雅》《从乔伊斯到马尔克斯》。现居南京。

中年
育邦

我知道
我与世界的媾和
玷污了我的日子以及从前的我
我有别于我自己
我从千里之外带回一片树叶
当我看到鸽子，就会流泪
在人与人构成的森林里
我总是采撷那些
色彩绚烂、光怪陆离的蘑菇
仅仅因为它们是有毒的

在菩萨众多的大庙里
我所点燃的每一炷香都那么孤单
忧郁而烦躁地明灭
我把剑挂在虚无的天空中
因为它已疲惫
我徒劳地搓一搓手
迎接日趋衰老的夕阳
它简朴得如一滴清水
凋零，流逝
却拥有寂静

臧北

臧北，1977年生，江苏泗洪人，现居昆山。写作诗歌、小说、随笔，出版诗集《无须应答》。

我的肚子里有一只鸽子

臧北

早晨
我的肚子里有一只鸽子在咕咕叫
人们认为那是一只蝴蝶
我觉得是鸽子
热爱和平的鸽子
每天早晨
它这样咕咕叫
祈祷世界和平
风调雨顺，五谷丰登

推荐语

陈先发·张建新

陈先发的两组《九章》分别写了去遂宁和茅山的感悟。一般诗人很容易把这种题材写成游记体的应景之作，而从不向世俗和诗俗妥协的先发君，面对"诗歌无计可施，诗人令人沮丧"的"镜像"，没有"丧失、丢失、失败"地退回"空荡荡"的"缝隙"，而是坚持自己的诗歌理念"我在这里"的"在场"发现和揭示。他在诗歌创作上既"向庄子举杯，也向纳博科夫举杯"，对中国传统的继承和对西方文学的借鉴是他一以贯之的追求。这次他又找到诗眼——"格物"。格物是儒家思想观念，是一种道德修养，是推究事物之理，纠正人的行为。那么，他究竟是怎么用现代新诗的形式去推究遂宁和茅山那厚重的城池、苦难的苍生、多灵的山川以及玄秘的宗教之理的？请你打开他的诗。

张建新的诗被永东先生认为在对"口语吸收与改造"方面和"在场感和技术离场"方面有自己的努力和探索。我认为这只说到他的诗的几个侧面。建新君的诗给我的最大感触是，骨感的语词和节制的诗性表达。他也写口语诗，但他诗行的内在节奏还是节制的。节制是对铺陈、滥情的一种抵制和否定，也是写出好诗的基本前提。这是个可以生二胎的时代，但对于追求好诗，我们还是得节制自己的诗情，不能挥霍我们不多的诗资源。那么，他又是如何用节制的诗性表达和骨感的语词来说出自己内心的独语和发现的？也请你读读他的诗。

陈先发

陈先发，1967年生，安徽桐城人。1989年毕业于复旦大学。著有诗集《春天》《前世》《写碑之心》《养鹤问题》《裂隙与巨眼》，长篇小说《拉魂腔》，随笔集《黑池坝笔记》等。曾获奖项有《十月》诗歌奖、《十月》文学奖、"1986—2006年中国十大新锐诗人"、"2008年中国年度诗人"、"1998年至2008年中国十大影响力诗人"以及"首届中国海南诗歌双年奖"、首届袁可嘉诗歌奖、天问诗歌奖、中国桂冠诗歌奖、2015年桃花潭国际诗会中国杰出诗人奖、陈子昂诗歌奖、鲁迅文学奖、扬子江诗学奖等数十种。2015年与北岛等十位诗人一起获得中华书局等单位联合评选的"新诗贡献奖"。作品被译成英、法、俄、西班牙、希腊等多种文字。

在她的幼体中

陈先发

一岁女婴在此
诸神也须远避
只有她敢抹去神鬼的界线并给
恶魔一个最灿烂的笑脸

整个下午我在百货店门口看她
孤赏犹嫌不足
我无数个化身也在看她——

银杏树冠的我
白漆栏杆的我
檐上小青瓦的我，橱窗中

塑胶假肢的我
在小摊上吃面条的民工的我
突然令民工放下筷子哽咽的
地下三千尺老父亲的我
在拱桥洞中
寄居的流浪汉的我
空宅中，在旋转的
钥匙下被抵到了疼处的我

张建新

张建新，安徽望江人，1973年生于父母支边之地新疆，现居安徽望江。20世纪90年代中期开始诗歌创作，作品见于国内外各种诗刊，入选多种诗选。著有诗集《生于虚构》《雨的安慰》。

我的乌托邦

张建新

医院的草坪上，割草机嗡嗡响着，
我听不到你呼唤我的声音，
草叶的碎屑纷纷弹跳起来，在炽热阳光下
简直就是一个个闪亮的奇迹，
这一刻我沉浸在它剔透的死亡之舞里，
它没有悲伤，甚至幸福地颤抖尖叫，
那好闻的草香味迷人啊，像少年初绽的羞涩，
你眼睁睁看着我满心欢喜躺在上面
贪婪嗅着这草香，把绿雪般的碎草敷在胸口

推荐语

胡弦·韩玉光

  大千世界，万物生灵，事物出现和湮灭，写不写诗去诵吟它，它都在那里。诗人亦可持仁者看山，智者看水，或是以庄子梦蝶之心境去落笔纸上，纸上生云烟，以诗为画，"须知参差多态，乃是幸福的本源"。

  胡弦的诗斑斓且斑驳，庄重且飘逸，故此有评论家说他是兼具后卫写作和先锋写作的两栖写作。其实，我更赞赏他诗歌文本的纯粹性，无论是先锋还是后卫，他做到了不故弄玄虚，不虚情假意，言之有物，情动辞发，文情并茂。文本的纯粹性可以见出诗人的纯粹性。纯粹性其实就是真性情，是诗人应有的禀赋和修为，其中，真悟、真言、真感动是一个有为诗人追求的最高境界。中国诗坛需要扎扎实实把汉语诗歌表达纯粹的诗人和诗作。

  有的人写一辈子诗没有被人记住，有的人可能一首诗就让人念叨。韩玉光的《独自路过人间》是他近年诗歌的一个重要突破，那就是以历史记载者的目光审视三十多年来底层大众的际遇，对社会和人生蜕变做出独特发现和深沉思考。他以平淡无奇的诗句，发出金属撞击般的声响。在这首诗和他的《神农山》《传灯录》里，我们可以读到一个知识分子对世俗世界的焦虑、悲悯、愤懑和呐喊，这是当下我们需要的有责任感和用良心发声的诗。

  在一个诗会上，我呼吁，我们的诗人要继承传统，继承《诗经》、《离骚》、唐诗宋词里面那些魂魄、精神、气韵。其实，更重要的是呼吁我们的诗人多一份家国情怀，多一份责任意识。

胡弦

胡弦,江苏铜山人,出版诗集《阵雨》《寻墨记》《沙漏》,散文集《菜蔬小语》《永远无法返乡的人》等。曾获诗刊社"新世纪十佳青年诗人"、《华西都市报》"名人堂年度诗人"称号,作品获《芳草》"汉语诗歌双年十佳"奖、闻一多诗歌奖、《作品》年度长诗金奖、徐志摩诗歌奖、《十月》年度诗歌奖、《时代文学》年度诗歌奖、柔刚诗歌奖、《诗刊》年度诗歌奖、中国诗歌排行榜2014—2015年度奖(2015)、《文学港》储吉旺文学奖、腾讯书院文学奖、鲁迅文学奖等。现居南京。

尼洋河·之一

胡弦

米拉山口,经幡如繁花。
山下,泥浪如沸。

古堡不解世情,
猛虎面具像移动的废墟。
缘峡谷行,峭壁上的树斜着身子,
朝山顶逃去。

至工布江达,水清如碧。
水中一块巨石,
据说是菩萨讲经时所坐。
半坡上,风马如激流,
谷底堆满没有棱角的石子。

近林芝,时有小雨,
万山接受的是彩虹的教育。

韩玉光

韩玉光，男，山西原平人。中国作家协会会员，出版个人诗集《1970年的月亮》《捕光者》。

传灯录

韩玉光

我希望临终的时候
珍藏在身体里的那盏灯
还在慢慢发光。

如果是晚上，它们会和月亮一起
用洁白、明亮的光泽
来安慰人间的贫穷、疾病和痛苦。

我想将它传给我的儿子
韩烁辉，就像我的父亲
在2001年的冬天传给我一样。

一盏灯，也是一颗珍珠
在我的身体里，仿佛眼泪
清洗过太多的疼痛与忧伤。

——同样像诗。
我用完一生，在美与爱之间
写出的那些文字——

仿佛一只精致而温暖的茧子
将我度过的所有日子
一层一层包裹了起来。

我将这盏灯带到了
人生的边缘
你看，它们已发出了传世的光芒。

美不可言。但我必须说出
生命的圆满，万物的消散，像光
说来就来了。

推荐语

李少君·姜桦

如何把一些很古老的题材写出新意,写得有别于他人,是测试一个诗人才情多少、功力高低、知识储备如何和思想深刻与否的关键。比如,"故乡"这个古老的文学母题,新诗百年以来,有多少人写过,还将有多少人去写它?无法计算,也很难出新。李少君先生写故乡,成功地把我吸引到他的语境和诗意中,他的成功就是找到了很好的叙述视角,他从父亲、少年的"我"、东台山、涟水河等视角来写故乡,自然这个故乡就是有个性的故乡,既是诗人的故乡,也是读者心里的故乡。同时,他还在另一首诗中写自己是戍官、千夫长、僧人、店小二,这种多次转换视角的技法带来了审美的多样性和纷繁性,构造出他所追寻的诗意:"诗意是一种强烈感受,一段深刻的感情","诗意是一种大的关怀、一种情怀","诗意是一种新的理念,带有理想色彩和乌托邦性质"……显然,他的诗歌探索和试验是成功的,举重若轻地把大主题的诗歌写得深刻、灵动。首先是要能举得起来,扛鼎是需要实力的,实力来自拳不离手、曲不离口的训练,写作也是个"工匠活",写作者本身就是"手艺人"。

姜桦是起步较早的诗坛骁勇,《时间之灰》是他近年来写得很棒的力作。我不知道他在写这首诗时是否在读保罗·策兰,我记得保罗·策兰有句话很经典,"你的手满握着时间"。那么,时间在姜桦那里只是灰,当然,"灰"是一个象征、一个暗喻,我这里不说破,读者们在读完他的诗行后,一定会明白时间之灰是什么。如果一时没有答案,就去参看孙曙先生写的评论,解码的钥匙在那里。"诗歌是不可能造就的可能"(洛尔迦语),好诗就是有难度的写作,我们希望好诗多一点,有精品意识的诗人多一点。拒绝平庸写作,不写没有深度的诗,是吾辈当持守的。

李少君

李少君，1967年生，湖南湘乡人。1989年毕业于武汉大学新闻系，被誉为"自然诗人"。主要著作有《自然集》《草根集》《诗歌读本：三十二首诗》《神降临的小站》等。主编《21世纪诗歌精选》，诗作入选大学教材等数十种选本，并被译成英、德、韩、瑞典、塞尔维亚、越南等文字，曾多次应邀参加美国、德国、法国、印度、越南、菲律宾、塞尔维亚等国举办的国际诗歌及文化活动。所提出的诗歌"草根性"已成为21世纪诗歌关键词。曾任《天涯》杂志主编，海南省文联副主席；现为《诗刊》主编，中国作协诗歌委员会委员，一级作家。

河西走廊的雪

李少君

这里是古战场，张掖、武威、嘉峪关的狼烟
这里是伤心地，沙漠、戈壁、玉门关的折柳
我们在此徘徊流连，我们在此涕泪感慨
一次一次地设想千百年前，若自己置身此地
会是一名戍官、千夫长抑或司马
还是一位僧人、胡商或者店小二

数不清多少历史故事与事故在此交替演绎
前方无事，将军夜宴，歌吹日纵横
杀气雄边，沙场鏖战，朽骨几成堆
还有天马东来，丝绸西去
也曾胡姬旋舞，汉使张狂
佛典逐渐传入，驼队无故失踪
盗贼潜伏草丛，家族流离失散……

但一夜风寒，大雪就会覆盖山川大地
最终，是雪白占领了世界
最终，是空无和美赢得了胜利

姜桦

姜桦，笔名阿索，1964年生，江苏响水人。诗人、纪录片导演。20世纪80年代开始创作。江苏"男朋友诗社"成员。作品发表于《人民文学》《诗刊》《星星诗刊》《扬子江诗刊》《诗歌月刊》《诗选刊》等刊物，被收入多种选本。出版诗集《黑夜教我守口如瓶》《大地在远方》《纪念日》、散文集《靠近》等。获江苏"紫金山文学奖"等多种奖项。参加第十七届"青春诗会"、第十五届"全国散文诗笔会"、第四届"青海湖国际诗歌节"。中国作家协会会员。现居盐城。

时间之灰
姜桦

整个夜晚，我的目光
缠绕在一根半透明的线上
一支烟抽出时间的丝缕
再细，也能将我勒死

我看见那风雨搬运的雷电
看见你在一根绳子的尽头旋转
看见一个老人的胡须，从一棵
百年榕树的顶端，缓缓垂挂下来

一块石头运来一大片雨水
被我的胳膊甩出去一滴
被时间之沙掩埋掉了一滴
剩下一滴，挂在颤抖的树叶上

整个夜晚，陷于一支烟的包围
旋转，旋转，停在半空的时间之灰
一个人再卑微，不见得会比天空低矮
一百层大楼，未必比一口棺材更高

推荐语

臧棣·阿成

臧棣以"入门"为诗起始于何年？我不知道，我所知道的他不会终极于丁酉初夏。

我困惑于他的迷宫式"入门"，"入"什么"门"？门内秘藏什么大道乾坤？门外又生长怎样的春夏秋冬？其实，臧棣只给我们瞬间的开门和瞬间的入门。你偷窥不如顿悟，不如参其诗文本，这就是他的"写作的难度"和"阅读的难度"。

俗语道：入门看喧，推门看天。

入门之内，眉语暗潜，诗行之间，升腾着臧先生的哲思及诗意的"智趣"，我仿佛看到周伯通的双手搏击，好玩且好厉害。这里"智趣"，归属到写作即"智性写作"。英国浪漫派诗人柯勒律治的定义是：这是一种使对立或不协调的事物平衡起来的能力。臧棣先生给我们提供了一种严肃且活泼的方式打开自然之门、人生之门、哲思之门等诸门的手段。仅此，还能说他是"学院派"吗？答曰，非也！

诗人阿成的组诗《未竟之旅》告诉我们，人生皆是一种旅程。有顺旅、逆旅、苦旅、甜蜜之旅，这些只是人生之旅的不同过程的表象。未竟之旅就是当下之旅、在旅之旅而已，谁活着敢言我的旅程已到终点？人生苦短，旅程亘长，未竟对于每个人都是遗憾，谁又能功德圆满，没有遗憾？同时"月满则亏，水满则溢"的古训告诉我们留点遗憾给自己。这是诗人阿成通过诗歌向我们揭示的生命哲理，故此，他说："白云下嫁，流水指路/凋谢的花瓣/告诉我生命的真谛"；故此，他还说："候子归，候白烟在房顶蓬生/候一位又新又旧的叫年的客人……"；故此，他又说："年年相同的月光，宽恕了/来去无踪的岚雾，/随风飘拂的岚雾，宽恕了/屹立高耸的山峦——"

阿成的诗歌代表一种方向，他的古典诗歌造诣让他拥有强大的后盾和背景，加之他不断地探索，使他的诗歌有了"异禀"。这次选的诗当属他的山居诗歌笔记，深得皖南山水文化滋养，有着如水的细腻和湿润，传递出一种如山间草木般生存哲学和世俗达观的信息。当然，其中还有一些成功或不成功的探索，也值得关注。

臧棣

臧棣，1964年生于北京。北京大学中文系毕业，北京大学文学博士。现任教于北京大学中文系，北京大学中国诗歌研究院研究员。出版诗集有《燕园纪事》《风吹草动》《新鲜的荆棘》《宇宙是扁的》《空城计》《未名湖》《慧根丛书》《小挽歌丛书》《红叶的速度》《骑手和豆浆》《必要的天使》《就地神游》和《仙鹤丛书》（英文诗集，2015年）等。曾获第七届"华语文学传媒大奖·2008年度诗人奖"、2015《星星》诗刊年度诗人奖、鲁迅文学奖等。

苍山夜雨入门

臧棣

如果你理智，山色正加重夜色；
如果你渴望纠正孤独，
此时，雨声已胜过余生。

再没有比雨更好的线索，
再不会有比雨更合适的渔线，
轻轻一拽，我已游向我。

如果不是存心隐瞒什么，
我们怎么可能会不知道
鱼的快乐呢。时间是浮漂，

人生的表面正叼着一口冷气；
雨，加深了水的肖像，
夜，从我身体里借走了你的乐器。

阿成

　　阿成，本名詹成林，20世纪60年代出生于皖南古徽州的一个小山村。现供职于安徽省石台县文联。安徽省作家协会会员，安徽省池州市作家协会副主席。在《诗刊》《诗歌月刊》《中国诗歌》《扬子江诗刊》《天津诗人》《长江诗歌》《绿风》等报刊发表诗作1000余首，曾10余次荣获全国诗赛、征文奖，有诗作入选《华语诗歌年鉴》《中国实力诗人作品选读》《中国新诗百年大系·安徽卷》等20余种选本。

山居（节选）
阿成

一
住在青苔里的时光是轻的
深与浅，都是一截
枯木的颜色……

开门见山，仿佛遭遇一个
突然而至的客人；
又仿佛是一个
站立多年的兄弟……

途中，有时会被
无名野花喊住；
有时会与搬运灵魂的
鸟兽相遇……

石头会说话，崖谷会呼吸
枯树会拍去身上的
尘埃……

淡黄的梅花被严寒叫醒了
裸露的山峰，变成了一尊
枯瘦的佛……

二
白云下嫁，流水指路
凋谢的花瓣
告诉我生命的真谛。

枯木的哲学是，在腐烂中
开出艳丽的花朵；
岩石的抱负是，以坚硬的心
坐拥一座荒城……

途中的旅人，我们有着共同的路径：
凭依草木的指向下山
以泥土的方式返回……

推荐语

潘漠子·方文竹

做雕塑的漠子在诗之雕塑上也有上乘表现，他把雕塑应有的立体造型和线条流畅等诸要素糅入诗中，故此，他的诗就与他人迥然不同。

读漠子的诗不累，他的诗歌文本从不装神弄鬼，更不耍花腔，他就如一位邻家兄弟在品茗时，对你娓娓道来他所认识的世界。我们知道，能把诗写得充溢生气和畅达，委实不易，这归结于他把诗写得节制，不枝枝蔓蔓，不天上地下地胡侃，这也归结于叙述的灵动和情感的流淌。读他的诗可以吟诵，吟诵与朗读有天壤之别，吟诵是唐宋时期人们的阅读享受，如果大声朗读他的诗就会坏了景色、心境和氛围。当然，这是表象的，他的诗还好在内容，境界高低是一个诗人成功与否的关键，王国维说，"品高自有妙句"，所以，在他的每首诗中都闪亮着摄人魂魄的警句和语词。

一贯钟情于诗歌探索和试验的方文竹，蛰居皖南一隅，潜心于诗的形式和内容的创新，无论成功与否，他总是痴迷于此。这种精神就值得我们敬重。这次选的诗是我从他近百首诗里反复挑选出来的，我下了"狠手"砍了他的不少试验诗，不是那些诗不好，只是尚未成熟，它们还不能公布于世。此外，我又"狠心"拿下他写的标志性的"老魏"等诗，我只是想让大家看看现在方文竹的新诗。这些新诗新在它的呈现形式，新在它的主题内涵，新在它的独特视角，新在它对西方诗歌美学与中国现代诗歌美学的有机衔接。我只是想让大家看看方文竹的诗歌创作的蜕变、蝶变和涅槃……

潘漠子

潘漠子,诗人,雕塑工作者,设计师。中国"70后"诗歌运动发起人之一。作品见于《花城》《大家》《诗刊》《江南》等各大刊物。作品入选《中国新诗年鉴》《中国最佳诗歌》《70后诗全编》等选本。著有《宋庄,宋庄》《需要》《诗人的深圳生活》《汶川恋歌》《人物志》《长城》《民工本纪》等十几部长诗。现居北京。

一棵枣树

潘漠子

在梨树和桃树之间
在一和三之间
在雨露和洪荒之间
在噪音和音乐之间

在瓢虫和除草剂之间
在波澜和岸之间
在花朵和姿色之间
在伤害和自愈之间

在枣子和叶片之间
有一棵枣树盘踞如按钮
把持着大地的熔岩
在零和空虚之间
树立着宏大的旋涡:
作为果树而自得
作为轴心而自大

方文竹

方文竹,安徽怀宁人,供职于媒体。中国人民大学哲学硕士,安徽省作协诗歌委员会委员。出版诗集《九十年代实验室》,散文集《我需要痛》,长篇小说《黑影》,学术论集《自由游戏的时代》等各类著作21部。少量作品被译介至海外。

读野史

方文竹

在大海　那是您的胸怀
在云端　那是您的高度

可是我看到
悬崖是圆的　道路是弯的
一年一度的庆贺节兑换成一颗夜明珠
在时间的河流中　臭烘烘的乌篷船
您坐过

推荐语

柏桦·森子

评论家谢有顺论小说时说："好的作品，往往能让我们感受到作家的眼睛是睁开着的，鼻子是灵敏的，耳朵是竖起来的，舌头也是生动的。作家一定要让感官活跃起来。"其实，诗人更要具备让感官活跃起来的本领。

柏桦2010年重新写诗后，就有别于他的前期，有评论说他的诗以"先锋"姿态跃出，我则认为他的诗歌内在张力在变大，外在呈现更为奇妙，他的诗歌意象更加变化万千，读来有嚼头、有味儿。他不但在调动所有的感觉器官写诗，也调动读者的感觉器官来读他的诗和体验他的诗，并一步步把读者带入他的诗的内核区域，仰望或俯视，触摸或聆听，品味和咂吮。在柏桦诗之庄园里，你浏览、欣赏、驻足、评点都是不累的，哪怕你看他的诗的注释，都会有所得。其实，我是反对诗人在诗尾留注释的，他的注释则不同，那是诗趣之所在，那是他的诗由来所在。譬如，"杀鱼不悲鱼之血，杀鸟但悲鸟之血"的悲悯等等，读来长知识，增情趣。

森子一直按照自己的诗歌观在探索诗经之道，他的"追求完美是不完美的一种肯定性的维护，而不是相反"，"即美之外的社会要求与原则，是诗人写作的一种义务，它不是必需的、第一位的"这些观点，有些我赞成，有些我反对，但不影响我对他的诗歌文本的推荐。他的诗从平常事、平常思、平常景切入，写出一种别人读后才能体会的境界，并引起共鸣和感悟。这是他诗歌成熟之后给我们带来的愉悦之阅感。

柏桦

柏桦,1956年生于重庆。西南交通大学人文学院中文系教授、博士生导师。出版诗集及学术著作多种。曾获安高诗歌奖、《上海文学》诗歌奖、柔刚诗歌奖、《红岩》随笔奖等。2015年3月,获重庆"红岩文学奖·诗歌奖"。

在此星球

柏桦

在此星球,佛说镇江有个爸爸巷
大爸爸巷,小爸爸巷

在此星球,佛说杭州有个孩儿巷
大孩儿巷,小孩儿巷

在此星球,佛说何处有个妈妈巷
大妈妈巷,小妈妈巷

在此星球,南京城有个石婆婆巷
某个人在那里打太极……

森子

森子，诗人，1962年生于哈尔滨呼兰区，毕业于河南周口师范学院美术系。主要从事诗歌、评论、散文和绘画创作。1986年印制个人第一本诗集《背叛》。出版诗集《森子诗选》等，出版随笔集《若即若离》等。诗作入选多种选本，部分作品被译介到国外。曾获刘丽安诗歌奖、诗东西PEW2013年度诗歌奖。

鹞子翻身

森子

山顶比我早，石头起床更早
但并不是所有的石头都能吃上可口
　的早餐
这要看野花和野草几点钟去上班

松果晚于石头落地，我晚于一个
　决定
坐在这块石头上还是那块石头上
取决于你的心事是否平整

鹊鹞从五六棵松树后发出短电波
　似的高频
好似在发出警告，别靠近
坏人，你这个坏人……我毫发无损

它驮着小山飞向遂平，我感觉还是
　你感觉
我滑落到驻马店的一条沟里

真希望开花的油桐树拉我一把
我的眼神搜寻着鹊鹞，它又飞回树颠
小山仿佛从来都未动过
除了心跳和松鼠探头般的安静

说来惭愧，我从未属于过一座小山和
　一只鹞子
也从未真正归属于一座城市和一种
　生活
鹞子翻身——我从未有过这样单纯
　和一见如故的敌人。

推荐语

简明·黄沙子

诗人要有两种良知，即对艺术的良知和对现实的良知，这是诗评家李犁在《诗歌良知与灵魂救赎》一文中提到的，他还阐释：对艺术具有良知的诗人敢于超越世俗的种种物欲之外，孤独寂寞地把生命投入艺术的建设中；对现实具有良知的诗人，会自觉地以社会责任感和历史使命感为担当，冷静、真诚地剖析人生与社会，勾勒出灵魂与人类精神的反响。我引这段其实是因为我在选稿时，也是从这两个方面来考量。

良知，典出《孟子·尽心上》："人之所不学而能者，其良能也；所不虑知者，其良知也。"是指天生本然，不学而得的智慧。简明先生《大隐》中的"北方有陶"和"天空，头顶上的道路"是难得的天生本然的智慧之作，没有太多的雕琢，诗风浩荡，雄浑天成，注重对生命本源意义的深层挖掘，气息流韵，把"大隐"的出世入世之诸象淋漓展示，是苍茫的大写意般的黄河奔腾千里图。他的写作是有难度的写作，总是把自己逼到"绝地"，他瘦弱的身体总是爆发雷霆之声。

黄沙子对现实生活总是入得深，出得远，他守着良知对平淡生活的精神再提炼，让他的诗歌文本里的生活有奇特、深沉、多异的景象。他从"洪水""渡船""棺木""病人"中取平常象，冶炼出人间的困苦、多难和厄运成因的器具，只是他的诗又哀而不伤、不颓废和不绝望。譬如他的《鸵鸟》中的生病朋友躲进乡下养病，而从他的呼吸中，"我能感觉到寂静所带来的/蓬勃的力量"。"蓬勃"是多么让人振奋的语词。

简明

简明,诗人,评论家,享受国务院政府特殊津贴,《诗选刊》杂志社原社长、主编。著有诗集《高贵》、《朴素》、《大隐》(中英韩对照)、《手工》等15部;评论随笔集《读诗笔记》等11部;作品曾获1990—1991年度全国优秀报告文学奖,河北省文艺振兴奖、孙犁文学奖、闻一多诗歌奖、陈子昂诗歌奖等,诗歌作品被译为英、法、德、俄、日、韩、西班牙等多种文字。

北方有陶(节选)

简明

一
大水没中原。举目至远,
瞭望东西南北
追日的夸父离土升天,
治水的大禹
立地成佛,刀耕火种的
  先民
传宗接代,崇文尚德的
  燕赵人
延年奉天

6500万年前的地壳运动
山河浩荡,一马平川
相生相克的水土,主宰
  大乾坤

二
天光照混沌,慧心开四方
黄河之水自上游巴颜喀拉
  山脉
解密九曲十八弯的冰川季
下游,欢腾

内圆向天,外方向地
慷慨悲歌的黄河水,拓土
  平疆
星罗棋布的炎黄子孙
安居乐业

三
水生木,木生火,火生土
旄旌执黑劫数六
五德终始阴阳家
万川归秦,九九归顺

泰山刻石郡县制
车同轨,书同文
小篆书,大文献
一统天下度量衡

四
秦川八百里,秦宫佳丽
  三千余
富丽堂皇的帝国大殿
坍塌于直柱

而非弯梁
远交近攻白起坑
近忧远虑阿房宫
天水灌顶,地火烧心
秦亡人气散

小隐一千投江河,中隐
  一千
嫁邯郸,大隐一千
入朝
换汉服

五
水动陶耳响,天倾
  正北方
黑色是潜入大地
  内部的光
表里如一

胶泥红,细沙黄
制坯造器,熏烟封窑
结构磁州府之外的
  大秩序

黄沙子

黄沙子，1970年出生于湖北洪湖。著有诗集《人世间不一样的美》《不可避免的生活》。曾获得《安徽文学》年度诗歌提名奖。

鸵鸟

黄沙子

最近有个朋友给我留言
他得了结核病，好几个月
来反复洗肺，胸透
大把吃消炎药
越是凉夜越是咳嗽得厉害
所以他回乡下去了
辞职手续正在办理之中
他告诉我，那里空气很好
人也少

生活简单，像一只鸵鸟
过了好些天我才有空去看他
我们什么也没有说
一起走在田埂上
透过薄雾眺望远处的灯光
头顶密集的星星散发出湿土的味道
而从他的呼吸中
我能感觉到寂静所带来的
蓬勃的力量

推荐语

北野·汤养宗

北野的《我的北国》，是他自己酿的一种醇香之酒，他要告诉你的是他的北国里燕赵之古风和侠气。他取荒莽的北国实像，用粗砺而思辨的词语，在历史与现实的片断反思和回眸间，让意象斑斓和思想沉重，并告之我们，北国的"梨花白""桃花红""石头在沉睡""师父圆寂了""鸟雀住回记忆之时/恰好把我沉睡的肉体唤醒"，酒瓮打开，飘香千里，首先此酒是情感和思考的两种元素的真酿造，是真诗。

智者诗人余光中在翻译西格里夫·萨松《于我，过去，现在以及未来》时，为汉语创造了一个经典的新成语，即"心有猛虎，细嗅蔷薇"，也为我们带来了新境界，即老虎也会有细嗅蔷薇的时候，安然感受美好。有了这种境界，人活着自然有了意义和真实。

汤养宗的诗里几处写到自己心中的猛虎，他的猛虎已在诵经、抄卷，他的猛虎正在徘徊和沉思，他的猛虎是"狱卒"，是"棋者"，是"止痛药"，是"迷宫"，或者是诗人自己。汤养宗是用文字饲虎的人，是以诗饲虎的人，虎可能就是他本体真身。他用虎的冷峻目光打量这世界的冷暖，发现其人生真谛，并用虎啸的声音，对这世间的嗔怨和愤怒怒吼、低吟。

写诗不过如此，需要用真情真心。写诗者本该为之的，要有大境界、大胸襟、大格局，如猛虎啸林，又要低垂眼帘，看花开花落；抬望眼时，睹云卷云舒。

北野

北野，1965后生于承德木兰围场，满族。20世纪80年代起在《诗刊》《青年文学》《民族文学》《散文》等报刊发表诗歌、散文、随笔、评论等。有诗集《身体史》《分身术》《读唇术》《燕山上》等6部。获"孙犁文学奖""河北诗人奖""中国当代诗歌奖"等，作品被收入多种选本并译成英、法、俄、日等文字。现居承德。

竹林寺

北野

虚无的竹林，替身和精舍里
是一团缥缈的绿荫
白鸽一样的人群中间
衰老的卧佛在安睡

如果以水为界
越来越慢的影子，荡漾如幻觉
孩子转过头去
一个尘世的果实就纷纷坠落
仿佛谁在互换着身体

从鸟鸣中你看不出时间和真理
而花朵里掩藏的
都是慢慢安静下来的面孔
我漫步其间，并不引人注意
只是让一小片浮尘
——冒出了无声的尖顶

汤养宗

汤养宗，当代诗人，1959年生，福建霞浦人。写有长诗《一场对称的雪》《危险的家》《九绝或者哀歌》《寄往天堂的11封家书》《举人》等。出版诗集《水上吉普赛》《黑得无比的白》《尤物》《寄往天堂的11封家书》《去人间》《制秤者说》《一个人大摆宴席：汤养宗集1984~2015》七种。曾获得人民文学奖、中国年度最佳诗歌奖、《诗刊》年度诗歌奖、储吉旺文学奖、《扬子江诗刊》诗学奖、鲁迅文学奖等。部分诗作被译成外文在国外发表。写有部分诗学随笔。

虎崽在长大

汤养宗

虎崽在长大，在你我也在相传的传说深处
虎崽在长大，写下这几个字
它的心脏正长出野性，不服气，蔑视我们的鼻息
它已经额外吃掉了自己的两颗牙齿
虎崽在长大，群山在接受一个问题
它散步回来，夕阳认从地又从西山升起
河流映入了一条崭新的倒影
世界的这一天终于开始，时间也得按它的时间计算

无用书

汤养宗

把死的问题想了一千遍后，还是要死。
写了无数封信投寄给四面八方
收到的人都在说这句话："他还有什么问题？"
什么叫自投罗网
就是我手上还有一根火柴，来到这千年暗室
有人又在说，愁死人哪
自古风水先生没墓地，算命先生半路死
难道你身怀绝技，比我们拥有更多主张

推荐语

沈天鸿·杨海蒂

　　这两位诗人的诗风和这个季节一样沉静、辽阔、湛蓝、睿智、隽永。因为，他们早已在各自的诗歌征途中洗尽尘埃，返璞归真，繁华落尽，步入成熟。

　　沈天鸿先生不但在现代诗理论建设上有所收获，更是多年在诗歌创作上有多向性的探索。他早年的诗先锋性、试验性的较多，近年他的诗风在变，变成一种向诗歌内核——思想的源头本质的探问和追诘，他脱去诗歌外在技巧的外衣，让思想光辉闪现魅力。他在向"源头"逐流而上，他的表象层面的源头是"村庄""故乡""城乡接合部"，他的精神层面的源头是"黑天鹅"，是"春天"，是"两极"。他的诗呈现了冷峻的理性色彩和强烈的本体焦虑，他探寻生命的本源，并用独特的方式呈现出来。

　　如果说沈天鸿先生在探"源头"，那么诗人杨海蒂是在探"高地"。当然其内涵是一脉相承，她以一种真挚的热烈和浑厚的英雄之侠气，书写她眼里的山河、她心中的"高地"。"可可西里""艾斯里金草原"等等这些物象在她的诗里变成了一种宗教和信念的诉求，这是她以山为本、以河为翼的哲思的飞翔，她完成自己精神层面的提升。她的诗书写是雄性且有力度的，是大斧劈皴，是大泼墨，当然，她又用纤细的线条勾勒出最柔软的湿润和晶莹。

　　什么是好诗？伊朗诗人阿巴斯说："真正的诗歌提升我们，使我们感到崇高。"评论家谢有顺曰："好的诗歌，正是一种灵魂的叙事，是饱满的情感获得了一种语言形式之后的自然流露，它需要有真切的体验，也要有和这种体验相契合的语言方式。"我说：天鸿和海蒂已经做到了。

沈天鸿

沈天鸿,高级编辑,兼职教授。安徽省作家协会副主席,中国作家协会会员。安徽省散文随笔学会名誉会长,安徽省报纸副刊研究会副会长。主要作品有诗集《沈天鸿抒情诗选》《另一种阳光》,散文集《梦的叫喊》《访问自己》,文学理论集《现代诗学》等。主编《青少年必读的当代精品美文》丛书20卷。40多家出版社出版的选本,例如《新中国60年文学大系》《中国当代诗歌经典》等收有其作品。

源头与方式

沈天鸿

上帝给予的秋天,其中一日是源头
一切因此存在
而闪光
有了期待与倾诉

混沌未开只在梦里
我们清醒地即使在黑暗中
也感知世界和彼此,知道
络绎而来的日子都是生长的土壤

独特的种子在秋天发芽
开始就历经沧桑
然后才繁茂、开花
听见星星只对其发出的低语

源头的日子因此是纪念日
从它
我们认识并知道
白昼与夜就是我们呼吸的方式

杨海蒂

杨海蒂，某刊文学编辑，兼任文汇出版社"文汇·金散文"文丛主编。著有文学和影视作品多种，作品入选百余种选本、选刊等；有作品被译介至国外。曾获孙犁文学奖、冰心散文奖、第五届海峡两岸散文诗歌征文一等奖、全国优秀报告文学征文一等奖、上海首届"新都市小说"征文大赛二等奖、"中山杯"世界华文诗歌大赛铜奖等。

艾斯里金草原

杨海蒂

艾斯里金
多美好的名字
花草如星辰
点缀着红柳、白棘
其实　艾斯里金
是戈壁与草原的混合
隐匿于柴达木腹地
氤氲着空灵之气

据说　柴达木的地理位置
几乎就是世界的中心

夕阳的余晖中
洁白的蒙古包里
炊烟袅袅升起
酥油茶的芳香
沁人心脾
缓缓流淌的长调
令人心碎

这是从艾斯里金草原
生长出来的声音
歌手叫戈壁

三岁的巴音
像高原上的野草
自由自在生长
壮实如马驹　快乐似小鸟
灵动得像只野兔
眼睛清澈如同山泉
小巴音
艾斯里金草原的精灵
就像这片高原盆地
从此也在我心里扎下了根

推荐语

韩东·曹有云

在冬季我们需要暖阳，在庸常的生活里，我们需要清醒和追问。

韩东，这位中国"第三代诗歌运动"主要代表诗人，他的小说和诗歌文本均以叙述冷静、克制以及不动声色的幽默特质，铸就了"韩东特色"。这些当然与他的贯通中西方文学和哲学的学识有关，与他坚持跟这个社会保持距离和联系有关。他的这组诗最让我爱不释手、研读吟诵的原因是：他在叙述一种温暖。他曾说：温暖是我的一味重要的调料，也可能是余味回甘。这是他曾经论述自己的小说创作的心得。我纵览他这组近作，也是这个主题。诗歌本质特征是给予人们温暖的高端艺术，当然不失"怨刺"之锋刃，故此，韩东把慈悲的目光投向了打工妹冻红的手指和煎饼摊的夫妻，把凝重的墨色留给山村、亲人和孤儿寡母，包括濒临死亡的黄鼠狼。给人温暖就是给人以希望和奋进的勇气，他的诗行中潜行的不是颓废之风，回荡震响的是生机和振奋。所以，这样的诗是当下缺少的杰作，我希望通过推荐他的诗能给一些诗人以启迪，我们该为新时代写点什么？为这转型期的人们写点什么？

曹有云的诗里洋溢着哲学追问，即我们从哪里来？我们是谁？要到哪里去？这些亘古的哲学追问，一直没有答案，他在青海的朔风里，用狼、骏马、鹰、雪豹的视角来审视苍茫大地、雪山草原的前世今生。此外，我推荐他的另一个用意，是鼓励诗人写自己熟悉的生活，地域性的、有特色的文本表达，是我们提倡的诗歌写作。因为当下诗坛千人一面的诗歌太多，个性化写作、有难度的写作的精品少之又少。

对于诗人，我们该用真情，写真诗，"何以解忧，唯有写诗"，不能搁笔！这是韩东在他这组诗里写道的，让我们共勉！

对于读者，愿我们在寒冬里一起围拥诗歌，用诗歌去取暖驱寒，窗外，隆冬大雪即将迫近……

韩东

韩东，1961年生，现居南京。1982年毕业于山东大学哲学系，为"第三代诗歌运动"中最具代表性的诗人之一，曾主编文学民刊《他们》。2000年以后主要致力于长篇小说创作。曾获华语文学传媒大奖、高黎贡文学节主席奖、曼氏亚洲文学奖提名等。

有关前世的故事

韩东

那地方既陌生又熟悉，
时间的感受既长又短。
空气里飘荡着汽笛，
夜晚就像被熏制过。
他们是分别前来的两个人

却在寻找一对情侣。
后者世代生活在这些小巷，
因为压抑和厌倦
要奔赴外面的大世界。
于是相聚就有如别离。

由于无物可赠，
他撕下了手上的创可贴，
贴在对方的手心里。
他裸露着一道血口，
拉起她标记着负伤的手，
两个人又走了很久。

他对我们说，
这是一个有关前世的故事。

何以解忧

韩东

何以解忧，唯有写诗。
在画面中你看见自己，
在一首诗里你经过了自己。
逝者如斯，不是水，
但上面有水的波纹。

一些并不是针对你的声音，
一些看不见的生灭。
有人在某处微笑，
有人在某处但不是此时。

一些人和事在关注以外。
然后关注了但在思念以外。
而现在只有思念，
这是诗的确切形式。

何以解忧？何以自慰？
你不能搁笔并且停下。
生疼是因为要挤过去，
破损就会粘住一些东西。

曹有云

曹有云，藏族，1972年生。现居德令哈。在青藏高原从事现代汉语诗歌创作二十余年。作品在《诗刊》《十月》《北京文学》《绿风》《星星》《扬子江诗刊》《诗选刊》等报刊发表，著有诗集《时间之花》《边缘的琴》等。曾获第十届全国少数民族文学创作"骏马奖"诗歌奖等。中国作家协会会员、中国诗歌学会会员，鲁迅文学院第五届高研班学员。青海省作家协会副主席、海西州作家协会主席。

冬夜，在德令哈的孤独

曹有云

一只黝黑的蚂蚁
匆匆疾走
在德都蒙古巨型的木碗

鹰阵盘旋
星空高悬
空山静极
雪豹梦见太阳
自雪山峰巅滚落
坠入怀抱
火光冲天

祁连山冈万里雪飘
巴音河水千里冰封
星空之城，已安然入睡

2018年

商震·高春林

沈苇·江耶

黄礼孩·川木

梁小斌·吴少东

王夫刚·天天

车前子·向以鲜

梁平·冯娜

简明·江雪

江非·王学芯

推荐语

商震·高春林

诗人对诗歌的终极追求可能是诗意哲思的表达,诗人、作家的最高境界应该是做个思想者。我想,创作的根本不是沉湎于语词的华美和技法的娴熟,重要的是诗人语词背后睿智的思想性。显然,商震是个思想者,他的诗行里闪烁着独特的思想,即对人生的思考、对现代人命运的共性和个性的思考、对人性善恶的思考等。《荡秋千》是他新近之作,在保持他一贯辛辣、豁达和幽默的诗风的同时,有了更多蝶变,即思想性元素更多地注入和嫁接诗歌本体,使他的诗在原有的沉静冷峻中多了重量和深邃感,使人读出更多感悟,并延伸出更多哲学层面的美学思考。

诗心在,诗在;诗的思考在,诗的生命力就更加茂盛和顽强。《荡秋千》的美学价值体现在此。

植物的生命意义在诗人眼中隐喻了社会本体意义,即所有植物都对应着社会中的人的命运。读完高春林的诗后,我倏然生出这个想法。高春林在诗歌里建立起植物的理论体系,从现场,从书本,从思索中,他发掘、归纳,他树立标尺并尽情赞美,"这光以芦荻的声音在轻声歌唱",他给出答案,安排好归宿。我相信,每个人都脱胎于一株植物,发芽,成长,发育,开花,扬出花粉,收获情爱,结出果实。诗人娴熟地穿梭,还原世界,还原事物,还原人性本身。

植物世界与人的世界相融相生,相互不可缺少,植物在提供人类生存的氧气之外,还给我们提供深层次的生存启迪,这是高春林的诗歌文本的呈现,也是他的独特发现。

世间万象,皆囿于人心。时间飞逝,诗人的文本要有诗性的哲学表达,唯此才能给读诗的人们以有诗意有内涵的生活。请让我们的诗有重量起来。

商震

商震,1960年生于辽宁营口。出版诗集《大漠孤烟》《无序排队》《半张脸》《琥珀集》《隐身术》,散文随笔集《三余堂散记》《三余堂散记续编》等。现居北京。

荡秋千

商震

我的生活
一直像在吊床上
吊床的一端系着太阳
另一端拴着月亮
日升月落
月升日落
我就被日月
没完没了地忽悠着
更多的时候
是被日月反复地推搡
让我的生活
像荡秋千

高春林

高春林，1968年出生。1989年开始写作，主要著作有诗集《夜的狐步舞》《时间的外遇》《漫游者》《神农山诗篇》《被隐者书》，随笔集《此心安处》。有诗歌译介到国外。曾获第三届河南省文学奖、首届奔流文学奖等。

赞美

高春林

在沙河的逆光中，他们走着。
飘摇的水草也貌似走着。
整个下午的芦荻属于他们，
两只水鸟沉入无所顾忌的剧情。
远处是一座桥，暂不想它，
因桥的尽头，生活还在进行。
没有什么比这逆光下的事物更
透明的了，缘于时间之外，
他们什么也不想，让丰美的
草滩无限远地蔓延。
他们只在一条草路上，抑或
没有路，他们彼此仅交换孤独，
然后提水洗衣。这多么真实，
又多么虚无。沙河无沙，
疯长的茅草置换了平日里他们
过于疲惫的思想。"醒醒。"
但他们从来没有睡去，光线下
睡着的是影子，他们只是抛弃了
时间，在传说中制造传说，
让死亡消隐。"你听过心脏的
和声吗？"这时，他们走着
走着就成彼此的光了。
这光以芦荻的声音在轻声歌唱。

推荐语

沈苇·江耶

这一南一北两位诗人的诗风迥异，当然，我们的根本用意并不是展示他们的不同诗风，而是让读者体味他俩是如何写好自己熟悉的地域里的物象背后的情境，和人们心中的情怀的。

沈苇反对用地域来划定文学，他说这是评论家在偷懒，或是作家自我的矮化，但他拥护对自己的"两个故乡"——江南和西域的"综合抒情"的认定。这次推荐他的诗时，我们也是特意选他写的"两个故乡"的诗，譬如《乌镇》《德清散章》和《喀拉峻歌谣》，以及他的阜康、苗寨、西樵山等，在这些诗行里，诗人总是用深情的、炽热的赤子之心来倾诉自己的永恒之爱和永远的忠诚。同时，他也用思辨的哲思，打量他对地域变化中的一切传统美好的流逝之无奈和警觉，对亲情在时光飞逝里远去的珍惜和哀伤。他吟唱道："如果逝去岁月变成一种贴身的暖/我愿放弃天山上的瑶池彩虹。"他倾诉道："我有一部沙漠的沉思录/你有一册海边的祈祷书/合上，便是言辞的沉默/打开，即为时空的苍茫。"诗人的地域之思已经上升为对宇宙、对人生的哲学思绪。

江耶的这首诗，是我国"四渎"之一淮河的写照。淮河流经千里，是诗人精神中不可缺失的母亲河。他为她写了诗传，写出了她的前世今生，写尽了她的悲情和苦难，以及一条河流与两岸之间人们千丝万缕的生活上、文化上、精神上的联系和纠缠。尤其是当下的淮河与人们的关系，他在努力地用诗行为这条大河雕像，这个地域给他丰厚博大的内涵和资源，是诗人创作的"富矿"，一条古老而又年轻的大河和千里平原上的苍生万物，让他挖掘、开采的宝藏还有很多很多，我们期待着诗人更多的诗性表达。

米沃什曾说过："我到过许多城市，许多国家，但没有养成世界主义的习惯，相反，我保持着一个小地方人的谨慎。"当好"小地方人"，写好"小地方"，我认为，是每位作家、诗人都要遵循的创作规律。福克纳写"自己那像邮票大小的家乡"，也是一个佐证。让我们从沈苇和江耶的创作经验里悟出点什么……

沈苇

沈苇，1965年生，浙江湖州人，大学毕业后进入新疆，现居乌鲁木齐。著有诗集《沈苇诗选》《沈苇的诗》《我的尘土我的坦途》《新疆诗章》《博格达信札》《在瞬间逗留》等8部，散文集《新疆词典》《植物传奇》《沈苇散文自选集》等6部，评论集《正午的诗神》等3部。诗歌和散文被译成英、法、俄、日、韩、西班牙等十多种文字。多次参加国际诗歌节。先后获鲁迅文学奖、刘丽安诗歌奖、柔刚诗歌奖、《十月》文学奖、花地文学榜年度诗歌金奖、华语文学传媒大奖、李白诗歌奖提名奖等。

海

沈苇

长久地凝视大海
直到内心的苍茫和叹息
融入一片蔚蓝
直到排排巨浪化为言辞的波澜
直到海面微微弓起，像鲸鱼之背

向晚的海岸，室内已是远方
有风和航船的苦咸味
帆影如鸥鸟渐渐远去
一切向外的，转而向内：
这一小筐水果寻找热带的舌尖
这一片碎瓷来自明代的沉船
这一枝玫瑰用芬芳低语

转过身来，你将看到另一个海
特提斯遗弃的海底如巨型墓园
滚滚沙浪，在你回首中停息
麻扎塔格，被抹上夕阳的玫瑰红
当你转过身来，天涯只是咫尺
我几乎看到了你眼中
晶亮的盐粒和珠玑……

这首诗中要有一座岛
不大不小，漂浮在想象力之外
让它储备蔚蓝，囤积阳光
当有一天海与海相遇
我有一部沙漠的沉思录
你有一册海边的祈祷书
合上，便是言辞的沉默
打开，即为时空的苍茫

江耶

江耶,本名蒋华刚,安徽定远人。中国作家协会会员,中国煤矿作家协会理事,淮南市作家协会副主席,安徽文学院第五届签约作家。作品在《诗刊》《中国作家》《解放军文艺》《清明》《诗歌月刊》《安徽文学》等报刊发表,入选多种选本,获安徽文学奖、全国煤矿文学乌金奖等多个奖项。著有散文集《天在远方弯下腰来》《墙后面有人》、诗集《大地苍茫》。

河面

江耶

有的向上游走,有的向下游漂流
包容的淮河,用身体托起众多船只
阳光照在河面上,也照在船上
在水流的带动或者微风的吹动中
一刻不停地荡漾出,细碎的彩色花朵

我突然想到了"浪漫"这个词语
我看到了光彩熠熠
看到了温暖、光亮的生活
被大河运载着,在河面上浮现
现实的河道上挤得满满的

它们满载着各种生活,沉沉的
压得河水,不时喘出一口粗气
不管装载了什么,在河面上的它们
都在漂泊着、晃动着
带上了激动和不安的内心

像一个人的一生
宽阔的河面上都是时间
我们在漂,向着太阳升起的方向
无论是进入河流,还是离开河流
河面不悲不喜,在流水的表面
依然晃动出,金色的时光碎片

推荐语

黄礼孩·川木

　　如果非要有个理由来说明我推荐黄礼孩和川木的诗作，我想有两个词可以先在此陈述，即他俩对诗歌写作的"变法"和"面壁"的写诗行为、态度值得推崇，诗人是功利写作还是纯粹写作从他们的写作行为和态度上可以看出来。

　　黄礼孩近年来一直追求诗艺的"变法"，川木已经多年没发表诗作，了解他的人都知道他在"面壁"。

　　倡导"变法"的大画家黄宾虹80岁后终于"变法"成功，在绘画上朝着黑密厚重方面探索，终成一代宗师，被称为"黑宾虹"。颜真卿一生分三个阶段追求书法之"变法"，最后得到苏轼"颜公变法出新意，细筋入骨如秋鹰"的高度肯定。凡要成就大业者，一定不能满足一时的成绩和局面，要有大境界和大格局，要不断超越自我。我这里不论黄礼孩"变法"成功与否，仅他求变的创作态度就是值得赞扬的，即在创作上不重复和复制自己，挑战自己的极限，这才是勇敢者所为。在创作上一直求新求变，才是写作者应该持有的写作原则，只有脱去旧日的"肉身"，才能涅槃。现在诗坛有少数诗人早已江郎才尽，又不肯退出"江湖"，于是每天在制造一些精神垃圾，可怜且可厌得很。

　　"面壁"是要耐得住寂寞的，要有敢把"冷板凳"坐朽的恒心。川木是新新回归诗人（新新回归诗人是我有别于新时期回归诗人提出的），他于20世纪60年代出生，80年代写诗，21世纪初搁笔，今又回归诗坛。他是严肃而纯粹的诗人，他不是像有些人那样功成名就事业有成就回来"玩票"的。诗歌对于他是生命中不可或缺的水和阳光。他虽一度远离诗坛，却并没有停下对中西方诗歌的理论研究，没有停下诗歌创作，只是把自己创作出来的诗歌"雪藏"起来，暂不面世，称这是在为诗歌除去火气、俗气。

　　"变法"需要不断否定自己，探出一条新路；"面壁"终是为了破壁，如蝉要蜕去蝉衣，才能飞翔，也是求新生。

　　张旭给颜真卿总结的"变法之要诀"只有两点："工学"和"领悟"。即勤学苦练和从自然万象中受到启发。仅这两点内涵就太丰富和深刻，对于每个求艺者都是不易达到的，如要取得"变法"成功，古时人们说那必是要苦其心志，劳其筋骨，饿其体肤，空乏其身的。我不知道现在还有多少求艺者愿吃下此番苦来，去"十年面壁图破壁"，不过黄礼孩和川木是在践行着的。沉下心，悟诗道，求真知，图新生，他们的诗给我不少启发，不知你有没有同感呢？

黄礼孩

黄礼孩，"70后"诗人。现居广州。作品发表于《人民文学》《诗刊》《诗歌月刊》《读书》《花城》等。出版诗集《我对命运所知甚少》、《给飞鸟喂食彩虹》（英文版）、《谁跑得比闪电还快》（波兰文版）等，舞蹈随笔集《起舞》，艺术随笔集《忧伤的美意》，电影随笔集《目遇》，诗歌评论集《午夜的孩子》等多部。1999年创办《诗歌与人》。曾获2013年度黎巴嫩文学奖、2014年凤凰卫视"美动华人·年度艺术家奖"、首届海子诗歌奖、首届"70后"诗人奖、首届中国桂冠诗歌奖、首届刘禹锡诗歌奖、第八届广东鲁迅文学艺术奖、第五届中国赤子诗人奖等。

感恩节的光

黄礼孩

灰暗的天气在低陷之路行走
厌倦开出的花朵，已经面目全非
我唯一不知道的是
它用了多少力气来开辟
另外一个世界

这一天，看病、体检、打针
恐惧从每一个细节里
伸出外科手术的刀，撒旦醒来
它的嘴唇涂着黑色，悲伤地歌唱

时间的飞雪，落在你的身上
钟声一样嘀嗒的火花，给纪念日点燃曙色
从未平衡的秋天，把一束玫瑰放在你我之间

这是截然不同的一天
到郊外去，紫色的旁边还有橘红色
发声的缪斯，她从惧怕中挣脱
安静地倾听，光的来临

川木

川木,1967年生,安徽霍邱人。文学学士,经济学硕士,现居北京。1986年10月公开发表作品,迄今已在《诗刊》《星星》《诗歌月刊》《清明》《芳草》等国内数十家报刊发表诗歌、散文、评论、随笔300余篇(首)。出版有诗集《谁能把一朵玫瑰举过天空》、诗文集《交叉》等。

一至六层

川木

六层
起先是阳台上的花盆裂开了深夜
无意中泄露了风中的缺口
午夜与凌晨是一对孪生的花朵
长着一副姣好的脸庞
"我就要成为那些皱纹
所有的秘密都将在雨水中死去"

五层
接下来,雨水打湿我的双脚
这双脚,曾经走过郊外的墓地
那里,长眠着一对夫妻
他们从五层出走,转眼就消失
"一片霞光,照亮晚风中的诉说
两位老人,互相阅读着对方的碑文"

四层
夕阳在君山上倒退,路过
四层的云霓,一片白花花的影子
在钢琴上兴奋地跳跃,每次
我都要在她的门口,停留
"即使她的双手从键上撤离
我也能触摸到她内心的声音"

三层
三层是一个暧昧的词语
具有午后的慵倦,棉花的质地
田野被掏空,人群散去
我的身体处于收获的状态
"给我一个空间
给我短暂的睡眠"

二层
脚步继续下沉,练习重复的技巧
太阳继续向东偏移
正是大地张开的时辰
所有的叶子都将醒来
"小小的愿望留在那里
一个人开始变得清晰"

一层
可能是黎明,也可能是黄昏
一个人开始坠落,一个人开始上升
这些曲线有着相同的斜率
没有一双手能够将它们扭在一起
"我们总是擦肩而过,背道而驰
或者穿过平行的花朵,不再开口说话"

推荐语

梁小斌·吴少东

有些写作者出道时可用"横空出世""洛阳纸贵"来形容，接着流星般消逝在浩繁的文学星空的"暗处"，仿佛文学创作的宇宙里也有一个"黑洞"；有些写作者成功之后，没有更大的进取，在文本上反复复制自己，仅仅为了刷"存在感"，保住点"江湖名号"；还有的写作者在第一次搏击结束后，养精蓄锐，再次登"华山之巅"拔剑迎战。其实，文学创作的对手或敌人不是别人，而是写作者自己，挑战自己是写作者最根本的文学竞技。朦胧派代表诗人之一梁小斌先生当属后者，近年来他虽暂别诗歌创作，但他依旧在参与诗歌活动，关注诗歌创作的大势和走向，冷静而专业地评价诗歌的弊端和症结，同时，他进入长期的阅读和其他文本的创作。这是他的"冬眠"或"吐故纳新"的修为，当中国新诗跨入第二个百年征程时，面对日新月异的新时代，梁小斌又以一个新的姿态扛鼎而起，以澎湃的激情走向诗歌的"前沿阵地"，去讴歌，去抨击，去引领，去吟唱，这是他的"再出发"。

写作者中怀有问鼎之雄心者多，能践行成为"恒星"者却少矣，不是写作者不愿意再次"冲顶"和打完全场，只是才智学识和蛰伏期知识的储备等不够，难以进入新的语言现场和系统，最后变成失语者。梁小斌先生的"出山"显然让我们看到他那大家风范以及他文本的绵厚灿然，他的诗歌正一步步进入返璞归真之境界，走向圆融透明、洗练沉静，走向哲学的诗性高度，走向思想者的深邃，走向纯粹且睿智，走向汉诗写作耀眼的高峰。我为他的诗行里弥漫的人文精神和知识分子责任感而暗赞，我为他的诗行里每处星星般闪耀的思想之火光而惊诧，一切还是让诗歌文本自身说话，请看他崭新的诗行。

吴少东先生自谓：一直坚持走学院派与民间派之间的"第三条路"，这几年来他坚持情感、美感、痛感与正义创作原则，从几个向度突破，打通虚与实、情与论，且以细节取胜。这是他的诗观，有自己的诗观是理性的、有方向感的诗人。其实，每个有想法的诗人都在探索自己有别于他人的"第三条路"或"第四条路"，拾人牙慧、亦步亦趋地跟在别人后面走，肯定没有作为。我赞成所有诗人都走自己的路，毕竟我们的诗歌存在着同质化现象，模仿性的作品太多太多，是到了"亮红灯"的时候了。

梁小斌

梁小斌，安徽合肥人，1954年生，朦胧诗代表诗人。他曾从事过车间操作工、绿化工、电台编辑、杂志社编辑、计划生育宣传干部、广告公司策划等多种职业。1991年加入中国作家协会。2005年中央电视台新年新诗会上，梁小斌被评为年度推荐诗人。

一种力量

梁小斌

打家具的人
隔着窗户扔给我一句话
请把斧头拿过来吧

刚才我还躺在沙发上纹丝不动
我的身躯只是诗歌一行
木匠师傅给了我一个明确的
意向
令我改变姿态的那么
一种力量
我应该握住铁

斧柄朝上
像递礼品一样
把斧头递给他
那锋利的斧锋向我扫了一眼
木匠师傅慌忙用手
挡住它细细的光芒
我听到背后传来劈木头
的声音
木头像诗歌
顷刻间被劈成
两行

吴少东

吴少东,1966年生,安徽合肥人。中国作家协会会员,曾获2015年"中国实力诗人奖"等多项诗歌奖,有多首诗被译成英、法、韩等国文字交流或谱曲传唱。早期诗歌结集为《灿烂的孤独》,出版随笔《最美的江湖》、诗集《立夏书》等。

天际线

吴少东

我曾从飞机的舷窗,观望过天际线
一道弧形的细云围住大地
湛蓝与白云的交汇处,一线白亮
没有什么出现,或消失
晚霞绵延,像一个发烫的火圈
等待老虎,跃起,钻过去

那一刻,我忽视弧线之下
被罩住的人寰
人类生动的实践,我看不见
万物的动静,我看不见
我甚至不去想
等候已久的一场晚宴
我的想法脱离实际
没有上与下,只有
里与外。没有天上人间
只有天地内外

这些年,我常在湖边绕行
累了,就伫立,或坐在石头上
察看水波推远的城市
闪烁着灯火的天际线
与我在飞机上看到的
没有什么不同
几十年来,我穿梭其中
钻过一个又一个火圈
没有什么不同
一个又一个我消失过
但跳出的
依旧是原来的我

推荐语

王夫刚·夭夭

好的或上乘的现代诗歌读起来是有气息的：它是舒缓、澄明、幽远、有韵、可以让人低吟的。气息是一种向上升腾或攀缘的物质，或是弥漫在文本里的生动，有气息的文本是有生命节奏的。我喜欢可低吟的诗，推崇写得有气息、有韵致的纯粹之诗。

其实，这样的诗难写，写过头了就是"自说自话"的"自我呢喃"或"梦呓"，写浅了就是一杯"白开水"，寡淡无味。它需要诗人在创作时心静如水，又神接八极，按下起伏的峰谷，走向微澜。

诗人王夫刚说自己"放弃了抒情功能，强化作品的理性色彩，在轻声地说"。在轻声的叙说中，他完成了属于他自己的诗歌美学建构。他的诗章里流动的是淡淡的忧愁。在他的诗里，我看到一个严肃且理性的知识分子在关注和凝视已逝和将逝的一切，比如"在山以东""村庄""桃园""公社"，以及"纺织厂"和"青春"，当然还有祖母等亲人。向已逝的时代、岁月和人生作别或吟唱挽歌是文学创作的母题之一，能否写出具有深层次的思考和引发他人共鸣的作品，是考验作家优劣的一个标准。王夫刚有西方哲学和传统诗学打底，加之他的独特思考和发现，使他的诗句精致、沉着、坚忍，有穿透力。同时，他的诗又不是呐喊式的，只是轻轻地诉说，这是高层次的诗歌写作："诗歌的脸应该是安静的，聪明的读者在安静的表象下可以出色地看到智性与心所有的游戏。"这好像是扎博洛茨基的话。

诗人夭夭是灵性且沉重的诗人，她的诗歌没有女性诗人的作品一般性的灵巧和艳腻，她不动声色地打量事物从量变到质变中细微变化本身的哲学定义，她目光里的"高速公路""缺席者"和"梯子"以及"天黑以后"，所有的日常生活背后的东西，都有喻指，都有微言大义的表达。她也不去抒情，只是用语言魔杖，点明隐在事理深处的真相和悖论，以及事理的复杂性、残酷性和多义性。

我不知道夭夭是否读过阿赫玛托娃的作品，关于生命中的爱与痛，她们的诗行里跳动着一样的心声，有一种宏阔的大气。夭夭不是"室内抒情"，她是传统汉语的诗学表达，她写的是中国当下的事物发展和社会进程中诗人自己的发现。她的诗歌饱含了对个体生命的体验，特别是对生命的伤痛体验，她能够把一些沉重的话题处理得举重若轻，具有诗歌的质感和灵动。她的诗歌气息仿佛也可以说是"轻轻的"。

诗歌是要有气息的，这是好诗的标准吗？当然也不是唯一。

王夫刚

王夫刚，诗人，1969年生于山东五莲，现居济南。曾获齐鲁文学奖等。中国作家协会会员，首都师范大学驻校诗人。著有诗集《诗，或者歌》等多部。

在山以东

王夫刚

在山以东，这片土地任性地伸入
两个大海的怀抱里——黄河的故事
从西部和高原流传下来
任性地流经州县，不在话下

流经我们的祖先身边，流经
天空早已忘却的荣辱之梦
逝者如斯夫，在孔子老家我们向孔子
致敬：山河也曾沦为花边新闻

我和你、和他，亲人们、老乡们
种田的以及写诗的，我们枕着涛声
入眠，允许山梁梦乡之旅
高速公路修到齐国的首都

我们走遍家乡，走遍在山以东
岱顶凌霄，太行山渐渐沦为
隔着两个省的演出背景
只有黄河还在以造地的名义逼退大海

夭夭

夭夭，中国作家协会会员，安徽省文学院签约作家。鲁迅文学院第31届高研班学员。参加第二十八届青春诗会。曾获安徽文学奖、滁州市文学奖。现居安徽滁州。

思想者

夭夭

靠近，远离。局限性的手指为盲者点灯，
余生已不被提及，灰色的瓦砾
从空旷中赶来。那些潮水般流逝的
身体终于溢出低垂的眼眶。

前生的火车，教诲中的森林及喻喻之声，
都将遗落，四月的尽头埋着写信的人啊。
走在晚安的旗帜下，低垂的头颅
看上去是一个无处安放的茫茫荒野。

枯坐的技艺如此暗淡，类似于一只鸥鸟，
献身阴柔之物，又从余晖里消失不见。
这样的时辰，秩序与秩序之间的裂缝里
终会淌出象征主义的队伍。

推荐语

车前子·向以鲜

在当代诗坛上，车前子先生是一位"独行侠"，在他四十年的诗歌写作里，他一直独门独派，默默地行走在诗歌探索的最前沿，试图为诗歌拓展新的疆域。作为一位坚持独立思考的严肃诗人，他不屑于走别人的老路，不屑于在别人开发过的土地上争一块地盘。这也和他的诗歌美学理念有关，他认为"泉水每天都是新的"，诗歌不应是陈词滥调，不应是程式化的思想情感图式，而是对语言、对世界的未知部分生生不息的勘探。在他看来，诗是混沌的，因为世界和人的思维本身就是无限复杂的和不可预测的，不能纯然按理性的方式去把握。因此，他就像一位语言试验师，孜孜不倦地进行着词语的实验，以图在新的组合与反应中发现或发明新的经验。

他在《母语》一诗中写"是要受苦的……汉字"，汉字在车前子的诗歌中承受着神话叙事的流畅和淋漓，车前子采取的表达策略是"卷土的口吃"。如果说在很多优秀的现代诗人那里，语言处于高度的亢奋状态，是一种热病般的生命释放，那么车前子的诗歌语言则在一种高度清醒的受苦状态中貌似癫狂。这种原始的呈现是天才的独特印记，他高超的艺术修养让他保持着对庸常低层次写作的高度自律和警醒，因此，阅读车前子的诗歌的确如他自己所说，就是"不太让读者习惯"。

车前子的诗歌语言和意象组合也是独异的，很大程度上带有随意性和瞬间性。车前子往往刻意阻断理性化、习惯化的语言程式，这无疑会带来"不懂"这个老问题，但需要明确的是，"懂"本身是主观性的，也和思维习惯相关。如果打破这个习惯，以一种开放的思维去阅读，我们必会有所收获。从写作姿态上看，车前子熟悉和热爱我们的传统，因为这种热爱，他才孜孜以求地试验、探索与创造，以"保持和捍卫母语的鲜活、新鲜度，不让母语在外力的侵犯与污染之中腐败"，"让我们的母语青春永驻"。他的这种对母语的高度责任感和一往无前的求索姿态本身就是富有启示意义的。

至于诗人向以鲜，他的这组诗歌给我的是一个以退为进的奔跑者形象。他目标明确，向着温暖的方向追赶，他的笔下却一再呈现出另一番景象：松鼠作为"天才的弧线艺术家"在描绘神迹，灵性十足的藏羚羊是"诸神散养的幺儿"（幺儿是四川方言，即最小的孩子），石纹猫有"婴孩的浪漫与无畏"。向以鲜的诗歌带有象征主义的神秘感，他的月亮情结让他的诗歌带有温润而独立的空间意识。

在保持早期诗歌基本特色的同时，他的诗歌更为成熟、开阔和浑厚，一方面依然富有一种青春的抒情力量，另一方面，作为一名资深古代文化学者，他又在诗歌中引入了丰富的历史和文化题材、意象，创造出一个极具民族美学风范，同时又富有现代诗学气质的美的世界，让我们感受到纯正的汉风之美。在强劲的想象力和深厚的文化素养的合力之下，诗人让传统焕发了勃勃生机，而这对于当代诗写作无疑是一种启示。向以鲜的写作坚持他一贯的清晰、鲜活，介入式的，具有节奏感和想象力的诗学追求，为我们创造了动人的诗歌之美。他是一个致力于发现和追问的诗人，他为我们的现实世界带来璀璨的诗歌钻石。

车前子

车前子，原名顾盼。1963年生于苏州，现居北京。出版有《发明》《木瓜玩》《老车·闲画》等诗集、散文随笔集及画册，共30余种。

母语
车前子

是要受苦的……汉字，
语焉不详，
不详的暮色，
暮色在西泠卷土重来。

卷土的口吃，
重来断桥上食言，
谁负谁呢？
鹤，中了苦肉计。

先中空城计，
再中苦肉计，
在空城和苦肉之间，
安排好家乡美人。

向以鲜

向以鲜，1963年生，四川万源人。现居成都，诗人，四川大学教授。获第三届"李白杯"诗歌奖、世界华语诗歌大会一等奖、《成都商报》中国年度诗人奖、首届杨万里诗歌奖等。

暮色中的松鼠
向以鲜

滑翔的露水
不可捉摸的决心
从树叶到叹词

我们只有这点缘分
唉！顾盼之间
一切已不同

天才的弧线艺术家
不仅描绘暮色
也描绘神迹

推荐语

梁平·冯娜

本期推出诗坛老将梁平先生和新锐诗人冯娜的诗。这两组诗,好在内容的精神,好在语词的劲健,好在行文的洗炼,好在基调的清奇。以上评语,可能与我新近重读司空图的《二十四诗品》有关。我在分析他们的文本时,审美标准和尺度受到司空图的很大影响。

所谓精神,司空图曰"欲返不尽,相期与来","生气远出,不著死灰",是说诗人返归于自身精神的积累而不停止,种种意象就如同约好一样,源源不断地到来,所创作的诗歌自然满眼生机盎然,没有死气沉沉。孙联奎《诗品臆说》中也说:"精神满腹,自然生气勃勃;生气勃勃,何处著得死灰?果能聚精会神,文字岂有死木槁灰者?"所谓劲健,司空图云"行神如空,行气如虹","喻彼行健,是谓存雄",是指诗人的思维如天马行空、任意奔走,笔力如长虹贯日、强劲恢宏。同时,诗人要把天地运化的那种强健有力的气势展示出来,形成沉雄刚劲的风格。梁平的《行色》体现了这些美学风格和诗学追求。他的诗越来越取法自然,越来越老辣庄严,俯拾日常事物之内在微变和质变,敏锐地用诗歌文本表达瞬间之悟。比如他的《树化石秘籍》《天鸽袭港》《听经图》,以及他笔下的惠山泥人和瞎子阿炳,宽窄巷和养蜂人,无不是意趣充沛,气韵丰溢,词句强劲有力,力透纸背,在天马行空之间,意念抵达深远,诗意生机勃勃。

洗炼、清奇是中国传统诗学中的重要美学价值。司空图对洗炼的界定是"如矿出金,如铅出银","空潭泻春,古镜照神",即洗炼好比是从矿石中提炼出金,从铅石中提炼出银,"洗心炼神之后,可以洞烛出幽微,明鉴万物,传神写照"。他对清奇的诗境要求是"如月之曙,如气之秋",即如破晓的月色一样明净,如秋天的清气一样高爽。冯娜的《短歌》组诗就体现出这样的美学特色。这组诗,"短"是外在形式,诗内里行走和走向是远和深意。事实上,把文章或诗写长容易,写短却不易,往短里写,往往体现了作者对难度写作的追求,更显其内敛、内省、节制的品质。我喜欢她的短歌系列《橙子》《猎冬》《石燕》《迷宫》《边境》《蝴蝶》等。由于她行文追求洗炼、集约、力度,故此,她的诗歌显得清奇和澄明。我赞同她的创作主张和实践。

很多人在读诗、谈诗、评诗时,都喜欢从西方理论家那里寻章摘句来阐释当下汉诗。这里我却从唐人司空图那里求取理论工具来评说,不知恰当否?

梁平

梁平，1955年生，当代诗人。著有诗集《梁平诗选》《巴与蜀：两个二重奏》《深呼吸》《家谱》等10部，诗歌评论集《阅读的姿势》，散文随笔集《子在川上曰》和长篇小说《朝天门》。曾获第二届中华图书特别奖、中国作家郭沫若诗歌奖、四川文学奖、巴蜀文艺奖金奖等。作品被译介到英国、美国、法国、德国、日本、韩国、波兰、保加利亚、俄罗斯等国。现为中国作家协会全委会委员、中国作家协会诗歌委员会副主任、四川省作家协会副主席、成都市文联主席。

树化石秘籍

梁平

准噶尔戈壁的侏罗纪，
记事在石头上。
那株亿万年前的乔木，
硅化了，经络刻写的年轮，
不能涂改和演变，
有鹰眼的指认，
我手里石头的基因，
一目了然。

石头的斑驳里，
我查看它的家谱。
一棵树把自己的身体放倒，
与时光交媾，每个纪元都朝气蓬勃。
上了年纪的沙漠，
守护了一滴水，一次浇筑，
那些树皮与骨骼包了浆，
弹跳到了地表，
油浸、光滑的肌肤，坚硬如铁。

硅化了的木，
听得见呼吸的澎湃；
树化了的石，
看得见生命的色彩。
它们是奇台地道的原住民，
有自己的姓氏和名字，
我带回的那块石头叫茉莉娅，
夜夜歌声婉转。

冯娜

冯娜，1985年生于云南丽江，白族，毕业并任职于中山大学。中国作家协会会员，广东文学院签约作家。著有《无数灯火选中的夜》《寻鹤》等诗文集多部。作品被译成英、俄、日等多国文字。曾获华文青年诗人奖、美国Pushcart Prize提名奖、广东鲁迅文学艺术奖等奖项。参加二十九届青春诗会。首都师范大学第十二届驻校诗人。

短歌（节选）

冯娜

短歌一

穿过众多枝条，阳光逐渐可以承受美好的事
我将成为一个容器，啜饮北部湾的清水
"不要和鲜花一起睡"
在浇灌中，我会获得动物的警醒和它们温和的眼睛
我已经精通谚语中的树种和沙地
倚着墙的嘴唇，寻找到它的回声
女孩儿梳着头发，我有银色的发带
我有某颗小行星的转动
我看见了平坦的早晨——多么年轻

短歌二

看过那么多高山大海，已经十分疲惫
倘若新事物能让人爱得更完整
所有客人都应保管好他们的影子
街区最高的窗户能看到港湾和水手
你爱惜一种热衷沉思和狂想的天分
说，不要在俗事中久留
我要在少量的盐分中重新发现自己的咸
空中不时落下声音
空中锈迹斑斑的星辰
我等待着天明，而不是擦拭

推荐语

简明·江雪

  在办刊宗旨上，我刊一直强调先锋性。所谓先锋性，在我看来，不外乎诗艺上的创新及其所传达的更契合于时代境遇的现代意识。

  本期简明先生的《缝合术》就是很好的先锋性诗歌文本。在他惯有的宏大与细微交融的诗风之外，其诗艺表达更为圆融与成熟，反讽与抒情浑融一体，其所呈现的现代意识更为复杂、幽微和开放。他的诗又并非像有些所谓先锋诗那样刻意晦涩难懂，而总是在诗行间留下可供破译的密码，让我们得以进入他丰富的诗艺世界。或许有人认为他这组诗从严格意义上说还不能划入"先锋诗"之列，我认为这是囿于成见。他有鲜明的现代意识，他有创造性的经验表达，此非"先锋"而何？先锋性其实就是现代性内涵之一，诗人桑克曾撰文指出："现代性问题的解决程度将决定着我们表达当代个人经验以及社会经验或历史经验的完美程度。"现代性对诗人的诗歌创作至关重要，它是检验一种写作是否有效的标准，因此有不断重提和强调的必要。

  江雪和他的同人们提倡"后天写作"，也强调写作的现代性与先锋性。不过他又从中区分出"现代先锋性"和"古典先锋性"，认为现代诗写作既要呈现前者，又要追溯后者。他指出先锋意识是一种最初的精神觉醒行为，诗人应是语言的、精神的、社会的先觉者；但同时指出，就新诗写作来说，由于百年来我们长期浸淫于西方诗学的影响之中，已经造成了与古典诗学的断裂，丧失了汉语曾经的辉煌、博大、精深，这必然又会影响到现代诗写作的先锋性表达。因此，重新回头汲取古典诗学智慧，是当代诗歌先锋写作的应有之义。从他的诗作中，也可见出他致力于对两种先锋性的融合。我颇为认同他的观念和探索，其对当下先锋观念的偏执实有纠偏补缺的作用。

  我们欢迎如简明和江雪这样的有识诗人的探索与努力。只有更多诗人积极参与，中国现代诗歌事业才会走向更大的辉煌。

简明

简明，诗人，评论家，享受国务院特殊津贴专家，《诗选刊》杂志社社长、主编。著有诗集《高贵》、《朴素》、《大隐》（中英韩对照）、《手工》等15部，评论随笔集《读诗笔记》等11部，作品曾获1990—1991年度全国优秀报告文学奖，共三届河北省文艺振兴奖、孙犁文学奖、闻一多诗歌奖、陈子昂诗歌奖。诗歌作品被译为英、法、德、俄、日、韩、西班牙等多种文字。

缝合术

简明

空间的搏斗，不是破裂
或者破碎。就算马虻
咬穿了烈马的皮肉
树根分割了两块并肩的岩石

不是撕裂。就算一群鱼
穿透了海水，海浪推远了两岸
狭隘、狭窄、狭小，分化
瓦解了人类的思维

不是断裂。就算猴子止步于聪慧
八哥止步于巧舌，跳蚤止步于
轻功。谁能经住缝合？
绝技无为

江雪

　　江雪，原名江山，1970年出生于湖北蕲春。当代诗人、批评家、艺术家。毕业于华中科技大学，1979年开始学习书法、绘画，1987年开始发表诗歌作品，1987年创办荷西诗社及《荷西诗刊》，2005年创办《后天》杂志，同年创立"中国·后天双年度文化艺术奖"。多次受邀参加国内、国际诗歌节、艺术节。著有诗集《汉族的果园》《江雪诗选》《牧羊者说》，评论集《后来者的命运》《抒情的监狱》，摄影集《饥饿艺术家》等。现为湖北省专业作家，大学客座教授，《后天》主编。

爱情

江雪

我追求一种
粗糙感
类似于雏鸟涉世的粗糙感
而她对于世界的
先知，诅咒与赤裸
抚摸着
牧羊湖的夜
她的羊群，她的闪电
放逐于昨夜的
乌云之上

推荐语

江非·王学芯

  我曾将现代诗定义为"诗人对事物内部变化的瞬间发现和哲学思考的诗性表达"。江非和王学芯的诗歌均有此品质，作品里充满对人与万物、人与自我等诸种复杂关系的现代性思考，致力于审视和发现事物与人生命运的规律和质变，以及这些变化的特殊意义和奥秘所在，并以诗的方式加以表达。

  江非诗风明晰，仿佛不设防的湿地，用一种原生态气息召唤我们进入。他以庄周哲学和现代美学打底，在主观意识浓烈的氛围里，舒缓地倾诉他看到的一切。他的诗两行或三行为一节，层层递进，节奏张弛有度。读他的诗，使我自然联想到有"诗人中的诗人"之称的史蒂文斯，史蒂文斯的诗也是舒缓的，有节奏的，张力阔大的。江非的诗在哲学层面上也是有深刻呈现的，他自己也认为，"诗，是对于时空和自我在神学和哲学上的首先认识"。诗歌有了哲学思考，也就有了重量。

  王学芯一直在超现实主义诗歌的道路上做着积极且有效的探索。超现实主义诞生于20世纪20年代的法国，产生了默温、布莱等大诗人，它强调意识深层的"深意象"和梦的非理性、非逻辑性，主张在事物的内部发掘出另一个世界，认为美是痉挛性的、惊奇和神奇的。学芯的这组诗，有意识的先锋性、文本的新颖性、语词的陌生化、内涵的异质性，这是我推荐的理由。

江非

江非,1974年生于山东。著有诗集《传记的秋日书写格式》《白云铭》《夜晚的河流》《傍晚的三种事物》《一只蚂蚁上路了》等。曾获华文青年诗人奖、屈原诗歌奖、徐志摩诗歌奖、海子诗歌奖、茅盾文学新人奖等。现居海南。

由远而近的日子

江非

把你想的告诉我,你想到的
这人世上的冷和热
把桌子上的苹果吃掉,还有桃子
一天一天,由远而近的日子和光亮
把我给你的帽子戴上
如同帽子的天空和大海
早起的人,身后是一片闪光的雨林
让雨围绕着它和我们崭新的生活
让雨在雨林中消失,但在高处保留
当巨大的太阳把枝条和盐晒弯
马蜂在泥巢中奏响正午的乐曲
人们推开窗子,看见世界弯腰的幸福和谦顺的美

王学芯

王学芯，生于北京，长在无锡。中国作家协会会员。参加《诗刊》社第十届青春诗会。获《萌芽》《十月》《诗歌月刊》年度诗人奖，获《中国作家》《扬子江诗刊》双年度诗人奖，获《诗选刊》年度杰出诗人奖。部分诗歌译介到国外，出版个人诗集《可以失去的虚光》《尘缘》等9部。

一个有经验的人

王学芯

日子在玻璃上移动
它反射光芒使过去的时光
泛起记忆和微笑

我习惯把自己的灵魂
挂在脊柱上行走渴望清晨完美
渴望任何一处生存场合
不管晴朗还是
阴天
都能碰到
有着热量的身体

我从不记住烟云的气息
每一次把烟云吸进肺里的时候
我只在诗中咳嗽

当所有往事变成无关自己的目录
甚至留空
我也不会想到它比麻木更白

一个有经验的人
对着窗凝望相同的山峦和苍茫
呼吸就有了天空

2019年

谷禾·许敏

蓝蓝·蒋戈天

津渡·育邦

林雪·高梁

阎安·李建新

池凌云·曹大臣

何晓坤·曾纪虎

张执浩·然也

蓝角·王天武

田君·古马

梁晓明·柳宗宣

吉狄马加·傅天琳

推荐语

谷禾·许敏

新时代需要真诗，需要能客观和诗意地反映时代特征的真诗。

新时代人民需要好诗，需要有个性、有品质、有美感、有思想的好诗。

我们欢迎在诗歌形式上的任何积极试验和探索，也欢迎在诗歌主题上任何严肃的个人化情感表达。与此同时，我们更加倡导诗歌要切实关注时代，关注底层，关注社会进程中的个体命运，希望诗歌能够在个人情趣与时代观照、诗学追求与社会责任之间，取得一种恰当的平衡，并张扬其时代性和人民性。

谷禾和许敏是两位成熟的诗人，他们在诗歌创作道路上披荆斩棘，不断修炼自己和武装自己，逐渐形成自己的诗歌风格。对此我不想赘述。我们欢迎回到当下、回到生活现场、回到烟火人间中去的诗。

我十分欣赏诗人谷禾说的：诗歌创作不能"沉溺"于"自我"的小悲哀和小感动、小情绪，沉溺于语言内部炼金术的小伎俩。这是他在清醒地摒弃那些先锋的噱头和不知所云的时髦。我赞赏他的艺术自觉和自省。

许敏的诗一直在一种高度上不动声色地飞翔，写得很真诚，也很安静。李犁在评论许敏作品时倡导，"不剑走偏锋，不跟风起哄，而是继承传统的经典的写作模式，并向难度挑战"，认为写"真事物真感情，诗歌就有了生机、格调、气象、韵味"，对此我也深表赞同。

写真诗需要真心真情真诚；写好诗需要守正创新，需要严谨思考，需要潜心创造；不写假诗，不写非诗，这是写作的底线。

谷禾

谷禾,本名周连国,1967年生于河南农村。20世纪90年代初开始写诗并发表,著有诗集《飘雪的阳光》《大海不这么想》《鲜花宁静》《坐一辆拖拉机去耶路撒冷》和小说集《爱到尽头》等。

这些油菜花

谷禾

这些油菜花开得像一场金色的飘雪
在云之南,峰峦叠嶂,春风浩荡
油菜花开满了每一个角落,萦绕着
飞舞的蜜蜂,更多叫不出名字的飞虻
它们的流连忘返是否昭示着我的未来?
油菜花懒得去想这些。更懒得搭理
缤纷的看花人,频频按动快门的人
它暴动似的开——一朵一朵的,
一枝一枝的,一片一片的
从平野到山坡,涌动的金黄
把情欲的花粉,挥洒入少女的眼睛里
甚至神鬼莫测地挽留住了老妇人的脚步
让羞赧又一次升上她皱纹交错的脸孔
哦,一切全因了无边的油菜花海
让她忆起苍茫一生的某个瞬间
甜蜜和芬芳,复活了她枯萎的爱情

这些油菜花——我在少年时光
紧追着迷路的蜜蜂走进一所破落的房子
猛抬头望见邻家少女乳尖的晕红
这些油菜花——我在少年时光
紧追着迷路的飞虻走近一座劈开的坟墓
忽然遇见祖先散落的骨头
这些油菜花——我在少年时光
紧追着它绵绵的香气走进短暂的青春期
沉迷于它深藏的花蕊和蜜
如今我又一次遇到它,在中年的初春
也有汹涌的晕眩浸漫了头颅内的苍穹
这油菜花在春风里开得多么狂野而恣肆
从我身边越过的人,方死方生的人
被风吹薄的天空,白色和灰色的云朵
而我只有一枝开不败的油菜花
像芬芳婴童在大地的掌心迎风生长

许敏

许敏，1969年生，安徽肥西人，中国作家协会会员，全国公安诗歌学会副会长。有作品入选《安徽文学50年·诗歌卷》《中国新诗百年大系·安徽卷》《星星50年诗选》《新中国60年文学大系·60年诗歌精选》《〈诗刊〉创刊60周年诗歌选》等多种选本。曾获第二届中国红高粱诗歌奖、首届九月诗歌奖主奖等奖项。参加《诗刊》社第二十三届"青春诗会"。著有诗集《草编月亮》《许敏诗选》。

中年漂流

许敏

岁月有从容之美
中年犹然，但有尺度

一场暴雨，洗净心中
一山一石，一草一木

舟楫穿清流，过巨澜
是侍佛的老虎，跳跃难驯
在是非难辨的模糊地带
也有自己独到的评判

尘世是宽阔的，也是斑斓的
有着刺目椎心的诘问

但是事物本身很沉静
进退，迂回，有几处闲笔

一种深入骨髓的凉意
弥漫，暮色如晦暗不明的斑岩

心亮自明，无须秉烛，也不再
用头颅撞墙。三月的雨水，体虚且胖

用嫩芽，深入电闪雷鸣的云层
破译一整座天空的密码

我有故友，突然离去，他说大梦先觉
此生不再苟且，只想安静地做个蛋糕师

推荐语

蓝蓝·蒋戈天

在当下急速变化的社会背景和全球化的语境下，如何写出好诗来，我认为首先还是取决于诗人的世界观和美学理念。抱持小格局、狭隘的世界观、陈旧的美学观念，写出的诗自然是劣诗。

蓝蓝一边在进行诗的探索，一边在思考着"介入"与"不介入"的问题。她认为，不能做"完全沉浸于'自我'私人而不与社会发生联系的诗人"，同时，她还指出，"假如一个诗人丧失了对世界的想象力，丧失了对他人、对其他生命的敏感，丧失了对身边生活诚实的表达，我不会认为他是一个真正的诗人"。正因为她持有这样的诗歌创作理念，她的诗歌内核是坚实且饱满的，是深刻且沉重的。她诗行里深埋着她对生活本质的感受和理解，流淌着她的炽热之感和悲切之痛，由于她"介入"生活的核心地带，所以她的诗拥有丰富的细节，比如，"小舅舅骑在树上玩他的弹弓"，"姥姥大襟下的一窝星星"，有细节的诗更为真实可信。她还说，诗人要"保持内心声音和实际行为一致——诚实。诚实。诚实"。我理解是，做诚实的人，写诚实的诗应是诗人的金科玉律。

蒋戈天的《不舍之心》中，所取的是鹰、受伤的麻雀、大雁、桃花、杏花等物象，看起来比较陈旧，但戈天赋予它们以新的生命。"不舍之心"其实就是对万物持有的慈悲之心和痴爱之心。他在诗中多处写到要种下"善念的因子"，这"善念的因子"是他对世界观的根本诠释和表达，就是善良和慈悲。他吟唱道："黑衣人，请放下漆黑的枪口/别伤了飞翔的翅翼/请丢下明晃晃的刀锋/别误了每棵花木葳蕤的青春。"这是怎样的《大悲咒》？这是真情的流露，是真诗。

蓝蓝

蓝蓝,祖籍河南,1967年生于山东烟台。出版诗集《含笑终生》《情歌》《内心生活》《睡梦睡梦》《诗篇》《蓝蓝诗选》《从这里,到这里》《一切的理由》《唱吧,悲伤》《世界的渡口》《从缪斯山谷归来》,中英文双语诗集《身体里的峡谷》《钉子》,俄文诗集《歌声之杯》,童诗集《诗人与小树》;另出版散文随笔集6部,长篇童话4部,童话评论集《童话里的世界》。曾获刘丽安诗歌奖、第四届诗歌与人国际诗人奖、冰心儿童文学新作奖、第三届袁可嘉诗歌奖、第六届天问诗歌奖、第四届维拉国际年度艺术家奖、第十六届华语传媒文学奖年度诗人奖等。

河海谣

蓝蓝

里夹河和外夹河
拥抱着大沙埠奔涌;

穿过葡萄园和苹果林,给苦涩的海
带去甘甜的雨水和雪水。

屋顶上的瓦松,
姥姥头顶的白云——

一条河在哀哭,另一条在欢笑
载着资阳山的眺望
一直流到芝罘海岬。

窗纸上的小洞啊
姥姥大襟下的一窝星星——

我在沙滩上奔跑,蓝色的血
从脚底流进我的身体。

海风摇晃着柳树
小舅舅骑在树上玩他的弹弓——

松木船桨记得他的名字
大沙埠,当你漂向大海时
他是你带走的那个孩子。

妈妈呀,听我为你唱这支河海谣
你的呻吟日夜烧灼;
你的两条河,在我身上燃着了大火——

蒋戈天

蒋戈天，1975年生，河南商城人。作品散见于《诗刊》《星星》《诗歌月刊》等报刊。出版诗集《乡下的麻雀》《漂流，另一种飞翔》等。

为每一颗不舍之心

蒋戈天

从负伤的麻雀身上
学习苦难
从小蝌蚪传续的经书中
学习爱与颂词
从瓦片和犁尖上
以打磨的亮指，试探活着的箴言

从一只鹰天空高旋，你得相信
这日益拥挤的世界
从未缺失远方和飞翔
从花开遍地，从流水轻弹
你得相信，这身披锦绸
足底染泥的人间，一直都不缺光芒

山转过山，水流过水
终点立杆为旗
每一次停顿，大风抹去汗水和足迹
从风口浪尖扶住火焰
从泪滴和血渍中提炼金币
须向不舍之心致敬
递上烈酒，递上罗盘和火石

推荐语

津渡·育邦

　　仿佛我们步入了交融多元的文本写作时期，创作的因素和技法、理念，在小说、诗歌、散文、戏剧、影视等诸多门类间流动、生存、催化、变异以及相互影响和作用。比如，非虚构写作从报告文学、散文已经在向小说、诗歌等文本不同程度渗透、浸染，并像酵母一样起着化学反应。通过变化和转型，正以一种新的状态、新的面貌从常态的固有文本中凸显出来。这是文学创作丰富性发展的必然，更是文学丰富性的一个好的开端，我想，本该如此。

　　这次津渡的诗我欣赏的是他的《汉阳门》《绿色猫》《和弟弟吃饭》这样的小长诗，这些诗行里分明有非虚构的元素和成分，呈现戏剧化的效果。在诸多诗行里，津渡力图让故事、事件、过程、细节来说话，最大程度用诗性的语言还原情感的真相。诗歌不必承担报告文学和小说的责任来纪实和证实生活的本质特征，但文本艺术的记录和艺术的呈现以及诗性的表达都是不可丧失的。杜甫、孟浩然是这样，阿巴斯、罗伯特·弗罗斯特也是这样。

　　育邦一直在中西方美学、哲学和诗学中努力为自己打开一个通道，让两者有用之要义为我诗学所用。他的诗歌探索朝两个向度掘进，一是他在《扬州慢》《在碧山》《归去来兮》这样中国传统美学符号很重的气韵里作凌波微步、高蹈而行，并用现代意识的注入使之产生新的气息和美感；一是他写《木匠的儿子》《海边的卡夫卡》《法罗斯的魔术师》，从西方神话和西方宗教里取典，来重新解析和解构，注入自己的清醒和理性的批判，他的诗被评论家汪剑钊评定为"互文"。汪剑钊称育邦"化古融欧，较好地解决了历史与现实、书面与口语、西化与本土的对峙，呈现了一种开阔而自如的气象"。其实，关键词还是在"融"字上。

　　"融"是交融、融解、融会贯通之意。事物的发展需要包容、交融，诗歌写作也是需要的。我想，本该如此。

津渡

津渡，本名周启航，中国作家协会会员，著有诗集《山隅集》《穿过沼泽地》，童诗集《大象花园》，散文集《鸟的光阴》《植物缘》等。2009年参加第二十五届"青春诗会"，其诗歌于2012年获第三届徐志摩诗歌奖，2016年入选深圳读书月"年度十大好诗"，2018年获首届"小十月少年文学"童诗作品优秀奖。

汉阳门

津渡

有一道门，你们没看见
跑过马屁股和马尾巴
一道黄光去了
不是黄陂黄骠马，去的是一条黄土路
门宽宽敞敞，门又在移动
一条路怎么跑得过它？
一月二月三月四月到十二月也跑不过它
门打开了，就是给风让路
走来走去的，你们当然看不见
那么绿色也就赶趟来了嘛，兔子果树
石头山也来了嘛，赭色
青色，居然与灰色次第来了
小酒杯小桃红老米酒老表姐也来了
赶集儿似的
龟山蛇山朱雀玄武也来了
既然都来了，门就放黄鹤楼过去了
放长江水过去了
放灯笼泡子野芹菜野韭菜紫背萍过去
放肉喇叭放青光眼放十三点放蝴蝶夹子嘴

放放放……放过去了
小花小草小甜甜阿猫阿狗阿汤伯
扁担箩筐镰刀斧子秤杆算盘汉阳造
破毡帽独轮车驮子船小草棚大白屋
天门沔阳潜江荆门公安孝感云梦等等
等等，等一下都过去了嘛
顺便五祖寺和黄梅戏也搭过去了
更远的菊花圃和南山也勾进去了
门像个传说，门又不是彩虹
门你就是座门，一个天大的
大裤衩子——只等雨来洗吗？
宽宽敞敞，雨也过去了呀
红鸭子黑鹅庄子也过去了呀，乱糟糟
"破四旧""除四害"也过去了呀
塑料花甜米酒小五金纺织公司钢铁厂
都过去了呀
白天过去了，白日梦白云
红日头走了
灶火塘星子酒糟鼻月亮也走了呀
张开两腿，宽宽敞敞
无边无际——门你就是天啦！
不喜不悲不安生地四面八方转悠着看呀
门你是我的过去现在啊，阿弥陀佛
门你还是我的弥勒佛，幸好
没得哪个伙计看见哪

育邦

育邦，1976年生。从事诗歌、小说、文论的写作。著有小说集《再见，甲壳虫》，有诗入选《大学语文》及多种诗歌选本，著有诗集《体内的战争》《忆故人》，文学随笔集《潜行者》《附庸风雅》《从乔伊斯到马尔克斯》。现居南京。

扬州慢

育邦

流水修剪你古老的容颜
迷恋骸骨的人从琼花下走过
越过层层叠加的历史菌菇
我们翘首眺望
苍白的祖先们围坐在井栏旁

苔藓保持警觉
肾蕨从水镜中提取尘烟
带翼山民负琴而出
《广陵散》，血染的云朵
迷离于巷闾之间
抱薪者点燃微暗之光
——一次性的火苗
只为他自己

在水的黑夜中
我们凿穿火焰
在小夜灯的指引下
我们沿鲜花木梯向天空攀爬
偶尔回过头，俯视河岸

推荐语

林雪·高梁

  一代大师梁宗岱在《谈诗》中说："对内的省察愈深微，对外的认识也愈透彻。"写诗终在此理中，我一直推崇有内省意识的诗人，也欣赏能删繁就简，铅华洗尽，有铁干虬枝，沉重如鼎的文章，对于一些戚戚之语，浮躁浅显之思，油滑轻飘之语，我是不屑或讨厌的。

  林雪的诗写到己亥年，诗风更成熟和干练。这组《山河笔记：小诗篇》她自谦是"小"，我读来却感受到诗人的大视野、大格局和大情怀。早在她的诗集《大地葵花》获鲁迅文学奖时，评委会给予的评价就是："它摒弃诗人个体写作的雕虫小技，转向群体精神空间求索"，"人民性的立场，使这部诗集获得了广阔的纬度。"那时，她的诗歌就呈现气象浩荡、博大。如今，其诗的人民性、历史的纵深感和厚重感更为浓烈，诗人站在时代发展的进程高度，回眸审视我们这个民族几千年的发展史、苦难史和奋斗史，她没有空洞乏味地抒发虚情和假意，而是在大的历史变迁中，抽丝剥茧地找到诗歌的"线头"，慢慢捻出长线来，织成一方丝锦图。让人们去观看，"北墩台2号探方里的24个头骨/女性占23个"背后的真相，去嗅闻香料辛辣对国家的政治、经济、文化以及个人的影响，揭示了"贸易的骄子"是"史册的主角"。当然，她在向后回眸时，也不忘视察当下，于是展现了"刺青"的"东郊歌手"的命运沉浮和"外祖父"一生的际遇。在大与小的主题中游弋，林雪的语言和目光是灵动而有张力的。借用黄礼孩谈好诗的一句话来评她的诗："是有内在速度的诗歌，它简明、准确、形象、到位、紧凑，充满个性的确立与照耀。"

  高梁的诗干净，有温度，有阳光的味道。不少诗人食"洋"不化，学习西方诗人的诗歌过程中没有甄别，把"洋垃圾"也照搬了过来，把诗的基调写得很晦涩，很绝望，很沮丧，仿佛我们处在世界末日来临之际。高梁的诗不把人带到颓废之所、失望之地、绝望之崖，他写《朝阳》，也呈现"火葬场"，也写到"医院"，写到"光芒"，写到"我仍在光芒中沉醉。忘记了孤独和愁苦"，甚至"忘记自己是在赶路途中"。他的"试刀石"和"穿石歌"都给人一种坚韧、拼搏和不妥协，以及抗争的感觉。这是当下诗歌写作应该倡导的。

  里尔克说过：作家要"去完成一个世界，是为了他人完成一个自己的世界"。我认为，我们的诗歌文本应该为他人完成一个有爱、有温度、有希望、有历史感的世界。

林雪

　　林雪，1962年生，一级作家，辽宁省作家协会副主席。1988年参加诗刊社第八届青春诗会。2006年获诗刊新世纪全国十佳青年女诗人奖，诗集《大地葵花》获第四届鲁迅文学奖。出版诗集《淡蓝色的星》《蓝色钟情》《在诗歌那边》《林雪的诗》等，随笔集《深水下的火焰》，诗歌鉴赏集《我还是喜欢爱情》等。曾获《星星》年度诗人奖、中国出版集团奖、中国百年最具影响力诗人、当代诗人十佳奖等。现居沈阳。

初来韩城

林雪

在韩城，我要给西汉的某某先生
写封信。我为此住在城外
饮酒（不得超过三人）
穿深衣（不许长及脚踝）
并且只能是麻或布的
（丝太贵买不起）
我坐则双脚合拢、席地而安
行则不时礼让屡次说"请——"
我读经书、习篆隶、吃稻黍
（没有冰箱，肉都不新鲜）
鱼是黄河鲤，现吃现捕

我揽镜也揽竹简
吟赋也诵乐府
行则快马和铁辐
虽身为女子，我亦可
单独会见男宾

与之狩猎、出行，甚至饮酒
（不得超过三人）
我可以因为优秀封侯
拥有爵位和封邑
爱可以爱得火热
这样写情诗——
上邪，我欲与君相知
长命无绝衰

但是——先生啊
我最爱你那个岁月
人们流泪的风尚
从朝廷到平民
从国事到家事
从痛苦到欢喜

高梁

高梁,本名王树彬。河北秦皇岛人。20世纪80年代中期开始写作。诗作散见于《诗刊》《人民文学》《诗选刊》等刊物。曾获第十二届河北省文艺振兴奖、河北省首届文艺贡献奖、华文青年诗人奖提名、国家电网职工文学创作奖等奖项。出版诗集《秘境》。

朝阳

高梁

光芒来得汹涌。火葬场、医院、钢铁厂
一路覆盖过来楼宇和早市都被淹没
一辆辆汽车向它驶去
不断被镀上金身。无数的灰尘
摇身变成了金沙光芒拥有了重量
如同活物拍打着我们看不见的翅膀
我曾经认为这是天庭
铺展出恢宏的道路前来迎接
人世尊贵的客人

多少年过去
我仍在光芒中沉醉。忘记了孤独和愁苦
忘记自己是在赶路途中

我知道我被光芒迷惑但你否认不了
这一刻是真的

推荐语

阎安·李建新

诗评家陈超曾说过："诗歌不会让人活得更好，却能让人活得更多。""多"就是人生的丰富和深广，而诗人要达到丰富和深广境界，就不能回避生活的历练和苦难。阎安和李建新两位诗人一直对生活和写作有自己的独特感受。

阎安说："作为一个诗人，我必须这样绝对地处在一个觉悟者的位置。"他一直在写作中保持一个"觉悟者"的冷静和理性。他早期的诗，被诗评界评为是痉挛与抽搐的，是自焚与饱受煎熬的，后来逐渐走向硬朗、凛冽、锋利和健硕。在不断求变中，其思想变得更加深邃，诗风更为阔大和丰盛。他在批判现实时，致力于揭示一种内在和外在的"黑暗"；他既要"像传说中的大力士，打败一群恶鬼"，又对世界充满美好的信心，"独赏丝弦，等美好自己找上门来"。这就是今天的阎安，金刚与菩提、鲜花与宝剑、猛虎与蔷薇，均在他的目光里和心跳中。

李建新对诗歌所持的观念，也是我所持有的。有了好的诗歌观，才可以写出好诗；因为有此念者，不会或者本能地拒绝写功利诗和假诗、伪诗。李建新诗里众多优异的形象是值得推崇的。比如，他诗中"李河"形象的塑造，是饱满、立体、有诗意的。在诗中固定地写一个人物，诗人方文竹也有过尝试，他的诗中有个"老魏"。其实，我们都知道这个"李河"和"老魏"可能是在现实中存在的，更是在诗人精神里存在的。还有李建新的《偶遇两个人》的人物交叉关系的设计和故事的反转、戏剧化的呈现，都表明诗人是在进行智性写作，智性写作才能使诗歌文本更具技巧性和完成度。

阎安

阎安，1965年生于陕北乡村。陕西省作家协会副主席、中国作家协会诗歌委员会委员、陕西省作家协会诗歌委员会主任、《延河》主编。2014年以诗集《整理石头》获第六届鲁迅文学奖诗歌奖。已出版《整理石头》《与蜘蛛同在的大地》《乌鸦掠过老城上空》《玩具城》《蓝孩子的七个夏天》《自然主义者的庄园》《无头者的峡谷》《时间患者》《鱼王》等多部著作。有部分作品被译成俄、英、日、韩等文字，在国外出版发行。

黑暗之巢

阎安

很多鸟其实对卧巢孵化的事很不耐烦
它们孵完小鸟就从此不再归巢
很多鸟其实根本就没有巢
树林子就是它们的家
树枝就是它们的家
树林子和它的阴影
就是它们的家

很多鸟比如乌鸦
它们总是在黑暗中到来
仿佛黑暗中比黑暗更黑的密集的碎片
黑暗使它们变得异常活跃
它们在黑暗的中心飞翔
久久地不落下来
它们震动黑暗的沉默地飞
就是它们的家

李建新

李建新，1969年生，湖北安陆人，现居广东东莞。

地铁站

李建新

人从地下走出来，从地上走进去
黄昏在一个地铁站
我看见左右的两个出入口的构形
像两朵开放的白玉兰（符合城市美学）
来历不明的人，去向不清的人
与我交臂而过
他们的意识流向，如顶部设计密集的木条
但匆忙，让他们一时忘了去路。
地铁与轨道安静地摩擦
车厢内敞亮，大多数人面无表情
只有我，一个漫游的人在顾盼
我们犹如一群没有魂魄的人
一起完成了一次贴地飞翔。
白玉兰将湮于夜色，而这一次
是超现实主义的璀璨晚灯复活了花朵。

推荐语

池凌云·曹大臣

我一直认为诗歌的语调应是倾诉、独白、低语，而非大喊大叫，更非诅咒和怒骂。英国诗人乔治·希尔泰什在解释诗歌是什么时说："我认为它是诗歌的能力，当生活似乎过于复杂，谈话完全无效时，它可以对生活的难题说出某些清晰而忠实的话。"需要关注的是他所强调的"说话"，就是不大声喧哗，用诗的旋律、内节奏和词语以及形象来"说出"事物内部存在的秘密和人生的规律，这也是一个优秀诗人应操持的正道。

无独有偶，诗人池凌云在她的创作谈里也说到了"弱的低语"，而曹大臣的"调式总体来说是平稳舒缓的，偶尔会表现出较为细微的浅吟低唱"（评论家赵东语）。这种"低语"或"浅吟"的声音我认为是符合诗歌美学的。

池凌云的诗风呈现出内敛、冷艳和理智的特征。她敏感地发觉现代人情感的一种饥饿感，即当人们拥有丰富的物质后，精神层面却存在强烈的饥饿感，而此感在蔓延和浸透，并对个体的人产生侵扰和支配，个体的人在这无法克制和战胜的精神饥饿感前所呈现出的情感的多侧面现状和无奈感，用诗歌来揭示，就显得尤为真实和深刻。她选择了"弱的低语"来说话，来倾诉。她自谓的"弱的低语"，其实不是真的"弱"到无力，"弱"到无声，"弱"到呻吟处，这不是池凌云写作个性和原则所在，她的诗行里众多要素和成分都有着强烈的抗争和不妥协，迫使读者不断地停下来思考。

静水流深，静流之下，必有波澜。

初识曹大臣先生是在2016年他的诗歌研讨会上，当时，他的一组以个人编年史的手法创作的诗歌存有诸多陌生化特质，让我眼前一亮。当他再次捧出诗作时，这组诗作日臻成熟、老辣，诗歌既有存在主义和后现代主义的诗歌美学的理念注入，又有"曹氏"特质的风格，在追求历史感对诗歌的影响之外，更加强调现代性。他的诗大多从日常生活里撷取物象和场景，展示的也大都是知识分子对日常生活现场的发现和哲思。《斑马线》里，他从斑马—斑马线—病人的条纹衫，写出了城市与城市人的现代病；《两只乌鸦》里，两只打架"红了眼"的乌鸦最后又一同飞走，通过动物世界里的一个日常场景来反衬人类的暗斗和相互倾轧；《开水的味道》里，由开水的味道暗示了独特生命体验；等等。大臣的诗歌让我们在阅读时生发出诗歌创作多样性的启示，品质是上乘的。

池凌云

池凌云,1966年生于浙江瑞安,当过教师、记者、编辑,1985年开始写作。著有诗集《飞奔的雪花》《一个人的对话》《池凌云诗选》《潜行之光》。部分诗作被译成德、英、韩、俄等文。曾获《十月》诗歌奖、东荡子诗歌奖·诗人奖。

乌鸦的时刻

池凌云

当一群乌鸦保持静穆,注视我
暗中感知我强烈的冷与渴,
我的天空开始旋转,
我几乎要开口对它们说话。

它们那么渺小,不该喜爱光
但黑夜忠于它们。
饥饿的故乡在悄悄给它们食物。

我的手缩在衣袖里
估量着冰冷的世界得到的慰藉。
一根冻僵的树枝在醒来。

我记得那个时刻:白茫茫的雪地上
只有白桦树挺立在那里
所有树叶都落光了。只有数十只乌鸦
栖息在枝条上,注视着我。

曹大臣

曹大臣，1964年生。现为南京大学历史学院教授、博士生导师，南京大学边政研究所所长，南京大学中共党史资料馆馆长。主要研究方向：中日关系研究、日本研究、中共党史研究等。曾在《诗歌月刊》《扬子江诗刊》《福建文学》等刊物上发表诗作。

两只乌鸦

曹大臣

两只乌鸦在打架
眼睛都红了

羽翅翻飞，从空中打到地上
从一棵树打到
另一棵树

打了一会儿
又结伴飞走了

两个人看后，相对无言
一个人看后，目瞪口呆

推荐语

何晓坤·曾纪虎

　　写诗是从"物色之动,心亦摇焉"开始的。"人有感觉、思想,必加以感情的催动,又有成熟的技术,然后写为诗。"顾随在《驼庵诗话》中很清楚地道出写诗之经。诚然,是这样的。他还指出:"文人是自我中心,由自我中心至自我扩大至自我消灭,这就是美,这就是诗。"诚然,也是这样。

　　好的诗人必须是有思想的人,有着自己对事物变化、社会变迁、人性善恶、历史进程的独特思考、发现、揭示和批评,不随波逐流,不人云亦云。何晓坤在淬炼词语的过程中,更多的是注重思想的锤炼,使自己冷静、深沉、睿智和果敢。他的诗歌对俗世的干预和批评较猛烈,每首都是刺向黑暗、邪恶、丑陋的匕首。他如狙击手一样,潜伏在云南罗平一隅,用长诗短诗弹无虚发地射中"靶心":《骨头基础学》一诗,他击中了人的"媚骨";《迷路者》中讥讽了众人迷路去庙里求法师"指明人生道路",而法师给的名片是"正处级";《志书上说》中,诗人的追问:"转投人间的妖魔,藏在/哪个角落?"这些都是手术刀或金箍棒。现在不少"成熟"的诗人把诗写得很艳、很甜、很腻,读后却是轻飘的、油滑的,有钙质的诗、有重量的诗太少了。

　　让我们一起走进曾纪虎先生的诗。他的诗呈现的特质是诗主旨的多义性和先锋性,他的诗从具象进入后有多方面的出口或迷宫设置,多侧面的曲折投影让我们有多角度的思考,并产生多歧义理解,故此具有开放性和复合之美。他追求的好诗也是这样,他在创作谈中这样写道:"好诗是具有开放意愿的,是解释性的。"他苦苦地在诗歌冶炼室里研究自己的诗歌炼金术,让自己的诗歌纯正、坚实、开放、多异。这在《万物的形象如此迷人》《归途》《泅渡》《图案》等诗中得到了很好的呈现。在创作中,显然他是以"自我为中心"的,并做到了"自我扩大"和"自我消灭",留下的是他个体思想结晶的——纯粹之诗,开放之诗。我们说,没有自己个性特色的诗,必被他人的作品覆盖、淹没,不能留下痕迹而消殒,这是可怕的。

　　如果说何晓坤是诗歌的"狙击手",曾纪虎就是诗歌的"炼金者"。

何晓坤

何晓坤，中国作家协会会员。著有诗集《蚂蚁的行踪》《灯花盛开》等。参加《诗刊》社第八届青春诗会。曾获云南年度优秀作家奖、《云南日报》文学奖、滇东文学奖等多种奖项。

骨头基础学

何晓坤

刚刚降临人世时
人的骨头很多，多达305块
这时候的人，叫婴儿。
时间让有些骨头合在了一起
到称呼换成儿童时
骨头减到了218块。到成年
所有的骨头基本定型
206块。

这便是骨头学的基本常识
再往深一点探究
我们可以得出两个结论
一是人的骨头会慢慢减少
二是当骨头离开灵魂后
耻骨以及别的名称便不复存在了
所有的骨头都只有一个称呼
叫媚骨！

曾纪虎

曾纪虎，1972年生于江西永丰，井冈山大学文学院讲师，从事写作教学与研究。现居吉安。有个人诗集《风在安隐》。

泗渡

曾纪虎

秋光下，在公社乡村的窄巷后
那能裁行云、剪流水的，定然是一位
　妙人
记忆总在修剪，时与地，那种并非
　如此的感受——

既有悲伤，也让人心领欣悦
二十世纪七十年代的初月，它已君临
　上空
在恩江的一处小沙洲上，筋疲力尽的
　顽童熄灭了心愿

劳碌完的牛群；它们的脸，模糊的
　面具，伸出水面
我们知道，水流过的声音；我们知道
灶膛里升起火苗——不是为自己
　准备的

这一群在傍晚时分泗渡归来的生物
有时是我们的玩伴，有时是负担
时光会改变它们，以故意的神秘

显示它们，如同拉长的摇摆的梦境
并且判定它们，像水和空气一般永在

推荐语

张执浩·然也

张执浩在获鲁迅文学奖诗歌奖时发表的感言里有一句设问：一个诗人究竟该怎样开口对他身处的时代说话？在这句设问后，他没有做正面回答。在他的创作谈《思想与想法》里，他依旧没有给出明确答案，他只是这样说："……就是写作者身处悲凉的人世却依然有以身饲虎的勇气，以及在此过程中所感受到的惊惧、疼痛、庆幸、慰藉等等，所谓的百感交集。"他只是用自己的这组诗文来阐释他的诗歌理念、抱负、实验和他的思想，以完成他的写作目的——"写作是抵抗心灵钝化的武器"。

张执浩从"做一个披头散发的老父亲"形象，已然变成缄默睿智的歌者。他被杨克赞道："他让日常生活呈现了诗性的光辉。"这组诗的底色，依然是他从日常生活中撷取的宝石，并擦拭出诗的晶莹和幽光。同时，他在完成自己的诗歌美学理念：一是他强调主动生活，被动写作；二是把诗歌当成一种声音的艺术看待。他想实现完成的一首优秀诗歌，应该是从里到外都能发出一种召唤的声音，能够把人群，陌生的人群，对现代诗不了解的人群都召唤到这首诗身边，最终自己成为一个"被词语找到的人"。这些都是他要开口说话的根本目的。看完他的近作，我想，他应该是做到了。

然也的《城北》系列我挺喜欢，但我更喜欢他的这组诗，包括《昨日大风降临》《种兰草的人》《下雪的日子，我愿意待在乡下向火而眠》《听同事谈论起退休》等近作，我在这些诗里看到了一种淡淡的忧伤、淡淡的悲怆、淡淡的温暖和淡淡的无奈。在读完他的创作谈《我领悟的一个字》后，我仿佛找到了打开他诗门的钥匙，他说他领悟的一个字是"悲"。这个"悲"，我的理解是悲悯，是诗人的慈悲之心，诗人就该有悲天悯人的情怀，把天下苍生的悲苦，揽于自身，去为他们解脱悲苦而长歌当哭，去倾尽所有，吟唱一切，如"地狱不空，誓不成佛"的佛陀。然也的诗的基调在悲悯，但诗风却没有凄冷、沮丧和颓废，而是充满明亮和温暖，这是他的诗悲而不伤的地方。

再回到张执浩的设问，我们该怎样开口对他身处的时代说话？我认为，唯有真诚地大声说出自己对其的真爱、真思、真恋、真提醒、真批评，无其他了。

张执浩

张执浩,1965年生于湖北荆门。现为武汉市文联专业作家。著有诗集《苦于赞美》《宽阔》《高原上的野花》等多部。曾获第十二届华语文学传媒大奖年度诗人奖、第七届鲁迅文学奖诗歌奖等。

重返旷野

张执浩

落满麻雀的树枝背后
北风在蓄力
落满麻雀的草垛上
太阳走过,无声无息
父亲用棍棒轮换抽打着肩膀
落满灰尘的公路尽头
北风醒了
麻雀往南飞
我在麻雀腾空后的树枝上
留下过人猿的记忆
我用父亲留下的棍棒
四处戳捣,漫无目的
太阳昏昏欲睡的时候
我依然保持着少年特有的警醒

然也

然也，本名龚卫民，湖北赤壁人。作品散见于《长江文艺》《诗歌月刊》《扬子江诗刊》等刊物。著有诗集《然也诗选》。

昨日大风降温

然也

早上七点，阳光特别温厚
钟楼顶上的避雷针很亮
落过老叶，鹅掌楸看上去更光鲜

不修边幅的凤尾竹
过于整饬的灌木
不锈钢雕像
方形廊柱表面的贴瓷
……
白露之上涂了一层金黄。辉煌的金黄

多像一口深藏安静的陷阱
隔着窗户上的铁栏
我隐约还望见了
里尔克的豹子。现在，它的眼里
也埋着这样的天气

推荐语

蓝角·王天武

在平时的阅读中，我喜欢读点有关各类文学的、艺术的大奖颁奖词和答谢词，除去感谢和溢美之词外，还是能见到颁奖机构对其艺术成就的褒奖和艺术家们对人生和艺术的感悟的。第十届茅盾文学奖有三位得主的答谢词，让我觉得有嚼头。徐怀中老师曰：减去什么？减去数十年来我们头脑中的这种有形无形的概念化、口号化的观念。陈彦君云：把握生活的骨感和气韵。李洱君语：愿意对心灵里的每个褶皱负责任。这里有四个关键词："观念""骨感""气韵"和"心灵"。对小说家来说，这些是写作的根本和关键，其实，对诗人创作也是一样至关重要。

蓝角是20世纪90年代重要的诗人之一，是我刊早年的编辑。和大多数20世纪60年代出生的诗人一样，走过喧嚣、沉寂、涅槃、复出，当他归来时，不仅他的诗歌文本是"新的"，他的整个人的艺术观和美学理念也是"新的"。当然，我们"不能两次踏进同一条河流"。同样，"河流也同时遇不到同一个我"，因为，"我是新的"。"新的"来自自我否定，来自自己对艺术真谛理解后的诸多方面的增加和删减，来自自我的解构和重建，让自己"新起来"，其实是让自己走向更高处，"不妨今天爬上山顶/我想看看不远处的春天"，攀登高峰，一定要抛弃不必要的"旧的"辎重，一定要增添"新的"武器。蓝角的这组新诗里，少了华丽的词语和技法呈现，只是让诗之思更有"骨感"，让诗之形更有"气韵"，进入大象无形、大音希声、大巧若拙的境界。这一切来自他的沉寂中的思与悟、增与减、舍弃与索取。其实就是减去旧观念，增加新思想。

王天武坦言："我只爱一种腔调。"他认为的"腔调"就是"独特的说话技巧"，联系到诗歌创作，我认为这是一种唯一属于自己的呈现方式。他的"腔调"是沉稳、内敛的，是细雨润无声，是向内倾诉、向外渗浸式的。他的视角选择，是审视事物内部瞬间变化的，他"总有那种确信的幻觉"，让他感到"一次等于没有，一次等于唯一"，他能时时感到"植物时有哀伤"。他在心灵秘史的写作里，写出了细微背后实质的意义，写出使每个人读完其诗后，陷入静默的思考之中的境况。这应该是"对心灵里的每个褶皱负责任"的结果，如果我们每个作家、诗人都能对心灵做到负责任书写，那么这些作品一定是有生命力的上乘作品。

"文学的力量不同于政治、经济、军事、科技，主要诉诸人的灵魂，影响人的精神。文学对人的精神和人的心灵发言。"这是作家梁鸿鹰曾说的两句话，就让我引此段话为本文结尾了。

蓝角

蓝角，1964年生，安徽和县人。1984年开始诗歌写作，出版诗歌、散文作品集多部。现居合肥。

立春日
蓝角

天还没亮
司晨的公鸡想要三更醒来
郊外的积雪一点点融化
南风贴着冰凉的水面
立春了

立春了
也没太多的惊喜
仿佛是多年前的同一天
我知道柳梢尚未吐芽
大雁还在北归的路上
构树的皮肤偷偷发痒
乌鸫飞回树梢
嗓子仿佛经历了水洗

一年总有开始的一天
我习惯在匡河独步
每天早睡早起

偶尔读点植物学著作
刚刚读到的一节
有关种子的旅行
书上说，一棵蒲公英就是
一群勇敢的伞兵

比喻尽管陈旧
但对我来说它是新的
这么想那我应该也是新的
此刻在乡下年迈的父母也是新的
我的家人和朋友都是新的
有点疲惫有点伤感的中年
一定是新的

不妨今天爬上山顶
我想看看不远处的春天

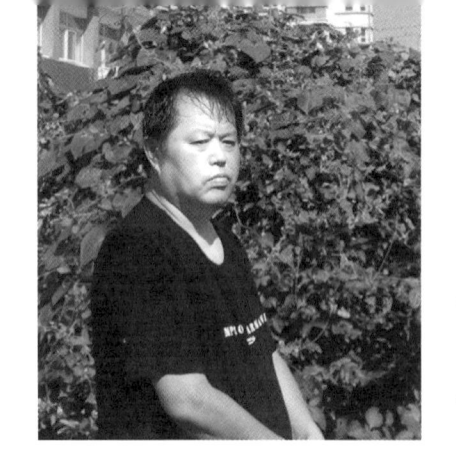

王天武

王天武,生于20世纪70年代,辽宁阜新市人。

一次等于没有,一次等于唯一

王天武

古希腊人有不止一个词用来表达我们
用"生命"一词所指称的东西。
他们使用两个在语义与词形上截然不同的
词:zoē和bios。
犹如人和影子,或者一个人和
一群他自己。
诗人能用几种方式表达惋惜。
在《弥留之际》里,毛子转述了吉尔伯特的话,
专门说给一个人听——

"我一直为此后悔,后悔
当时没有去做,一生最想做的事……"

我想重复这句话。黯然神伤。
没有一个人能承受我的告别。
没有一个人在我身后去世。
一个人已经走远,但影子
还留在洞穴,甚至忘记它是影子
还是人

注:《一次等于没有,一次等于唯一》头四行是意大利哲学家吉奥乔·阿甘本《形式生命》一文中的句子。

推荐语

田君·古马

每一位诗人都可能有一个写长诗的梦想，就如作曲家要谱写交响乐、画家要绘制长卷、小说家要创作长篇一样自然。使自己的作品有分量、有重量、有体量，是艺术家应有的追求。

长诗不好写，失败的例子比比皆是，或长而空，或长而乱，或长而粗糙，或长而虚假，或长而无力……翻阅当代中国的长诗，优秀之作不多。也因此，不少诗人对长诗创作是望而却步、迟疑犹豫的。要写好长诗，既要有丰厚的知识和深邃的思想，又要有高超的诗歌技艺，否则是很难驾驭的，也是难以完成的。

田君的长诗《大河简史》创作态度严谨，他以十年之功搜集、研究淮河文化史料，又从淮河源头到淮河入海口进行了徒步田野调查；同时，他做了大量的有关淮河主题的诗歌练习。在中华人民共和国成立七十周年之际，他拿出了皇皇千行的长诗《大河简史》。以一条河为主角的文学作品包括诗歌作品有很多，如何写出其精神内核、审美气韵、文化特性、时代感、历史感，以及河与人之间千丝万缕的联系，是考验诗人的关键。对于田君这首诗的艺术特色和文本价值，霍俊明先生点评得很到位，此处不赘言。我想说的是，田君对长诗的驾驭是成功的，将新的美学元素融入长诗的尝试是成功的，表达的新颖、结构的扎实及节奏的有致均是其成功之处。

不论是长诗还是短诗，最根本的是诗人对事物真实的艺术的诗性表达，言之有物、真情实感、独特呈现是写好一首短诗或一卷长诗的关键。诗人古马在坚持"诗言志""思无邪"的传统诗歌美学理念的同时，从传统中来，到现实中去，并用浓郁的现代性来抒写自己的诗歌和心声，在传统和现代中不断试验和介入，他想达到自己诗歌写作的一种"随心所欲"的境界。他达到了吗？读完古马的诗，答案自在其中。

田君

田君，河南信阳人。中国作家协会会员，河南省诗歌学会副会长，鲁迅文学院第三十二届中青年作家高研班学员，现供职于河南省信阳市文学院。

淮河源（节选）

田君

一

夜晚的大幕被晨曦徐徐拉开
大地，一张斑驳的土宣纸上
长淮饱蘸雨水、泉水、露水，抑或雪融之水
挥毫，落墨。写下隶书的"一"，
　或草书的"之"
写下汉字中所有带"三点水"，以及与水
　有关的字、词
江、河，湖、海，溪、汊，流、浪，漂、泊，
　泥、泞，沼、泽，滩、涂，洪、潆，汪……
仿佛有一只无形之手高悬空中，每一笔都
　遒劲有力

二

千里之河，始于太白顶下
一条河的第一步，虽然不免踉跄，但却足够勇
　敢
一小股一小股的水，最终在淮池集合，整装，
　列队
向东。以露天、徒步和自然流速单向行驶
一次水的长征或迁徙
沿途将收获无数男人的回头率和心动
　率，参与
无数女人的青春期和更年期
全程流过十二个月份的人间，二十四节
　气的烟火

三

有塑像、石碑、楹联、牌匾和高堂庙宇
　为证
一场盛大的仪式。水，长袖善舞
"灵渎安澜""惠济河漕""太白在
　望""淮海朝宗"
以河床为船身，桐柏山为桅杆，桐树为
　橹，柏树为桨
以那映照在水面上的白云和偶尔掠过
　的鹰影、雁影为帆
捞起深埋于河床底下的先人遗骨，
　像捞起船锚——起航
因为用力，水绷紧了全身的肌肉……

古马

古马,当代诗人。曾获甘肃省委省政府第四、第五、第六届敦煌文艺奖,2007年度人民文学奖、《诗选刊》"中国2008年度十佳诗人奖"、中国优秀诗集奖、首届朔方文学奖、《扬子江》诗刊奖、李杜诗歌奖银奖等文学奖项。主要作品有诗集《西风古马》《古马的诗》《红灯照墨》《落日谣》《大河源》等8部。

东柯谷见一只白鹭飞过,怀杜甫
古马

那一只白鹭
从他眼中飞过
从公元759年秋天
飞临东柯崖谷

飞临
我们

水竹茅屋
青藤浅井
我们比鸬鹚和蚯蚓迟钝
不能加入其中
手机把持
我们的饥渴
杜甫不知
正如安史之乱中的秋风
乱发过耳
我们难以体会

从白鹭俯瞰的眼中
我们从不同地方赶来认亲
很快
作鸟兽散

鸟兽
和
没白没黑在一起
和信息交换呼吸

白鹭消失
杜甫永远比落日早一步或者晚一步
用孤独
为心灵引路

推荐语

梁晓明·柳宗宣

　　梁晓明是20世纪80年代先锋诗歌写作走在前列的"战士",霍俊明的评定是:"梁晓明显然是一个强力诗人、生产性诗人和总体诗人。"他的诗歌《各人》和《玻璃》在先锋写作的20世纪90年代,已经是中国诗人耳熟能详的经典之作了。诗人李轻松说:"先锋诗是唤醒。"梁晓明这组诗在保持先锋表达的本色基调时,更多的是深入个体生命,以生存的历史感、现实性的自觉进行了独特的诗性展示。他的诗不在痛楚、绝望、死亡、封闭的内部滞留,更多的是对人本主义和人性深处进行掘进和拓展。没有拘泥于一体的束缚,力争兼容并包,然后加以创造和创新,较之过去有了质的上升,使读者更容易走近和接受,被诗歌文本呈现的内涵和内核意义所唤醒。

　　柳宗宣是一位在诗坛耕耘三十多年的老诗人,作为一个"词语的爱好者",一方面,他力图拓展自己的心灵经验与词语经验,甚至追求某种未完成的不确定性,以建构更为开阔的诗意空间;另一方面,他又不断地摒弃浮华,删繁就简,以求回到"故乡""本源",回到生命的澄明之境。从他的文字里,我们能看到两个似乎相对的行动:游历与回归。而事实上,这两者又是相辅相成的,因为,正如诗人从海德格尔那里得到的启示:唯有那许久以来在他乡流浪、备尝漫游艰辛的人方可还乡。

　　唤醒与回归,是两个不同的语境和状态。不管其路径如何复杂和曲折,我想终点是诗歌文本对社会贡献的重要意义,形式上,我们依然要追求先锋表达,内核仍然是人本主义的,是对现实的反观、批评、揭示,或者是"一念间的真实和正义"。诗歌本该如此吧。

梁晓明

梁晓明，1988年创办中国先锋诗刊《北回归线》。曾获《人民文学》建国四十五周年诗歌奖等。出版诗集《开篇》《印迹——梁晓明组诗与长诗》《用小号把冬天全身吹亮》《忆长安——诗译唐诗集》。

真理

梁晓明

我将全身的瓦片翻开，寻找一盏灯
谁在我背后鲜花盛开？

我曾经从树叶上屡次起飞
我将手深深插进泥土
这生命里最旺盛的一处泉水
是谁，在一小包火柴中将我等待？
我燃烧，将时间里的琴弦
齐声拨响
在一把大火中，我的白马出走

现在我回家，灯光黯淡
是谁在飞檐上将风铃高挂
在眼中将瓦当重新安排？

将逝去的呼吸声细数珍藏，我高举
一支箫
无人的旷野上，我的箫声
一片呜咽

柳宗宣

柳宗宣，1961年生，湖北潜江人。曾任《青年文学》诗歌编辑多年，江汉大学新诗研究所所长，硕士生导师。20世纪80年代开始写诗，出版诗集《柳宗宣诗选》《河流简史》《笛音和语音》及散文集《漂泊的旅行箱》等。曾获深圳读书月2016年度十大好诗奖。

笛音和语音

柳宗宣

黑瓦屋檐前的菜园
园中的土路伸向河边水埠头
月夜或晨雾浮起的时辰
一个少年在吹笛

流动的月光或晨雾让他的
笛音染上水汽和月的光晕
从河边白色的夜空传递到远方
涵容那乡村的静寂和神灵

那被吹奏的美感和忧伤
从那多维时空流泻出来
笛声和着月光与水雾
从一个少年的体内发散

水埠头上，小小身体在颤动
在跨行词句的语音之间跳荡
那沾染月光水汽的笛音
如今，化入可以触抚的母语

推荐语

吉狄马加·傅天琳

　　诗人翟永明曾谈及"大诗人"的标准和境界：超越一切现存概念，超越大或小、长或短、新或旧这样的概念，但又能将这些概念全部融入自己的作品中。这里，她反复强调的是"超越"和"融入"。吉狄马加和傅天琳的诗歌文本以及创作的境界都具有这两个特质。

　　吉狄马加是一位有着世界性视野的大诗人，惯于在诗作中对全球文明、历史、人性、社会进程等进行深度凝思。在这组诗中，他以一个彝人的赤子之情和东方智者的敏感和敏锐，多角度地深入东西方文明和社会万象以及人的生命本体中去挖掘诗意。他既关注印第安人和犹太人的命运，也关注彝人的命运和商丘的历史。他关注诗人的生存，也关注人类的和平、自由、环境等。宏阔的视野、悲悯的情怀和高度的敏感，让他能够不断拓宽主题空间，向更高的诗歌巅峰挺进。对于被评论家杨庆祥称为具有"世界诗歌"意识的吉狄马加，诗歌是"一个人的克智"。翻译过来就是自己和自己的"言语比赛"，这是对难度写作的坚持。

　　傅天琳这组诗，她自谓"采风诗"，它让我们看到另一个傅天琳的精神镜像。她在继承自己诚实写作和真诚抒情的创作主线之外，正在让自己的语言表达和主题开拓变得深厚、博大、雄浑。这组诗她写的是内蒙古。她开始用这样的词来增添自己诗的视觉冲击力和张力，比如"一万匹好马""十万亩柳""十万里风沙"，这些量词的使用，让诗的具象产生可视可触的质感。她的诗最大的特色是让人感到温暖和亮色。"每一首诗都应该是一个宇宙。"傅天琳的诗每一首都在佐证着这句话的成立。傅天琳老师是真诚的人，她的随笔里坦诚地写自己刚出道时的无知和不足。她的谦恭和虚怀若谷的为人为文大境界，让我敬佩！她对诗歌创作说的两句话分享给大家：写诗"需要第三只眼"，"写诗就是写阅历，写人生"。所言极是，我认同。

吉狄马加

吉狄马加，彝族，是中国当代最具代表性的诗人之一，同时也是一位具有广泛影响的国际性诗人，其诗歌已被翻译成近40种文字，在世界几十个国家出版了80余种版本的翻译诗集。曾任中国作家协会副主席、书记处书记。主要作品：诗集《初恋的歌》《鹰翅与太阳》《身份》《火焰与词语》《我，雪豹……》《从雪豹到马雅可夫斯基》《献给妈妈的二十首十四行诗》《吉狄马加的诗》等。曾获中国第三届新诗（诗集）奖、郭沫若文学奖荣誉奖、庄重文文学奖、肖洛霍夫文学纪念奖、柔刚诗歌荣誉奖、国际华人诗人笔会中国诗魂奖、南非姆基瓦人道主义奖、欧洲诗歌与艺术荷马奖、罗马尼亚《当代人》杂志卓越诗歌奖、布加勒斯特城市诗歌奖、波兰雅尼茨基文学奖、英国剑桥大学国王学院银柳叶诗歌终身成就奖、波兰塔德乌什·米钦斯基表现主义凤凰奖等。

对我们而言……

吉狄马加

对我们而言，祖国不仅仅是
天空、河流、森林和父亲般的土地，
它还是我们的语言、文字、被吟诵过的
千万遍的史诗。
对我们而言，祖国也不仅仅是
群山、太阳、蜂巢、火塘这样一些名词，
它还是母亲手上的褴褛、节日的盛装、
用口弦传递的秘密、每个男人
都能熟练背诵的家谱。
难怪我的母亲在离开这个世界的时候
对我说："我还有最后一个请求，一定
要把我的骨灰送回到我出生的那个地方。"
对我们而言，祖国不仅仅是
一个地理学上的概念，它似乎更像是
一种味觉、一种气息、一种声音、一种
别的地方所不具有的灵魂里的东西。
对于置身于这个世界不同角落的游子，
如果用母语吟唱一支旁人不懂的歌谣，
或许就是回到了另一个看不见的祖国。

傅天琳

傅天琳，出版诗集、散文集、儿童小说集20余部。作品曾获全国中青年优秀诗歌奖，全国首届优秀诗集奖，《人民文学》《诗刊》《中国作家》《星星》优秀诗歌奖，第五届鲁迅文学奖，冰心儿童图书奖，全国女性诗歌杰出贡献奖。诗集《生命与微笑》《五千年的爱》被译成多国文字出版。

日出

傅天琳

一切都是最好的安排
寅时、月亮、露水、敖包、经幡
隐隐的哒哒哒的蹄声
一轮红日
踏着红云扬起红鬃骑着一匹红骏马来了

来了
大草原的日出
上苍之手加持过的日出

现在我想把它看成是一个老人的日出
如果可以
这花这草这亮晶晶的水就是我的
这一座天空也是我的

如果可以
我就看见了血胎中的自己
正发出崭新的婴儿一样的心跳

如果可以
我生命里的能量
就有可能多一些，更多一些
因为加进了奶茶、篝火、青草、星星
爱和太阳

我必须感恩并牢牢记住这个瞬间
余生最年轻的一天
就从科尔沁
从5点15分的日出开始

2020年

老井·李不嫁

亚楠·李皓

王小妮·孤城

李寂荡·木叶

林莽·余怒

潘洗尘·代薇

汗漫·孙思

庞培·李点

川美·李海洲

熊焱·张岩松

张曙光·飞廉

荣荣·马泽平

推荐语

老井·李不嫁

推出诗人老井的作品，我有两点理由：一是他的文本是纯正的，不矫揉造作，不端着，不说"神话鬼话"，他始终写自己最熟悉的生活——八百米深处井下的矿工生活和那里的世界。他写矿山，写矿井，写掌子面，更写活了在地层深处矿工的生活之态和精神实质。所有的作品均"及物"，均"在场"。及物与在场，应该是文学写作的根本。但现在仿佛不在场、不及物的写作反而很时髦了，很流行，我很反感。二是他的作品是积极向上的。老井是一个井下工，常年工作在井下，他没有因为工作在没有阳光的地方而颓废和沮丧，而是在没有阳光的工作区域，持有诗心，持有诗歌的火炬，照亮自己，也照亮他人。他说："不朽的心脏吧？/又该到哪里把它找到/在大地的胸腔里小憩时/我也一直在考虑这个问题/直至在工作面上发现一个/永不疲倦的躯体，他一直在那里怦怦作响"，以乐观的精神面对生活，并用这乐观的诗句去感染他人，我认为这是诗人最高的境界之一。

诗人李不嫁的诗作，众多诗友的评价是辛辣和深刻，他过去的不少诗作就是这样，匕首般刺向社会的"病灶"和"毒瘤"，他的诗歌批判性很强。这是我所推崇的，我认为所有的作家都应该有批判意识，没有批判意识的文本是没有重量的文本。但这次我们推出的李不嫁的近作一改他过去的诗风，这组诗变得温润且慈悲。我在想，他从金刚变成了菩萨，收起了金刚杵，拾起了净水瓶，向社会洒下甘露。这是他的一次升华吗？我不知道。但可以肯定的是他的这次转型，把愤懑收起，用慈悲度己度人，这是一种大爱，他写的《雪豹》《狼》《鹰》《对一只羊的忠告》等等，诗行里均升腾着一种暖意和爱意。

在这个新年的春天，我们需要有暖意的诗歌，我们需要乐观向上的诗歌，正如人们需要春天的阳光一样，简单而重要。

老井

老井,本名张克良,煤矿井下工人。在《诗刊》《天涯》等刊物发过多篇作品,作品入选各种诗歌年选及精选集等。出版有诗集《地心的蛙鸣》《坐井观天》。获得过第二届桂冠工人诗人奖、第七届全国煤矿文学乌金奖、首届诗探索·中国新诗发现奖等。鲁迅文学院新时代诗歌高研班学员,中国作家协会会员。

活蹦乱跳的心脏

老井

高耸的山脉是大地的头颅
灵动的海洋是大地的眼眸
幽深的河流是大地的思想
绵亘的岩层是大地的骨骼
忙碌的人群像是大地的欲望
仁爱的大地啊,她总该有一颗
不朽的心脏吧?
又该到哪里把它找到
在大地的胸腔里小憩时
我也一直在考虑这个问题
直至在工作面上发现一个
永不疲倦的躯体,他一直在那里怦怦作响
跳跃着,刨着高处的煤炭

李不嫁

李不嫁，湘人，60后，供职于传统媒体，2014年开始诗歌写作，现居长沙。

雪豹

李不嫁

根本没有雪豹！只有幻象
或者是纯粹的虚构
那么高的海拔，鹰的双眼不会造假
而它没有带来蛛丝马迹
向我们证明
有一只羊，或野兔被撕成碎片
没有！雪山之巅，带有生命气息的
除了雪山自己，在冬季加厚、到夏季融化
将石灰岩水注入河流。只有我们
习惯性地双手合十
对高居头顶的一切顶礼膜拜
它也乐于云遮雾绕，聚合成神兽，安慰下造神的人间

推荐语

亚楠·李皓

一个好的作家和诗人在创作时的情感状态应该是什么样的？我认为拥有沉静和克制十分重要。沉静下来，浮躁就会远离；克制住了，情感就不会泛滥。

亚楠的心态和处世一直都是求静的，在新疆一隅，他孤旅独行，他的写作座右铭就是"孤独是写作的必需品"，在他的诗文里，闪耀的是思想的光泽与流动的情感汁液，是一种潜进与浸入的方式，不闹不嚣，让韵律、语词、节奏、技法来展示和揭示思考晶石的内部隐秘。这组《飞鸟的翅膀》给我的感觉是去了火气，保留真气和元气，用独思独见的心智写出的逸品佳作。诗里节奏感、气息感都是宁静而生动的。他在诗里写道："不/惊动任何人，也不惊动自己/的影子。"这里他借"野鹤"之具象而托自己之志，宁静致远。

从李皓的诗歌文本呈现上来看，他能把炽烈的抒情，沉入三维空间或多层面来冷静地处理，他让自己的诗呈现桂花的质地，即只有风来，才潜散它的香味。他能从平常中取景抒情，但不是一般意义上的浅处理，而是把日常放在哲学层面、宇宙维度层面来引申，让诸多不可知事件或物理，产生吊诡的、新奇的诗意，比如不明飞行物事件、佚园的假山等，所以产生了"我们是一群照猫画虎的人/把倒影看成了人间""大运河运来做旧的谜底"这样的句子，有内核、有机锋、有不可知性的异样效果。他最大的成功，是不泛情，在克制里找到对诗歌的多重性表达。

沉静与克制是我对两位诗人作品解读时用的钥匙，这两把钥匙，是否打开了他俩诗歌世界的神秘之门，读者看完后，可能认为门打开了，也可能认为我开错了门。仁者见仁，智者见智吧。

亚楠

亚楠,本名王亚楠,祖籍浙江。已在《人民文学》《诗刊》《中国作家》《十月》《青年文学》《北京文学》《花城》《钟山》《上海文学》《作家》《作品》《诗歌月刊》《星星》《人民日报》《光明日报》等报刊发表作品150余万字。多次获得全国诗歌、散文诗奖。

野鹤

亚楠

一阵风吹过松林。
露珠
从梦中滚落。一缕清亮

的心绪。
在隐者眼里,风也只
是参照物。

他用时间裹住一个
名词。
像水中的倒影

并不彰显什么意义。
许多时候,
他只能把过往

堆积在一起。不
惊动任何人,也不惊动自己
的影子。

李皓

李皓,"70后"诗人。中国作家协会会员,辽宁省作家协会全委会委员、诗歌委员会秘书长、签约作家。文学硕士,一级作家。

佚园的假山

李皓

假山再假,它也是山
何况它还有一个卧虎的形状呢
一只纸老虎卧上千年
它就可以,向一池秋水提问

雨水在芭蕉上敲鼓
四大家族在一滴露珠上,苏醒
那些散佚的风骨
编织了一些看不见的蔷薇

我们是一群照猫画虎的人
把倒影看成了人间

推荐语

王小妮·孤城

我喜欢诗人王小妮的《一小块土地》和《月光》两组诗，以及诗人孤城的组诗《光阴的语境》。可能你会在他们的诗行里找到同感，找到慰藉，找到希望，找到爱的暖和力量的强劲。

王小妮在接受采访时说过：诗是现实中的意外。我揣测，诗人必须对现实中的意外有着敏锐的反应，诗才能诞生。在王小妮的眼里，万物一体，她拥有的"一小块土地"和"月光"，都是她精神层面上的与宇宙万物相关联的内在生命力的外在表现，她在《很多很多的花很多很多的菜》里说，这个春天造了三个世界，是"花和菜、粉蝶、蚯蚓"的世界，她寄望的一切皆是美好，然而她知道，"嘿！坏日子，简直是在盼着了"，战乱和饥荒是人间"循环的游戏"，对于这些的到来，她有抗争的办法，"战乱来了"，"可以割香茅做掩蔽"，"饥荒一到"就"改种粮食"。是的，总有坏日子会如期而至，在走"华盖运"时，我们要有自己好的心态和不妥协的坚定。我深究王小妮的两组诗的哲学意味是"自得"，自得在中国哲学中是一种以直觉和体验而"得道"的方式，体现着主体对宇宙和人生能动的诉求和掌握世界的渴望。她的诗歌在"自得"的哲学理念支配下，变成自然天成。我喜欢她的《一小块土地》和《月光》下的"灰马"，以及《怎么看都不像匕首》里的"月亮"和《不速之客》等等。她自己曾说过"诗是个复杂的东西，妄谈不如不谈。诗，是要小心敬畏的东西"，以及"个性，比女性重要许多"。那么，关于她的诗我就说到这里，看她的这篇"随手"记的随笔，比听我聒噪好。

孤城的诗中大义已被诗人陈巨飞先生用持怀疑论者和语言陷阱为切入口，缕析得通透和准确，我认同并赞同。我这里赘言的是，孤城诗歌的"孤本意识"。他从20世纪90年代创作诗歌至今，总是刻意在诗文本的内容和形式以及语言等诸多方面进行着自己的探索，他没有去向先锋和后现代顶礼膜拜，也没有完全把传统诗歌传承的遗产包袱全部背上，他有自己的选择和要跋涉的方向，他有着自己不向平庸缴械的顽强和决绝。在这组诗里，你可以看到他笔下形式感独特的《十渡》，可以看到他机智写作《小阁楼》里的"小心、小步、小声、小坏"，乃至"小温暖"和"小调情"。什么是"小坏"呢？"小坏"自然有说法，但这是孤城的个体的秘密，不猜也罢。孤城诗歌创作的"孤本意识"，其实就是强调诗歌的独创性、排他性、经典性，我认为这是每位诗人走向成熟的开始和归宿。

王小妮

王小妮，1955年生于吉林长春。出版有诗集《我的纸里包着我的火》《半个我正在疼痛》，散文随笔集《手执一枝黄花》《倾听与诉说》，非虚构作品集《上课记》《忐忑的心》，小说集《方圆四十里》《1966年》等36种。

很多很多的花很多很多的菜

王小妮

每天劳动
让这小块土地不一样
这个春天造了三个世界
很多的花和菜的世界
还有粉蝶的世界
蚯蚓的世界

如果战乱来了
可以割香茅做掩蔽
饥荒一到就改种粮食
只要一个下午
去翻开泥土
人间就是迷恋循环的游戏
嘿！坏日子
简直是在盼着了

孤城

孤城，原名赵业胜，安徽无为人。中国作家协会会员、中国诗歌学会会员。现居北京，任诗刊社中国诗歌网编辑部主任。出版诗集《孤城诗选》。作品散见于《诗刊》《人民文学》《星星》《诗选刊》《诗歌月刊》《扬子江诗刊》等期刊，入选《中国诗歌精选》《中国年度优秀诗歌》《中国诗歌排行榜》《中国新诗年鉴》等选本，并获奖。

小阁楼

孤城

小心、小步、小声、小坏
没人知道，小阁楼里瞬间乍现的小温暖

细雨煲着三两声新燕的小调情
小阁楼，遗落水袖年代里散淡霉味的悱恻

旧器具。雕花木格窗外
西河静静流淌，在暮色浓处，拐入一声唏嘘

光线微暗，刚好适宜一阕
怀旧词
亮瓦照见尘埃，也照见身边喜欢的人

推荐语

李寂荡·木叶

无论诗歌、小说、散文等文学作品，创作时都需要追求异质之美，尤其是在当下写作呈"同质化""趋同相似"的情况之下，我们更要在创作过程中，时刻警惕自己作品被他人的美学理念、写作方式和形式以及语言、气息所裹挟、覆盖、支使乃至同化，最后使自己的作品陷入他人巨大的"黑洞"，而变得悄然无声且失色，变成可有可无的随从角色。

诗人、翻译家李寂荡和诗人、评论家木叶长期以来在诗歌中坚持走自己的路，大胆地进行从内容多层面拓展到形式多方位的试验，并都有所获，业已形成自己的辨识度很高的诗文本，在中国当代诗坛中以异质多变的探索构建了属于自己的高地。

李寂荡这组诗歌的异质在于他的思想层面，它有三个向度的辩证思考：一是对传统的人与事的再审视和自己的独特发现；二是对传统美学继承的当下性再改造；三是亲情和日常的反庸常的隽永呈现和瞬间思考。我们来看他写的《晚景》这首诗，诗的表面写的是友人请他游雨花台，又拜谒大儒方孝孺的衣冠冢，途中遇明太监义会碑，下午参观齐修社区时，看到老人们在打牌，幻想自己喜欢打牌的母亲也在他们其中。纵线是从明到今，横线是从雨花台烈士到大儒到太监到当下普通市民再到自己母亲，最后回归到"我"，"隐约看见了我未来的身影"。这不是一般意义上的追古悼今，他在诗里求证人为何而生，为何而死。活着的本质意义是什么，我又将如何老去等哲学意义上的考量，内涵丰富，这样的诗就有了与他人诗歌不一样的重量和魅力。同时，我十分喜欢他的这些有意味、有异质的句子，比如："很少见到这么多老人聚集/ 就像无数的'老'字书写在一张页面上，无数冬天的山峰聚焦在一块平原""我弃掉了红袍，割去了长须，/ 蓦然回首，横刀拦马，仍是时间之神"，"我不是一个纯粹的步行者，/ 我担忧步履踉跄的内心被洞悉"。以及他《当雨水重新变成乌云》诗行里的流畅感和气息充沛的奇峰突起的表达，还有《体育频道》里电视、遗照的道具运用等，充满了他的智慧的诡谲。

  木叶的诗歌当中体现着现代性和后现代性的复杂粘连，而在诗歌语言上似乎又有意保留了古典主义底色，由此可以看出木叶是十分有想法有抱负的诗人。他从第一本诗集《在铁锚厂》到新近出版的第四本诗集《象：十三辙》，每一步诗探索和诗跋涉，都有着不与他人苟同的诗学自律，不为诗潮时风裹挟，独立前行。这种果敢和决绝，正是一个有追求的诗人应该有的写作操守。他不求发表，只是按照自己心中的"镜像"来追寻人生世相，发出他的"存在之问"。他的众多诗歌在写作技术上都有着与众不同的处理，如在叙事性上，可能是点状的、片断的，也可能是对话式的、网状的乃至光怪陆离、万花筒式的，等等，结构上有时让读者觉得内蕴着短篇小说的构思，有时又是戏剧化的。在句式上，长句和短句的交叉、出乎意料的断句以及"一二一"式的分节处理，都给人耳目一新之感，对此评论家陈离认为已经形成了值得注意的"木叶体"。木叶可能会在一首诗里制造出多行带引号的句式，但这些引号里的内容不一定是谁谁谁说的金言，如果你信了，就着了他设下的"魔道"。有时木叶会煞有其事地为身边的事物命名，其实不过是他随意拾来借东打西的道具，如"十三辙"里的"发花""梭波""乜斜"等，仔细分析，他写的诗内核已不是诗歌表面的"象体"了，可能是另外一个空间的事物，又和当下总有着千丝万缕的联系。他很大胆，经常把不可能入诗的物理和常识写入诗中，这些你可以从他的《文明旅行出行指南》等诗看到。

  异质，就是与他人作品不雷同，不相似，有区别，有距离，有特质。

  毕飞宇在评价鲁迅的成就时说："在我眼里，鲁迅和他同时代的作家，同质的部分是有的，但是异质的部分更多。"鲁迅之为卓尔不群的鲁迅，可能就在于此，这是我的赘言。

李寂荡

李寂荡，生于1970年，贵州福泉人。曾就读于长春师范学院历史系和西南师范大学中国现当代文学专业，获文学硕士学位。发表有翻译、诗歌、小说、评论、散文等作品，诗作入选多种选本。出版诗集《直了集》。曾获第七届贵州省文艺奖、贵州省青年作家突出贡献奖、百花文学奖·编辑奖、第三届尹珍诗歌奖、第二届海内外华文文学期刊"人和青年编辑奖"等，第三届贵州省德艺双馨文艺工作者。主编有《新世纪贵州十二诗人诗选》《寻找写作的方向》等。

樱桃

李寂荡

樱桃树结出绿色的果实
果实在生长，长成珍珠般浑圆和大小
四月中旬，天气变热
满树果实很快变成杏黄
又由杏黄星星点点地变成通红
我一次又一次从樱桃树下经过
触手可及的地方，果实还未成熟
而成熟的已被之前的行人摘取
成片通红的果实挂在高高的枝条上
可望而不可即，我只有吞咽着唾液
我想，要是一场暴雨降临
一定是落红落黄满地
并很快在污水中腐烂，或被冲掉
鸟雀在枝条上叽叽喳喳地鸣叫
那是满心欢喜的鸣叫，不用说
这满树的樱桃，是属于它们的盛宴

木叶

木叶,本名王永华,1970年生于安徽含山。毕业于安徽师范大学中国现当代文学专业,文学硕士。著有诗集《象:十三辙》《我闻如是》《在铁锚厂》等四部。另著有随笔集《〈三国演义〉诗词赏析》。曾获安徽省政府文学奖等奖项。中国作家协会会员。

文明旅游出行指南

木叶

候车厅中,他假模假样地拿着《文明旅游出行指南》,
像是接头暗号。和平年代,

这有什么意义呢?

"《指南》里说了,不能攀爬。"然而
我早过了攀爬的年龄。那时我是风,是雨,也是冰雹,

经常把我母亲喜滋滋的、小朵小朵的快乐,失手撞得粉碎。

哦……我也是彗星,刹那
之间,的确物是人非。我爸爸的教诲

早已安静地压缩在墓碑之中,

不再迸溅。"文明旅游出行",抱歉,我的爸爸,
我已过了本次旅途的中点,你以前总爱说"不搭理、不抢座……"

国家旅游局编制的小册子,崭新的,像一本正待出版的诗集。

推荐语

林莽·余怒

  诗歌与其他文学门类一样，大体也存在"守正创新"的问题。

  守正，即守正道，创新就是在守正的基础上力求出新。守正是根基，只有固本才会枝荣，才会和合共生，才会相异相补，相辅相成。

  现在推荐著名诗人林莽和先锋诗人余怒的作品。这两位诗人的风格是迥异的，一个是追求"诚恳、真挚、明亮与透彻"；一个是追求"铺叙与不言、节制与播撒、控制与失控"。读者可以阅读和欣赏两者不同的美学理念和语言风格、意境设置以及对世界隐秘的各自诗意图解，来进一步把握诗歌的多样性和内在规律、发展方向的多极性。

  林莽先生这组诗是从一位智者阅尽风霜的经验视角来打量和审视这个多变的世界的，诗行里传达更多的是对历史的回望和对现实的触摸，秋天般的沉静气息弥漫纸上，他反复吟咏"没有人是一座孤岛"，强调万物的联系和分裂，他怀念"也是两个人的车站"，追求人的幸福境界，即"它告诉我认同、宿命、感恩/幸福的人：心随所欲"，到了心随所欲的人生境界之时，也该是人最澄明、豁达、无惧、从容之时。这些哲学韵味，是林莽先生自己的体悟和感思，他追求"艺术的根本是要有真切的、内在的生命意味的"。是的，每个人都该有自己生命意味的体察和醒悟。他的诗歌基调是质朴、简洁、厚重和恢宏的，是持守正的诗念。

  余怒的诗歌创作一直在先锋的路上挺进，他的诸多诗集里的作品是在现代和超现实主义的思想下进行诗试验的。他的诗歌有着很强的对"绝对现实"的书写，其作品不沉湎于对现实存在一般意义上诗歌简单抒情，呈现更多的是他内心中的"绝对现实"，这种现实可能是来自现实而超现实的反映，可能是变形的现实，是三维空间里的现实，或者是地球之外的现实，即宇宙意识的反映等，显然他走的是创新的路子。

  有诗家总结到写诗大体是在两类主题上挖掘的，一是历史与现实，一是未来与宇宙间的，前者众多诗人在践行，后者诗家少也。

  我们希望这两种诗人能共进共长，既坚守正道，又勇于开拓新域，使我们汉语诗歌园地繁花绽放、芳香四溢。

林莽

林莽，1949年生。1969年到河北白洋淀插队，开始诗歌写作，是白洋淀诗歌群落和朦胧诗的主要成员。中国作协诗歌委员会委员，《诗刊》编委。

著有诗集《我流过这片土地》《永恒的瞬间》《林莽诗选》《秋菊的灯盏》《记忆》等多部，还著有诗文集《时光瞬间成为以往》《穿透岁月的光芒》和《林莽诗画集》等。

没有人是一座孤岛

林莽

这世界上没有人是一座孤岛
约翰·多恩[①]不是艾略特不是
夸西莫多也不是
虽然理智让我如此言说
但那个在大雪中卖火柴的小女孩
依旧令我心灵空落爱莫能助

1666年9月伦敦那场大火
烧毁了圣保罗大教堂里所有的一切
一位诗人的雕像却保留了下来

他曾在一首诗中问这个世界
"丧钟为谁而鸣"
一个小说家以此为题写下了他的名著

大海的波涛永不停息地涌动
它维系着我们内心的波澜
是的　我们生命中那无限的煎熬
正与另一个时空的量子相互纠缠

注：①约翰·多恩是16世纪英国玄学派诗人，诗人艾略特深受他的影响，海明威以他的诗句为名写下了《丧钟为谁而鸣》。

余怒

余怒，1966年生，诗人。著有诗集《守夜人》《余怒短诗选》《枝叶》《余怒吴橘诗合集》《现象研究》《饥饿之年》《主与客》《蜗牛》和长篇小说《恍惚公园》。先后获第二届明天·额尔古纳诗歌奖、第五届《红岩》文学奖·中国诗歌奖、2015年度《十月》诗歌奖、漓江出版社第一届年选文学奖·2017中国年度诗歌特别推荐奖、第四届袁可嘉诗歌奖等奖项。

要么像

余怒

要么像一个医生那样思考当他
面对肿瘤。只要你存在时间就
存在你是唯一宿主他这么
安慰他的病人。他把他和它
看作是脑袋和躯干。
齐声唱协调一致向左向右。
给自恋的人一把枪就像
给夜晚一个早晨让他了结。
他的病根子在于爱自己并
在乎这种感觉。上楼时他
留心倾听自己的脚步声情绪变得
低落双腿提不起来。要么像
一只母鸡那样思考它所下的蛋。

推荐语

潘洗尘·代薇

在佛道经典里，皆有"续命"经注之说，有七星续命灯、续魂汤丹等劳什子，这些从无神论的角度来说，皆为迷信且虚无的。人的续命，窃认为，靠的是科技的保障、人的坚定意识和健康生活方式而已；但依旧有人认为"深情可以续命""诗歌能够续命"，只要精神是清洁的，只要坚持着自己的节操不变，人是可以续命的，这些人当然包括诗人潘洗尘和代薇。

诗人潘洗尘的续命是在坚持捍卫生命尊严和珍惜生命的慈悲的基础上的，他的捍卫是批判。在他众多诗歌中从来不乏对社会之丑陋、人性之恶等方面的批判，这种批判是我们应该提倡的。他的这组诗里也是这样，他写《鸟儿问答》，对"不说人话的鸟"和"不说真话的鸟"的无情揭示和抨击，在《我从未相信过钟表的指针》中，他发出呐喊："谁愿意人吃人/但这样的事情过去/不是没有发生过。"他发出"人之何时都性本善"警世醒言，发人深省。同时，他又是持悲悯为怀的人，"爱你所爱的事物所爱的人"是他的人生念头。他写给女儿的一系列诗也表现大爱这一主题，他的短诗《哀鸣》中更是表现得淋漓尽致："如果听懂了/就是得救，/如果听不懂，就是哀鸣。"

诗人代薇一直强调要做个"心底干净的人"，她追求"对澄明之物有所敬畏/感谢那些守节的人"。守住节操，即守住精神的底线，知识分子的精神底线应该是不妥协的精神，但这种精神还有多少人记住和坚守，天知道。她时刻提醒自己，她说，"晚祷的钟声/每响一下——都放弃了野心"，野心是浮躁和欲望吗？可能是，也可能不是，但"所有的问题是最好的消息"，这句诗可以让我们看到代薇对世相处置的哲学观念，有这些，仿佛也就够了。

续命之术来自自身的不妥协，来自自身的坚守和抗争，来自批判的精神。

潘洗尘

潘洗尘，诗人。1963年生于黑龙江，1986年毕业于哈尔滨师范大学中文系。1980年代开始诗歌创作，先后出版诗集、随笔集12部。2009年以来先后创办并主编《诗歌EMS》《读诗》《译诗》《评诗》等多种诗歌刊物。作品曾被译成英、法、俄等多种文字。曾获《绿风》奔马奖、《诗潮》最受读者喜爱的诗歌年度金奖、《新世纪诗典》李白诗歌奖·成就奖、2016年度十大好诗、2016年度中国十佳诗人等多种奖项。

鸟儿问答

潘洗尘

与常来家中的鸟儿
朝夕相处了这么多年
至少我已经能听得懂
它们说什么

今天突然听见其中的一只
正在教育另外的一只
大意是什么你可以说
什么不可以说

我这才突然发现
过去它们还只是一群
不说人话的鸟
现在它们竟然变成了一群
不说真话的鸟

代薇

代薇，当代女诗人，专栏作家，新闻记者。中国作家协会会员。著有诗集3部，另有散文随笔若干。曾获《十月》诗歌奖、漓江出版社首届年度诗歌特别推荐奖、新世纪中国诗歌十大名作奖。

晚年

代薇

晚年应该止语
如格言，如钻石
惜字如金
"一只风平浪静的枕头"
它是晚祷的钟声
每一下——
都放弃了野心

推荐语

汗漫·孙思

　　两位上海诗人汗漫、孙思的作品，除了内涵辽阔、有纵深感，词语有外在的形式感和内在的张力之外，他俩的诗歌无论是题材和地域性的开拓，还是诗歌思想层面的建构，都是值得我们一首首揣摩的。但这业已不是我推荐他俩的理由，我推崇的是他们的诗歌观点或诗歌思想，一个好的诗人就应该首先拥有坚实、独特的诗歌思想。

　　汗漫在其《用现实来医治现实》的随笔里交代了这组诗是他在疫情期间整理、修改的，他也坦言阿米亥"每一首诗都是哀歌，因为一首纯粹赞美的诗是不可能存在的"，"把所有的坏事情"唱出来，是诗人的责任。在这种观点的指引下写作，他笔下的故乡南阳、生存地上海，以及自己的日常生活，就变得细腻生动、立意高远、引申多歧，更多的是沉重后树立起的坚定的人生态度。他告诫自己，诗要用"哀"和"坏事情"做压舱石，避免倾覆于轻浮的波浪。是的，避免"轻浮"，才能使自己像磐石，勇敢面对波澜拍打。他也写日常经验，但追求的是"非常"的严肃性。

　　孙思著文道："诗若没有真、没有情，必如沙中筑塔，溃散是早晚的事；而没有所见、没有所思、没有经历、没有疼痛，我们的诗有限，深度更有限。"她在当下诗坛娱乐化写作、段子写作、口水写作等不良风气喧嚣时，强调写诗的真、用情和思考，以及疼痛感，我认为十分有必要。诗歌是不能说梦呓和鬼话的，更不能注水掺假，它一定要去感染人、影响人、慰藉人。虽然伊格尔顿说"诗歌改变不了世界"，但诗歌"却鼓励我们崇敬它的既成形式，并且教导我们以一种无私的谦卑去接近它"，我们怎么才能去完成对生活内部的接近？我想：一定要用真情，要用思考后的思想结晶体，用我们切肤之痛的感知，这样才能完成一首诗，一首好诗。当然，诗对于诗人是宿命的等候和邂逅的过程。

　　每天都在发生着纷繁的重要或不重要的事情，影响、支配着我们快乐、幸福和悲惨，"发生了那么多不堪设想的事，我们所设想的却没有发生"（辛波斯卡），我们所设想的事没有发生，可能是健康、积极、期盼的"好事"，让我们先把所有坏事情"唱出来"，就是等着"好事情"的到来。世间事，本该如此。

汪漫

汪漫，诗人，作家。现居上海。著有诗集、散文集《片段的春天》《漫游的灯盏》《水之书》《一卷星辰》《南方云集》《居于幽暗之地》等。曾获《诗刊》"新世纪（2000—2009）十佳青年诗人"、人民文学奖、孙犁散文奖、琦君散文奖等。

上海街景

汪漫

人民公园在深夜里入睡，
几粒灯火像丝绸睡裙上的图案和花边。
餐馆露台上，一女子像宣城纸——
谁是徽州墨、湖州笔？
她起身朝地铁站走去——
小腿在长发下涌现如林间小溪。
不必回眸，这背影的力量已经足够。

河南路的车流模仿黄河，
尾灯闪烁，像激动的黄河红鲤鱼。
江西路有新一代邵洵美、项美丽
在用西江月词牌填空、抒情？
山东路上，山岳般的时报社
化身为咖啡馆，店员像民国报人后代。
南方多雨，是早年社论和雷声的遗腹子？

苏州河路与苏州河爱人，并肩行。
外白渡桥像外婆搂紧两岸孩子。
银行像教堂，银行家像牧师？
现金流组成的经文，以元、角、分来押韵——
外滩，乞丐举手祈祷。
江鸥路线被鱼群隐秘左右——
飞到入海口，就能剧变成一只海鸥？

孙思

　　孙思，诗人，著有诗集5部，曾获刘章诗歌奖、第二届海燕诗歌奖等，2017《现代青年》年度人物·最佳诗人，有评论获《诗潮》年度诗歌评论奖、第七届冰心散文理论奖。主编有上海改革开放四十周年优秀诗选集《风从浦江来》等。

点燃

孙思

倾听水声长大的人
跟着沉默的植物生长
在一滴水里，看见太阳

窗外，冬夜的风
让额头清冷，门前小路虚白
像一道经脉在内心蜿蜒
没有风，万物都成剪影

下弦月出来了
单薄、瘦弱，像一个细腰女子
走了一夜，走不出头顶那片天

灯下，卷书里的每一个字
捻子似的，点燃了这些夜晚的黑

推荐语

庞培·李点

　　写作的方向有诸多，是开放性的，写历史经验和日常经验是其中射向要叙述事物本体核心的两个"弹道"，有人在两条路上交叉穿行，有人在一条道上走到底。庞培属于前者，李点属于后者，这是诗人自己创作的美学修养和世界观所决定的，我想说的不是这些，我想告诉读者的是，看他们在这两个方向践行的成功之处，或者说，他们这样写为什么就成了。

　　诗人庞培的散文、随笔和评论均是上乘的，他这组诗是在死亡和活着、西方之思与传统之悟、历史感和现实当下几个维度里进行诗阐释，做到对诗的新发现。我喜欢他诗歌里的"子弹"和对死亡的陈述，充溢着哀而不伤的沉潜，以及《一首波兰诗》《书上说到了微米尔》的新的表达，更喜欢他的《网兜》《新凉州词》。"网兜"是庞培打捞已逝时光的网，在那网里，活跃的是陈年旧事的新鲜生命个体和庞大的社会客体，他让"网兜"的形象出现在诗坛的长廊里，并将留下这个"物件"的标志性符号。他所有的反思和批判均在这一"网兜"里，他成功地让活着的更好地活着，让人侧目注视；让死去的重新活过来，让人沉思与省醒。他的诗歌气韵常常如他所言："诗歌有一种停电的效果。"停电之后，留给我们的不仅是孤寂和恐惧，还有幽思和冥想，以及追问。

　　他在这些维度里闪进闪出地飞翔，在历史与现实空间里摆渡，交叉地推进诗的高度和深度，让复合性和延伸性得到无限的扩张和荡漾。

　　对日常的不一样的发现是考验一个诗人优劣的标尺。李点的这组诗沉浸于对日常的独特诗性发现和表达，日常给我们的是琐屑、重复、程式、不经意和无意义，如果诗歌不能从日常逃出，用俯瞰和"第三只眼睛"远远审视它，就会让我们陷入口水和日记的流水账。其实，当下诗坛每天大量生产这些无个性、无发现的日常诗，这是我们要警惕的。李点是"从俗世中来"，却"到灵魂里去"，她是在"日常中提炼生活的黄金"，她的"黄金"意识就是她的精品意识。日常生活诗写作首先需要的是新的发现，她在《地铁中》看到哺乳的母亲时，感到自己身体的异样变化，那是伟大的母爱在被唤醒和归来。对于日常生活写作，诗人还要有批判意识，在《清明节想起父亲》中她写道，"若尘世美好，我便温婉/若尘世狰狞，我便有自己粗糙的表达方式"，写出两代人对待命运不一样的态度，以及新的知识女性的抗争和决绝。日常生活诗写作还要用新角度来表达，她在《谎言》里用自己向母亲撒谎，和母亲向自己撒谎，双撒谎这个"故事情节"来引出"善意谎言"背后隐藏的对一个亲人"丧事"的隐瞒，透着善良和慈悲。读李点的诗使我联想到科塔萨尔《我们如此热爱格伦达》小说集中的主题追问：我们所居住的世界，是渐渐干瘪的日常，还是某个饱满的、不可测的世界中的一部分？

无论是对历史经验还是日常经验的书写，归根到底还是写新发现和找到新的表达方式，对于已失的历史要找到对当下现实的内在关联和关照，不然，陈芝麻烂谷子说破了天也没有多大的看头。同理，对日常的书写肯定要拒绝随手记、同期声，没有严格的筛选，就把发生和正在发生的人与事写入分行的文字，那肯定不叫诗。叫什么呢？往好里说，叫个人的日记；往坏里说，嗨！我就不说了……

庞培

庞培，20世纪80年代初开始写作。1985年发表小说处女作，其后发表诗歌，编辑《北门杂志》及其他民刊；做过电焊工、车工、起重机工、泥瓦工、杂志社编辑、记者，开过书店、咖啡馆、文艺沙龙。1997年出版第一本书《低语》。参加《诗刊》社第十四届"青春诗会"。有著作20余部，诗集3部问世。诗作获1995年首届刘丽安诗歌奖、第六届柔刚诗歌奖、第四届张枣诗歌奖，散文曾获第二届孙犁奖。现居江阴。

一首波兰诗

庞培

做树上的鸣蝉
做一名黄昏的读者
读一名已故波兰女诗人的诗作
仿佛在读她绯红的脸蛋
读她在钢琴前侧坐
夜色弥漫进已被夷为平地的
沙龙的门厅

我眼前的天空，如一页神秘的手稿
她写给后世的那册诗集
化作树林里的鸣蝉声
细细听，你能听出一连串
少女庄重的涟漪

而她白色的慌乱，正起身离开
十九世纪的一朵火烧云

树林的清新
雨后夏日之清新
刚散开发辫，习诗的
少女身体之清新
未被触及的黑白象牙琴键
留给世人一个均匀、浑圆
一首诗的窈窕的背影……

李点

李点，1969年生，河北衡水人。作品见于《诗刊》《星星》《诗潮》《扬子江诗刊》《诗选刊》等刊物。曾获《诗刊》社、《文学港》诗歌大赛奖项，入围"华文青年诗人奖"。出版过诗合集《草色·番茄·雪》《三色李》。

地铁中

李点

两三个月大小的婴儿哭闹不止
年轻的母亲无奈之下
掀开衣襟

随着婴儿慢慢平静
整个车厢变得悄无声息

我在一旁
感觉身体突然有了微微的肿胀

推荐语

川美·李海洲

我们其实就是那枚松果，成熟了就会坠落在被称为"死亡"的泥土里，又在被称作"新生"的泥土中萌芽，并长成另一棵树，所以，我们的孩子就会问我们也曾问过的亘古话题："一棵大树怎么就在这么小的松果里？"生与死的交替，爱与恨的演绎，这可能就是人生的全部，也可能是文学的全部。

诗人川美说她全部诗的五分之一写的是死亡，她笔下的死亡不是黑色与恐怖的，而是澄明和纯净的，如深潭之水和琥珀之光。她的诗的第一层面呈现的死亡是"风无死，可作弄万物"的永恒意蕴和"死亡是一只黑包裹"的多样暗喻。诗里更多的是，死亡之后的灵魂拷问和死亡之前的努力向善的挣扎。她说自己是一桶"浑水"，需要"澄清"，她会回答马的提问"谁是你"和追问马"你是谁"。她睿智地把肉体和灵魂作为两个参照物放在死亡的面前来思考，"肉体是掐一把会疼的你/灵魂是不掐也会疼的星星"。她在面对死亡迫近的"入口"，会时时提醒自己"我只求神灵保佑我，修成一位老奶奶/心要慈、面要善。最要紧的/怀里还要藏着一颗小小女孩的心"。这是川美对人生的至善至美的追求，也是她不惧死亡从容面对人生的关键思想基因所在。

爱恨两极，人欲所存，无爱写不了诗，无恨也写不了。李海洲的爱不是停留在一般亲情之上，和对一般山水及城市生活的俗世之爱上，而是一种对人世和人心有穿透力的爱，他的爱是要"起死回骸"，有轮回性和复杂性，有着取舍和扬弃。他所爱的可能已经夭折或伤逝，在哲学层面上他多思考着精神的纯粹、爱的纯粹。《献给〈海上钢琴师〉》一诗里走过冬天的夏天少年，还有"一妖一精"，这些形象与意象的产生，让我们看到一个充满爱意的诗人行走在世间额头上的高光。我喜欢他"两克拉的繁星"和"一克拉的露正在醒来"这种对生活物件的细微洞察和独特的诗呈现，我更喜欢他把茶比喻成"小妖女"和"南山的樱花谢掉北方的蜡梅"，乃至直接表白"你就是重庆，是我的全部爱"以及"我听见所有的街灯都在说我爱你"。海洲是一位搏击在商海里的诗人，心存大爱，追求高贵的精神，用诗自救并用诗去救赎读者，他是一位真正有爱、有思想的诗家。

生死与爱恨，循环往复。但愿我们持爱心、存善意、求慈悲，那样，我们一定会"向死而生"。

川美

川美,辽宁新民人,现居沈阳。中国作家协会会员。出版诗集《我的玫瑰庄园》《往回走》。2004年参加《诗刊》社第二十届"青春诗会",获"2011诗探索·中国年度诗人"奖。

风吹我

川美

风吹我之前,吹过什么?
山丘、树木、树上的小鸟
白发人吹弯了腰,状如飞蓬

风吹我之前,吹过许多朝代
皇帝和皇后也给吹跑了
风,依旧吹,吹着野草和臣民

风里有多少风,谁知道
这勃然大怒者跟谁勃然大怒
它拧断山的脖子,踢翻海的脸盆

摔打一头大象,像摔打一只蚂蚁
那时候,人瑟缩在房子里
心,是最薄的墙壁

这个春天,有风吹我,一遍遍
不知想要干什么
我顺从怎样,不顺从又怎样?

风会爱上我吗?它亲吻我的额头
却不以面貌示人,如此
也好随便亲吻别的人吗?

风吹我之后,还吹什么?
山丘、树木、树上的小鸟。
白发人状如飞蓬
风无死,可作弄万物

李海洲

李海洲，1973年生于重庆。16岁开始写作。主要作品有诗集《竖琴上的舞蹈》《一个孤独的国王》，长篇小说《一脸坏笑》等多部。作品曾获各类文学奖，被译成多国文字。从事媒体工作多年。现任《环球人文地理》杂志社总编辑。

献给《海上钢琴师》

李海洲

人们很早就下了船
或者，纽约只剩下最后一场暴雨。
光线朦胧的三等舱
你偷偷吻过的少女嘴唇肥美
她也许会在某个日落的黄昏想起你。

亲手销毁的唱片重新回到朋友手中
还有即将销毁掉的命和命运
这曲调悲伤，世界再次回到告别。
大海的蓝弹奏不出陆地的远
船舷边雨水冰凉，海面平静
鸟群曾经被恋爱变成灰色。

琴键涌出的波涛要清洗美国
清洗所有的街道和临窗的姑娘。
你想象过全世界，你用钢琴弹奏他。
船依旧漂泊，像精神的棺材

诞生地就是墓地
你弹奏岛屿、岸、贝类
弹奏着一切你认为的万物。
你弹奏的鱼群，后来变为鱼尾纹。

战争结束。但这不是妥协。
爱情正在被送往海底的路上。
最后的时刻你和上帝对话
想象着死亡是一件轻松的事情。
你的朋友泪流满面
你悬空的双手孤单，没有钢琴
依然在肆意弹奏。

那一天美国没有雨
大海就是墓地。
那一天之后，哭过的人们满目疮痍
但依旧沉浮在俗世不洁的岸边。

推荐语

熊焱·张岩松

　　熊焱的诗风和张岩松的诗风是两极不同的"诗动物"的长啸和吼嘶。风格迥异放在一起推出，是为了让读者君可以品尝不同风味的诗宴，会使您感到：哦，诗还可以这样写。

　　熊焱的这组《中年的修辞》，呈现的是中年人的焦虑、艰辛、奋斗和挣扎，这些可能是大多过了而立之年的人共同的情感波折和现状，有的人这个时期的写作，文本多为灰、冷之基调，而熊焱没有，在他所有的诗行里流淌的还是对生活、对未来和现在的真挚之爱和灼热之暖。他在写给女儿和家人的诗里更是有着诸多爱意表达。把诗写得很冰冷、很灰色不易，把诗写出有亮色和有燃点更是难得，他的这组诗写亲情和日常发现，但没有简单地描绘世相，而是揭示生活万象的负面及所包含的深刻哲理，这样，他的诗品质就远远地高于他人的一般性表达。

　　此外，他还有意识地在诗性表达中，找到自己的系统性和独特性的展示技能，这让我想起诗人郑小琼的诗论："让诗歌保持像岛屿或山峰一样的独立性"，以及"对成熟的事物保持警惕，喜欢青涩事物带给我们未知的可能性"。他的诗看似是我们熟悉且平常的，其实，却是他独特感受后创造出的另一种事物及具象的第二次诗阐述。

　　一直在现代和后现代诗歌中探索的张岩松，有着自己不动摇、不妥协当下诗风的倔强和顽强，他"孤旅独狼式"的挺进，使他的诗正在进入他自己陈述的"诗应该写物的眼睛看到的人，非人的眼睛所看到的"境界，诗文本中的视角转换，来自其美学理论的建筑，这个颠覆性的视觉转换，使他的诗有了异质之美，也让他的诗变得妙趣横生和妙不可言。比如，在他的诗里出现了"零头人""枇杷人"等，应该说岩松的先锋性不是"装神弄鬼"，他有着强大的生命体和思想性支撑，他的语言一直建立在现代性的基础之上，比如："能否买一份绯红脸的保单"和"我成了寄生在低面值票子上的人"等，都是很不错的现代诗句。

　　熊焱和张岩松是苏绣里的双面绣，是一个硬币的两面，他俩的诗内核都是要写出诗人对世相的自我认知和认知后的抒情、反讽、批评和思考……

熊焱

熊焱，1980年生，贵州瓮安人，现居成都。曾获华文青年诗人奖、四川文学奖、尹珍诗歌奖、天津诗歌奖等各种奖项。著有诗集《爱无尽》《闪电的回音》，长篇小说《白水谣》《血路》。

中年的修辞

熊焱

我找不到精确的词语来描绘四十岁
这原本是一个深度意象的年纪
一个充满隐喻和象征的年纪

四十岁时，杜甫是万籁俱寂的月色中天
时代忍受着他的寂寂无名，但满天的星辰
正在为他修订着人类的历史
四十岁时，博尔赫斯是夏日的黄昏缓缓到来的宁静
是小径分岔的花园里那一抹永恒的时间
四十岁时，米沃什是颠沛中无尽延伸的长路
一列火车载着他从欧洲的风暴抵达世界的黎明

今年我四十岁了，却还在穿越平庸的岁月
穿越人群中共同的、碌碌无为的命运
尘世拥挤，我的背影只是一行蹩脚的比喻

张岩松

张岩松，1961年生于安徽含山，1971年移居合肥。出版诗集《木雕鼻子》《劣质的人》《一个夺走的当代图景》。曾参加《诗刊》社第十八届"青春诗会"，中国作家协会会员。

枇杷人

张岩松

最近
"零头人"被找到
其实，大街一直没有过盖子

我在数着一堆枇杷
我可以说吗？
"枇杷人"怀里抱着种子
我找到零零星星的人和物

它们在树上时
负责扮演火苗
当陪伴人们
到处跑
用它们的破皮烂壳形容人

教我如何迷失在滚动中

推荐语

张曙光·飞廉

　　诗文自古以来就讲究气韵生动，要有气息感。
　　气息在生理上是指用嗅觉器官所感觉到的或辨别出的一种感觉，它可以令人感到舒适愉快，反之，也可以令人感到厌恶难受；同理，好的诗文要有好的气息感。清阮元《与友人论古文书》云："是故两汉文章，著于班范，体制和正，气息渊雅，不为激音，不为客气。"强调文章的意境深远、高雅和不浮不虚。当然，各个写作者由于世界观和美学理念的差异，创作出来的文本中的气息感是不尽相同的，或正或邪，或阴柔或阳刚，或逸气四溢，或思接八极，或锋利凌厉，或绵里藏针，等等，最怕的是文章如温开水一杯，一派死气沉沉。
　　张曙光的这组诗有四个维度：一是对青春永逝的追忆；二是对归隐人生态度的自我理解；三是对当下时代变化中个体人的精神建构的审视和思索；四是对西方先贤以及异域生活的致敬和描述。他的诗内容是庞大的，触觉指向很多，我不想多说，有诗文本在那里，我只说他的诗中气息感很好，这体现在他的词语、节奏、意境等诸多方面。他让气息在诗行中或做激流状，或做潜浸式，或做倾诉自语式，或做慷慨陈词式，生动的气息弥漫在他的诗里，无处不在，为阐释诗的主题起着积极作用。这可能与他的诗观有关系，他认为，"思想并不是语言所表达的"。他还说："也许诗就是诗，说不清道不明，也不必说清道明。"我想，从这些话中，我们就不难理解他诗里回荡的诸多气息了。
　　飞廉被评论者理解为新古典主义者，这些可能来自他对传统文学的很好的承接和再现，来自对他的书卷气、历史味很浓的诗文本的判定。但我不这样看他的诗和文，我认为他除了"纵的继承"，学识上追秦汉，下接民国，还有"横的移植"，即他对西方文化的学习和感悟。故而，他的诗的外在呈现有时可能是着长衫的形象，但诗的内在是现代性很强的，这让他的诗歌有了新鲜感和历史感交融、东方精神和西方词语互搭的特殊气息。比如在他的《颍河边的卡门》里，"她"这个类似"卡门"的女孩形象，还有《90年代初》的"我们"的设定，《七月十五望月记》里的"两只猫"等，都有着中西文化交融对中国人民生活的独特影响的揭示。我还喜欢他诗歌里出现的生命力极强的颍河，水烟四起，沉浮之间，古事今情，各等人物，纷纷亮相，各展华彩。这些也只有飞廉能写出来，这是属于他的文字气息和特质。
　　让自己的文章中存几多气息，让文字和语词以及思想活蹦乱跳起来，自然比让文章暮气下沉、阒寂无声得好，我想。

张曙光

张曙光，诗人、翻译家。1956年生于黑龙江省望奎县，现为黑龙江大学文学院教授。上大学时开始写诗，追求坚实硬朗的诗风。著有诗集《小丑的花格外衣》《午后的降雪》《张曙光诗歌》《闹鬼的房子》等，译诗集《神曲》《切·米沃什诗选》，评论随笔集《堂吉诃德的幽灵》等。曾获首届刘丽安诗歌奖、"诗歌与人"诗人奖及"诗建设"主奖。部分作品被译成英、德、日、荷兰、西班牙等多种语言。

我们的生命

张曙光

或许只是一声呼喊，或呻吟
更多时候是长久的沉默。
我仍然记得那些时日：雪下着
轻盈或沉重，覆盖着童年的那条土路。
妈妈仍然年轻，悄悄带我去电影院。
她拉着我的手，温暖而柔软。
爸爸疲惫地走进家门，外面是震天的口号。
灯光下姥姥翻看着旧照片，微弱的光线
映在她的头上，像冬日闪耀的严霜，
在相继失去女儿和儿子之后。
妻子的微笑。我的女儿出生。
然后是女儿的女儿出生。
时光在不知不觉间老去。老一辈离开——
我总是在梦中见到他们，有时
他们会像活着的时候一样责备我
用犀利的话语，或目光。
但事情真的如此吗？抑或这一切
只是出于我的微不足道的想象？
生活如此严酷，又是同样美好。
而在蹉跎中我耗费了太多的生命。
但愿有足够的时间修正我们的错误，
我们活着，做着不想做却必须做的事情
却全然不知道为了什么。

飞廉

飞廉，本名武彦华，1977年生于河南项城。毕业于浙江大学。著有诗集《不可有悲哀》《捕风与雕龙》，与友人创办民刊《野外》《诗建设》，获陈子昂诗歌奖、苏轼诗歌奖。现居杭州。

颍河边的卡门

飞廉

在《牯岭街杀人事件》
《阳光灿烂的日子》这类电影里，
在少年时代，你我大概率
都遭遇过卡门式的女孩，
她们早熟，因而有点遗世独立，
有点落落寡欢。
她的穿着让我想起民国广告画，
她娇艳似野桃花，
她从县城的中学转来。
就像黄河南下侵夺了淮河的水道，
她差一点毁了我
和这所颍河边的乡村学校。

推荐语

荣荣·马泽平

  己亥盛夏，长三角文学发展联盟联合江苏省作协牵头组织"三省一市"诗人作家开展"走运河"采风活动，荣荣和我均是采风活动成员。她说，要写一组运河的诗，我当即便约了她的诗。面对古运河一河两岸的诸多人文景观，我一直在猜测，荣荣会从哪里寻找切口来破题，又会写出怎样的"运河"精神及其前世今生的际遇。入秋，她的诗歌《南运河走景》蹁跹而至，读完后我就不敢再去写古运河，并暗暗自责，把自己的运河诗写完再去读她的大作就好了。

  荣荣的《南运河走景》诗歌好在对古运河的精神内质的揭示，好在她用诗歌呈现了古运河的氤氲水汽和烟尘。她把古运河当成一个人或一群人来写，写得灵动且有生气。尤其是她对古运河细部的神性的把握和展示，细镂微雕，让每首诗在细节上活泼起来，传神起来，如"双面绣的猫""船闸口失联北上的同学""善烧鲫鱼的女人""叫阿贵的人"，以及"个园里侧坐石凳的女子"和"阿炳的墨镜"，等等。小说需要细节支撑，现代诗歌亦需要细节的存在，有许多诗人喜欢让自己的诗文本倾向哲学论文式的表述，仿佛这样，诗就高贵起来，其实相反，没有细节的诗是枯燥的、空洞的、乏味的，有细节的诗歌才是有生命力、有感染力、有生机的。

  马泽平的诗歌追求一种澄澈和空灵的基调，同时，他也擅长顿悟式的机警表达。读他的诗，往往在不经意中被他带到一个"山重水复疑无路，柳暗花明又一村"的豁然之境。他的语言有很好的音乐性，在其清晰而新鲜的意象层面飘动着乐律之感。其文本有一定的思想性和跳跃感，他的诗在"轻逸"与"坚实"两个方向用力，正在形成自己的特色和风格，我们拭目以待他的成熟期的到来。

  严羽在《沧浪诗话》里强调写诗歌要"妙悟"和"熟参"。荣荣的《南运河走景》是对古运河的"妙悟"，且是透彻之"妙悟"；马泽平的《六里桥以北》是他对诸多凡相"熟参"之后的"顿悟"。

荣荣

荣荣，原名褚佩荣，1964年生，出版多部诗集及散文随笔集，参加《诗刊》社第十届"青春诗会"，曾获《诗刊》《诗歌月刊》《人民文学》《北京文学》等刊物年度诗歌奖，中国作家出版集团优秀作家贡献奖，第四届鲁迅文学奖等。

拱宸桥

荣荣

那个内心别扭的人斜靠河栏
他的悲伤不达眼底他有一份汹涌需随流水纾解

那个同行的人表面的安静是一件素淡的外衣
她仍被一份燥热左右着她仍需弯下腰来面见流水

我不是单纯的观景者水道繁忙两岸繁华
每一份热闹都会挤我一个趔趄

但相比河水的舒缓我更留恋她不断的分岔与交汇
那里经过的人似乎有了另一种未来

相比哗哗的流淌我也更爱两岸的市井
拱桥上密集的行人像水滴终归于流水无序

马泽平

马泽平,回族,1985年生,宁夏同心人。中国作家协会会员,鲁迅文学院第三十一期少数民族作家高研班(诗歌班)学员,参加《诗刊》社第三十五届"青春诗会"。有作品散见于《诗刊》《星星》《民族文学》《草堂》《诗潮》《汉诗》《扬子江诗刊》等刊物以及年度选本,著有诗集《欢歌》。

雪事

马泽平

下雪的时候想起一个人
是件幸福的事情
想起一炉火,
也是幸福的事情。
想到那个人围着火炉读辛波斯卡
邻居家的懒猫
钻进屋里,窗外,雪越下越大。
书籍某一页描了绣像
雪使村庄有了宁静之美:
枯枝和瓦楞,
在黄昏里肤如凝脂。
那个人捎来口信是件幸福的事情
天黑透了,那个人
没有任何消息,也是幸福的事。

2021年

赵丽宏·卜卡

陈东东·李敢

叶延滨·谢克强

杜涯·尚仲敏

路也·梁积林

敕勒川·朱记书

洪放·卢卫平

金铃子·李志勇

巴音博罗·李樯

大卫·爱松

张作梗·唐旺盛

琳子·泉子

推荐语

赵丽宏·卜卡

  节令大雪之夜果然降雪，簌簌的落雪声，让我凭窗读诗的心境变得寂静且自得，仿佛一个人坐在舟上看江中皎洁之月的浮沉，任尔随波逐流，不问东西。

  著名诗人赵丽宏先生的组诗《在你的瞳仁里》为我们呈现他固有的诗风简洁、想象丰富、寓意深邃、富有音乐性等特质之外，我更欣赏其"老谋深算"的设局。他的诗在对灵魂拷问、幸福诠释、人性之辨和亲情抒写等主题写作时总是匠心独具、不同寻常地设置一个个活的"诗眼"，采取内部节奏推进和外部词语递进相结合的方式，使诗全盘皆活，每节每句均有对读者阅读的吸引力和杀伤力，冲击感和辐射感强劲。他在《游魂互问》中采取了对答的方式，层层递进，抽丝剥茧一般剥出人性的丑美之真相。在《口罩》中，从"我第一次戴口罩出门"的感受，写到"白云，你一只大口罩/遮住了明亮的太阳"的新发现。在《麻木》一诗中，他更是从"肉身麻木"到"思想麻木"，推至"情感的麻木"，让麻木这个世间精神状态更加具体化、细致化、形象化，让人读来有了切肤之痛和沉重的反思。同时，我也喜欢他的《母亲的书架》中独特的切入和细部的诗化描写，以及《通感》意识中词语的矛盾和相悖的差异的叙述，如"一切沉默都有声音/一切声音都寂寂无语/……一切轻盈都负着沉重/一切沉重都展翅欲飞"是一对对矛盾体，却又和谐机智地存在，让诗歌多了"智性"。

  卜卡的诗正在走向自己风格成熟的平台。他自诩他的诗，不是"唱"的，是"说"的，我亦赞同。卜卡的诗的特质在于它的开阔的视角和对生命本体体验的多重思考。他在生与死、人类终极和现实的发展上有着自己的感悟和思考，他的思想性是有着一定的深度的。尤其是他的诗歌不停留在一个维度和一个空间里认识事物的本质意义，他是在空间、时间、未来和历史，星球与宇宙间众多维度里来考量事物的发展方向、正确与错误、大与小、爱与恨等方面的意义和影响。他的诗思是复合多元的，不是二元对立的，是非线性的、断断续续且跳跃又纠缠的，这样，他的诗内世界就更加斑斓和多歧性，有了更大的格局和气象。我赞许他的这些诗句："我拍打地球就犹如拍打最亲密的肩膀""鸟越来越少，我怀疑她们去了古代"。

  雪依然在下，我们需要温暖的火。赵丽宏给你送来《一个幸福的夜晚》，卜卡却是《邀你赏雪》去，我只能悄声对窗外将绽放的一树梅花说："哦！暗香已来。"

赵丽宏

赵丽宏，诗人、散文家。上海市崇明人，1952年生于上海。中国作家协会全国委员会委员。著有散文集、诗集、小说和报告文学集等各种专著共90余部，有18卷文集"赵丽宏文学作品"行世。曾数十次在国内外获各种文学奖。2013年获塞尔维亚斯梅德雷沃"金钥匙国际诗歌奖"，2014年获上海市文学艺术杰出贡献奖，2019年获罗马尼亚"米哈伊·爱明内斯库国际诗歌奖"。被选为法国欧洲科学、艺术与人文学院院士。作品被译成英、法、俄等多种文字在海外出版。

通感

赵丽宏

绝望的喘息如铅
压碎玻璃的心
飓风是疯狂的鞭刑
抽打毛骨悚然的苗圃
贪婪的窥探如钝刀
锯割灵魂的气球

月光变成飞撒的冰雹
让夜晚有闪亮的低温
叵测的笑靥如罂粟
封锁了通往自由的门
花气是未经勾兑的烈酒
让轻薄的采花者酩酊不醒

一切沉默都有声音
一切声音都寂寂无语
一切幽暗都在发光
一切光亮都遁入黑洞
一切轻盈都负着沉重
一切沉重都展翅欲飞

近在咫尺的目标
三生三世无法抵达
远在天涯的倩影
转眼之间显出真身
飞鸟在海底潜游
水母在云中飘飞
……

卜卡

卜卡,本名王强,1977年生,甘肃秦安人,现为某高校教师。著有《人间词话研究》,出版诗集《苏格拉底的黄金杯》,文学评论、诗歌散见于《诗歌月刊》《诗选刊》《飞天》《红豆》《星星》《延河》等。

古典的供养

卜卡

有朋友在搞很复杂的垃圾分类,
迟迟没有下文。
我对自家的要求简单,
把食物
和废品分开。

可以用塑料袋将食品装起来,
趁着夜色撒给小鸟们。
白天明晃晃,人骂呢。

不能白白听她们
在清晨的歌唱。
我们得供养她们。

据说在古代,
人们总要留点农田的边角,
不收不割,
供给小鸟们吃食。

鸟越来越少,
我怀疑她们去了古代……

推荐语

陈东东·李敢

　　露易丝·格丽克在《诗人与教育》一文中说，大多数作家都被折磨。即，想写却不能写，想写得不同，却无法写得不同。此言极是。每个作家都想让自己的作品区别于他人的，这样才会因差异性而让读者记住。怎么写出不同？每个人有每个人的技法，但无非还是文本的思想特质性和文本形式上的异质性两大类罢了。陈东东创作诗歌多年，有着自己的探索和实践，在中国诗坛上有着很强的辨识度。评论家余退说，东东的诗文本"呈现一种绵密的复合的质感"，并"在其诗意的探索中，又下意识地融合了现代性的多重智性和内涵"。这个评定，我是赞同的，尤其是他的诗歌的"陌生化"和"形式感"是值得我们关注和研究的。比如，在这组诗里，他在《略多于悲哀》一诗中做了很有益的现代性的书写，他把整首诗用"骨头、舌头、断头、兆头、昨天"来分开，但这分开的词组又不是小标题。同时，他在每段的开头反复使用"于是就被又一次升华"来增加整首诗的逻辑重音，使诗歌有了"意味"并"多汁"。他的诗写得表面稳健且舒缓，内里却汹涌澎湃。他在《诗观》里说："然而诗人不仅是一个发声的人，还是一个倾听的人。"这个观点和露易丝·格丽克的观点一致，格丽克也认为："我的偏好，从一开始就是那种要求或渴望有一个倾听者的诗歌。"英雄所见略同，天下诗歌同源，从这点来看，是这个道理。

　　诗人李敢坦言"我只写属于我的粗陋的诗"，并说自己是"一个学历不高，读书不多的人，一个低矮粗鄙的人"。他用"粗陋"与"粗鄙"这两个生猛的词来概括自己为文为人，我不知他这样做是出于极端的自爱还是极端的自负。好！我们还是来看他的诗文本。其实，我读完他的诗后，没有感觉到他的粗陋和粗鄙，他的诗语词雅正，取景抒情典雅，没有垃圾派、颓废派以及下半身写作的那些粗俗东西，如果真要找到与"粗"字相关的，只能说他用诗把事态和情愫的粗糙原始感很直接地呈现出来了，他是贴着他熟悉的生活来写的，写得粗粝与真实，同时，是不高于生活的"诗真实"。因为，他的诗主张明确提道："诗，为什么非要高于生活？"他追求的诗是"我唯愿我写的字与我的生活平行，与我的脉搏共振，与我的身高等高"。所以，他的《一只寒鸦飞逝了》的悲凉、《经年》的沉重、《树活在天上》的祈望、《单行客》的孤独等等，情感之真、在场之真、哲思之真，使我爱不释手。

陈东东

陈东东，1961年生，诗人、作家，现居上海和深圳。近年出版的作品包括随笔集《我们时代的诗人》，诗集《海神的一夜》《组诗·长诗》和《陈东东的诗》等。

略多于悲哀（节选）

陈东东

于是就被又一次升华
当身体组织变为癌组织
甚至扩散到每一部手机
污染每一条河流、小血管
耗尽泥土贮藏的生命力
以及岩石最后的坚毅

骨头

于是就被又一次升华
化作灰，要么烟，散成绮
或者想象的一张张空椅
当天上弥漫火焰的碎尸
落向层出不穷的言辞
难以删尽的泡沫，浪

舌头

于是就被又一次升华
舔卷余烬，如簧弹激
未尝没去尝勇气料理
当献身以陷身一跃腾空
现实的出口朝向超现实
死亡替换了另一个词

断头

于是就被又一次升华
就喷染霞色，溅开梅花图
而遮目的热泪几乎融释了
意愿坚冰。当冷酷的智识
热点里滚沸，蒸发之诗
又会有哪样的新政治

李敢

李敢,生于1966年,四川都江堰人。著有诗集《沉哀书》,有诗作在《诗刊》《诗收获》等刊发表。

经年

李敢

我有一些粗壮的老兄弟,和两个弱瘦的小兄弟
他们的根须在泥土中坏死

冬天了,他们的叶子没有黄落,还绿着
一朵朵花蕾在枝杈上,预备明春开一些白花朵

天日越来越冷,我希望他们不死
八个男人扛抬着,一棵棵移植在高垾的田地

推荐语

叶延滨·谢克强

一直活跃在我国诗坛的两位实力派诗人——叶延滨先生和谢克强先生是中国诗坛的宿将，也是常青树。他们已步入七旬，到了这浮云参透、返璞归真、唯留诗心之时，他们的诗歌和诗思又是怎样的境界？这是我想深思和揣测的。尤其是，面对多灾多事之年景，他们的精神世界又是怎样风云万千？让我们来读他们的诗和诗思吧。

叶延滨先生的《庚子16帖》，我读完后，惊诧于其诗中词语相互碰撞着火花。一是"悲壮"和"豪放"。不错，庚子年的新冠病毒夺去众多的生命，诗人在作品中呼吁人们尊重自然的同时，更用悲悯之心吟出"珍爱生命"的心声。他咏出这样一句泣血之语："隔着无边奈何天，/死活都是你的人。"并豪壮地向受难者呐喊出："一口气撑着就活，活下去。"同时，他以语言的昂扬姿态，向衰老和死亡发出"原来每个放声大笑的人，/都是命运之河的大瀑布"这样的通透之声，这是他"自信人生二百年，会当击水三千里"大写意的旷达人生观，也是他个体生命的宣言，又是对厄运和死神的檄文和重击，更是对弱者和无助者精神振奋的擂鼓之声。二是"穿越"与"重塑"。他在诗里多次做现实与梦境、此地到彼地、天上与地下、古往到今日的精神穿越。在穿越中，他对现代科技智能化生活提出个体性的沉思和质疑，他保持着喜爱后的警惕，他让自己穿越到"桃花潭"，但清醒地认识到自己"不是陶令"。当面对手机、人脸识别等高科技时，他又开始反省和追问生存的目的和意义。正如他在《庚子札记》中写的"反思和自省是灵魂的沐浴"，他诘问："只是活着有劲吗？"同时，他在诗中重塑自己的时空观、世界观、人生观乃至自己的诗学观。他是一个负责的诗人，他的诗观强调"最后能留下的（诗），必然是与时代社会有关联，记录和反映了那个时代特征的"。是的，他的《庚子16帖》是他的思考、记录，也会留下的。

谢克强先生的《风从故乡来》，表面写的是对故乡、亲情、农家、农事的返乡追思，仿佛是一组为远逝的农业文明唱的挽歌。其实，往深里读，你会发现他有自己对当下农村和人们生活的另一层面的哲学意义上的考量。是的，他写民谚、民歌、族谱，以及桑和野菜等"老旧"具象，但他在其中浸入了他的真情实感和独特发现，以及新的诗性表达。他的诗中对村庄不见炊烟发出这样哀婉又机智的追问："那炊烟，/母亲带走了吗？"他用游子归乡的心境，观察熟悉而又陌生的一切，他用"参军前栽下的几十棵树""掏雀蛋""压岁钱"等诸多细节来再现和还原过去的一切。他还写出这样朴实而又豁达的诗句："老就老呗，谁不老呢""想飞就飞，想唱就唱"。这超然脱俗的蔑视衰老和死亡的诗句，是积极的、有力量的暮年心态。他要求自己的诗"就是在日常平凡的事物中，发掘出自己独到且蕴藏着的巨大的精神内涵，即它所象征或隐藏着的丰富的社会内容"。不知道你发现了没有，这个观点和我前文所引的叶延滨的诗的观点是一致的，不知道他们是否都处在铅华洗尽、珠玑不御的境界里。

  对于他俩的诗，我想要改写"剑老无芒，人老无刚"这句俗语，应为"剑老存芒，人老则刚"。就此打住。

叶延滨

叶延滨，作家、诗人，现任中国作家协会诗歌委员会主任。迄今已出版个人文学专著52部。部分作品被译成英、法、俄、意、德、日、韩、罗马尼亚、波兰、马其顿文字。代表诗作《干妈》获中国作家协会优秀中青年诗人诗歌奖，诗集《二重奏》获中国作家协会第三届新诗集奖，另有诗歌、散文、杂文作品分别获四川文学奖、《十月》文学奖、青年文学奖等。

一个黑点守着

叶延滨

一枚钉子钉在一面墙上
挂四季风景画的那枚钉子
突断被画框扯掉了
留一个黑点守一面洁白的墙

一只蚂蚁爬到窗沿上
一阵风吹起了这小小的蚂蚁
这个黑点失守了
窗外的天空依然高高在上

一个异乡人守在海岸礁石上
风吹起，浪涌动，电闪雷鸣
那人变得像黑点一样小
像一只蚂蚁变成了一枚钉子

谢克强

谢克强，1947年生，湖北黄冈人。曾任《长江文艺》副主编、湖北省作家协会副主席、湖北省诗歌创作委员会主任委员。现任《中国诗歌》执行主编。1972年开始在《解放军文艺》发表作品。有诗入选《中国百年诗选》《中国新诗百年志》《湖北作家文库·谢克强卷》等300余部诗选。著有诗集《孤旅》《艺术之光》《母亲河》等18部及《谢克强文集》8卷。

活着

谢克强

坐在门前的槐树下
坐在门前槐树的树荫里
一坐就是一下午

能清晰感受树荫的凉爽
在这个没有风的午后
坐在树下　就是坐在惬意里

这是他儿时栽的树
六十年了　树还郁郁葱葱
可他却老了

老就老呗　谁不老呢
但他要像他栽的树一样活着
活在季节的风雨里

人老了　心还不想老
他想像树上的鸟儿一样活着
想飞就飞　想唱就唱

他知道　与时光的对抗
终要失去最后的气力　那就
像枝头的树叶一样凋落

此刻　他就坐在树下
他说　这棵他栽的老槐树
是他相依的兄弟

推荐语

杜涯·尚仲敏

每个诗人都有自己的创作底色或创作特色。

有的诗人崇尚诗歌的单纯、朴拙和广袤,比如杜涯;有的诗人追求诗歌的讥讽、自嘲和"怪坏",比如尚仲敏。每个诗人都有自己的创作理念与观点。有的诗人持有宇宙观来观察和审视其日常的精神生活,比如杜涯;有的诗人坚守小人物的幸福观来反思社会上的事件和生存的物质与精神生活本质,比如尚仲敏。

2018年,第七届鲁迅文学奖为杜涯《落日与朝霞》诗集的颁奖词是:探索心灵与自然、生命与万物之间微妙关联所构成的广袤的"生活的银河系"。三年过去,她的诗歌创作依旧是在此域深耕细作。她的《杜涯的诗》,我读完掩卷,沉浸在她的"生活的银河系"之中,也惊诧于她笔下凸现的大宇宙观审视下的日常生活。这组诗不同于她过去的诗歌的是,更多的是对时空、万物与人之间的关系的诸多阐释和陈述,让我们自然地滑入或坠入她设计的"隧道"和"黑洞"之中。她反复咏叹"时间已太晚""万物要回去",而现状是"我已不能回来"。她对现实人类的行为,不能理解并发出诘问:"人类为什么会有如此优越感,/认识不到自己只是万物之一,和万物平等,/甚至,还低于许多事物。"她"不理解,强大、胜利",她承认"我一直很微弱、失败",她希望"愿来世你我仍无邪、守高如星",未来"带给我们的美和建构更多/带给我们的纠正和重建更多"。重建未来、尊重自然是解锁她这组诗的密码,也是她的思想内核所在。

这些年诗人尚仲敏的诗风有了根本的变化,变得更加炉火纯青、持重老辣。他的诗从日常生活的现场、细节、情节以及事件中撷取一点、一瞬、一瞥的发现和感悟,并注入"尚氏怪坏"诗技,成就不一样的诗体。他的诗歌充满辛辣、讽刺、戏谑的成分,又有冷幽默和黑色幽默呈现。他写道:"在重庆活着和在成都活着/前者勾引得不认真/后者失身得太随意""诗歌是一门手艺/传男不传女""你下次给我/举一个复杂点的例子""我就是要/把你带到沟里""岁月不饶人,饶了男人/但岁月从来不饶女人"。这些又"怪"又"坏"的诗句,让我们喷饭的同时,又沉陷于无尽的思索和感伤。他还揭示人们的"监视"与"被监视","告密者"对"被告密者"的"告密"是否应该,人人都有当"特工"的心理等,这些现代人特有的心理和精神上的隐疾。还有他所特有的警惕,他告诫自己"不要像一只兔子那样/轻易被一只狗逮捕"等。这些反讽和自嘲,是一种高智商、深层次认识事物本质的表现。"怪"与"坏"构成了他的"尚氏怪坏诗体"特质,使他上升到大诗家的高度,并区别于其他诗人的创作界面。他诗里的"怪"与"坏"可能是诗歌创作的一种新的方向,一个机智写作的方向。在诗歌写作同质化的当下,我们应该提倡这样的创新。

杜涯

杜涯，1968年生于河南许昌乡村，毕业于许昌地区卫校护士专业。曾任医院护士、杂志社编辑等职。12岁开始写诗，出版有诗集《风用它明亮的翅膀》《杜涯诗选》《落日与朝霞》《记忆与追寻》。先后获"新世纪十佳青年女诗人"称号、刘丽安诗歌奖、《诗探索》年度奖、《扬子江》诗学奖、鲁迅文学奖诗歌奖、《诗刊》"陈子昂诗歌奖"年度诗人奖等。现居许昌市。

认识

杜涯

我们低于朝霞
低于晨星和晚星
也低于落日，低于每一天
夕阳的辽阔绛红

我们低于星空
低于群星的亘古垂挂和转动
当天琴座高悬在头顶
我们低于它的璀璨、崇高

我们低于一株麦子
低于大麦、小麦和燕麦
在秋天的生长、丰盛、收获里
我们低于每一棵大豆、玉米、晚稻

我们低于一片树林
低于它的盛开、葳蕤、鲜亮
它在秋天哗哗地，落空了叶片……
我们低于它的凋谢、凋零、凋败

我们低于雪
低于飞舞的雪和山顶上的雪
我们低于大地，当雪落在其中、万物上
使它们无边地苍茫、银白、萧寂

尚仲敏

尚仲敏，1985年毕业于重庆大学。在大学期间，发起"大学生诗派"，主编《大学生诗报》，对"朦胧诗"进行了颠覆性改革。1986年参与发起"非非主义"诗歌流派，任《非非》诗刊评论副主编。出版有诗集《始终如一》《尚仲敏诗选》，获得首届草堂诗歌奖年度诗人奖和第七届天问诗人奖。

献给重庆的抒情诗

尚仲敏

就这样，直接点好吗？
在重庆活着和在成都活着
前者勾引得不认真
后者失身得太随意
中间没有经过自夸、发誓、拉手
必要的抒情是否应该？
爱情不关落日、夜色什么事
年龄不是问题
那什么又是问题呢？
我就是这样坦荡
亲爱的，我就是要
把你带到沟里

推荐语

路也·梁积林

里尔克曾说过："因为诗并非像人们认为的那样是情感，而是经验。"我对此一直是持质疑态度的。没有情感，唯有经验就能写好诗了吗？当然，经验或者经历、磨砺是一个成熟诗人本应该有的。经验和情感注入可能是写好诗的两个支撑点。这段话和以下对路也、梁积林诗歌的推介可能有关系，也可能没有关系。

路也近年的创作，正如她自己小结的那样，从过去只关注"女人"转为关注"人"，她认为自己的诗比从前更宽厚、包容、轻松，这是一个诗人走向成熟的表现。这组《野菊来函》写得放松，是一种练达有度的写作，她俯身拾起的物象是：野菊、柿子树、窗口的长天、降温的天气、铁路博物馆和最后的书店，以及乘高铁途中看到的日出等。这一切都是日常现象，众多口语诗和网络日记体诗是人们乐此不疲地在此域制造着"产品"，但那些产品是对现实的一种临摹和素描写生，是照相，不是艺术创作。我推介路也的诗就是让更多写诗的人看到，如何从日常经验中撷取诗性和诗意，如何提炼、冶炼出诗的"黄金"和"铀"。路也写作每个物象时都赋予其深邃的思想性。比如，《铁路博物馆》，她看到的是一个远去时代的溃败和幻变；《在高铁上看日出》，她把自己融入其中，变为逐日的夸父；《降温》，她写出了真实的现代女性的精神图像和爱情的个性诉求。她写道："跟爱过的人说永别，让对方成为传说，/我忍受不了温吞的不忠，我要酷寒。"让我们读出了现代女性尖锐的对抗和抗争。她的语言是她诗的点石成金的"魔杖"，在这组诗中有许多让人震惊且回味无穷的句子，有"当人性的不完美成为借口，/丑陋也能写成史诗"，"一致同意，如果不能活得更长和更好，那就争取活得更多"等箴言警句。这些有张力的词语闪烁着思想的光芒。她在日常中发现了不平常，又诗性地书写出这些惊心动魄和令人怦然心动的不平常，这就是她能成为大诗家的根本。

梁积林是一个表面木讷、内里活跃的诗人。记得在"青春回眸"诗会上,他用方言叽里哇啦地正儿八经地发言,让全场人瞠目后失声而笑,他却不顾这些,依旧念着谁也听不懂的文稿,把一个论坛开成了他的"相声专场"。这是题外话。他的这首《话外音》用的是我们能看懂的文字,我们没有困难地读下来,却不敢说看懂了。他说:"有一道闪电叫话外音。"在他的诗里,我们看到神与人、羊与雪、古城与戈壁;我们听到鹰唳,听到神在打更,听到风中经幡翻动的声音,听到现代的《阳关三叠》。我们从他所给予的物象里,看到一个阔大、辽远、神秘的心象之秘境;看到现在的西部,现在西部人的精神生活与现实生活;看到现代童话里别样的西部。读他的诗,我仿佛在读更敦群培的《西藏欲经》和《白史》。更敦群培写道:"愿一切卑微众生,/在这宽阔的地球上,/能得到真实的自由,/免于因残酷法律/枉受牢狱之灾/都能自主地、适切地分享小小的欢愉。"梁积林的这首诗与更敦群培的诗气息是相通的。关于他为什么要用方言发言,他后来狡黠地说:"就是让你们听不懂。"哈哈……

路也

路也，现为济南大学文学院教授。已出版诗集、散文随笔集、中短篇小说集、长篇小说和文学评论集等20余部。

野菊来函

路也

诗人你好，我已在村路和山崖开放
一朵朵，一簇簇
毫无疑问，我姓陶

我的清香已渗进秋天的动脉和静脉
石头和石头受香气牵连
结为了兄弟

我已有了一件风的罩衫
还缺一件薄雪的外套
在秋天和冬天的门槛上，我才开得最好
倘若你肯为我写首诗，我就什么都不缺了

你何时到南山来
我想请你指挥一个漫山遍野的乐队
在这里写诗，写坏了也值

是的，我已得到天空的允许
成为一丛野菊，不进入任何园圃

佳期如许，恭候诗人到来
南山野菊敬上

梁积林

梁积林,甘肃山丹人。中国作家协会会员。"甘肃诗歌八骏"之一。参加过《诗刊》社第二十一届"青春诗会"和第九届"青春回眸诗会"。著有多部诗歌、小说作品集。长诗集《河西走廊诗篇》入选"一带一路"作品百部精品图书。曾获甘肃省黄河文学奖、甘肃省敦煌文艺奖、《飞天》十年文学奖、首届方志敏文学奖、中华宝石文学奖、黎巴嫩国际文学奖等多种奖项。

话外音

梁积林

有一个动作叫双手合十
有一种注视叫我爱你
有一种距离叫千里
有一个比喻叫咫尺
有一种仰望叫遥寄
有一种低头叫祈祝
有一个旧词叫人间
有一个新词叫驰援
有一道闪电叫话外音
有一道河流叫母亲

推荐语

敕勒川·朱记书

鲁迅曾说过:"无穷的远方,无数的人们,都和我有关。"其实,万事万物是普遍联系和相互作用的,万事万物的存在、嬗变、幻灭和重生,都是作家或诗人必须关注的创作主体,忽略此,作家或诗人均不会成为真正的作家或诗人。

诗人敕勒川一直追求对大草原上生机勃勃的万物的秘密的揭示书写,并逐步形成了自己内敛和机智的重金属的风格,是草原现代诗歌写作的重要代表人物之一。他的诗诗境辽远、立意高深,有大的情怀和大的格局;同时,他又是从细微、幽密处入手,向壁凿出一孔洞,让我们看到一束光的暖、一缕风的凉、一汪泉的甜。他的诗又有新的变化,即更多地把目光和笔墨聚焦在对草原人当下精神图谱的记录和精神图像的描绘上,让我看到如今草原人精神内部的最真实的精神诉求和感慨。在诗里,他还写出了草原人的宗教经验和人性思考,这些均是一般诗家所不及的境界。他时刻追求诗的品质的提炼和铸造,他认为:"善良、宽容、坦荡、责任、自尊、朴素、悲悯、正直……这是一个人应有的品质,也应该是一首诗应有的品质。"读完他的诗后,我认为他以此念完成了对草原及草原人品质的书写。

来自中原农家的诗人朱记书年初写出一组很棒的以西藏为主题的诗,该组诗好在他用独特的目光审视西藏的前世今生。这个独特不是浅层次的好奇,他是用现代人的视角和现代性意识来仔细凝睇这古老而神秘的高原。他笔下的具象也有众人写过的神山、寺庙、藏人朝圣和牦牛、藏羚羊等,但他一是避开他人庸常的叙述,写具象所承载的哲学层面的内容;二是语言给予具象现代性的翅翼,让诗的语言舞蹈起来;三是视角的独特性,重构并实现对具象三维和四维美学意义的异变和提升。此组诗读来,仿佛一位智者在用轻松的口吻对你说一件和你的生命有关的极重要的事情。于坚说,诗人的价值不过是创造了一种属于自己的说话方式。朱记书业已形成自己的诗言说。他主张"自然写作",我的理解是对自然万事万物生命体的现代性写作。因为,我们回不到19世纪下半叶,更不会重复左拉及龚古尔兄弟的自然主义写作。

作家苗炜曾著文说,读诗的时候,诗带你腾空而起,读完了,你会落到地上。读敕勒川和朱记书的诗,我有这样的感觉,我想,你读后可能也会……

敕勒川

敕勒川,原名王建军,1967年生。著有诗集《细微的热爱》。

危险之地
敕勒川

没有比心灵更危险的地方,因为
它总是坍塌得比我们想象的更快,并且
不可重建……万物皆被心灵所困,万物
助长了心灵的危险……我们不得不
把思念拖得像一场葬礼

崩溃
敕勒川

落叶崩溃,类似于
衣锦还乡,它落到哪里
哪里就是故乡:一片落叶,将沉重的故乡
随身携带

大海崩溃,一遍遍将自己淘汰
只剩下天一样蓝的骨头:风暴
止于风暴

唯有黄金的崩溃,被人误认为
是将光芒重建,而我的崩溃
更像是一场欢天喜地的庆祝

朱记书

朱记书,生于20世纪60年代,江苏省作家协会会员。作品刊发于《扬子江诗刊》《诗歌月刊》《星星》等刊物,出版诗集《带香的屐痕》。

莽原之月

朱记书

把一只野牦牛挪到影子上
拉长又拉短,是加法也是减法

自更新世而来,其实
被岁月揭去的扉页都是昨天

逐草而食,食苔草,针茅草
它们共用着冬、春、冬春之交
或反刍于坡,啃食于甸
决绝处,模仿对方
再险恶些,就照搬出人间

亘古空茫,它的光就是它的膘
它的肉就是它的光
雪线之下,它们穿的还是那身厚皮毛

推荐语

洪放·卢卫平

著名评论家孙绍振写到关于诗歌的"审美"与"审智"时,以余光中和洛夫的诗歌创作为例,他肯定两位的诗文本中都有审美情感和审智情感的要素,但余光中倾向于审美,洛夫则倾向于审智。众所周知,现代诗写作大多在这两轴上运转,我认为,审美与审智互相交融是最好的境界,这里推介的洪放、卢卫平两位诗人的作品就有这样的共性特质。

20世纪80年代洪放就纵横诗坛,后来去写小说了,并有了很大的斩获。近期,他又携自己的重磅诗作"王者归来"。他的近作依稀有抒情旧痕,更有新的发现。他在传统美学里汲取营养,并给予新的素描和当下经验的介入。他多用"审美情感"来审视事物的本质特征和诗性呈现,比如他的《濡墨》《山长水远》《远看山》等诗是在传统山水诗与人文里取象与破象的。有时他的诗有着宋画的气息,譬如他的《敬亭山之暮色,独处有诗》,他的笔端流淌的是"暮色、舟、山石、瘦树",是"酒"和"诗",以及"相看两不厌"的绝句,这种气息雅正、醇厚。而他的现代性较强的《虚影》则恣意飞扬、纵横捭阖、天马行空,有个人经验记录,又有对社会深层思考的观照。其实他的这个诗行为,就是华兹华斯强调的"强烈的情感"另一方面的"审思"。审美、审思、审智是洪放写诗的三个方向。

诗人卢卫平的诗歌在20世纪90年代就打动过我,他的诗风温和中有辛辣,冷静中有热烈,平凡取象中又有自己提升后的意象。他的诗如《诗品》中所言,"万中取一物",他能从众多事物中撷取一个切片来展示一个大的洞天。他的诗歌更多地在审思和审智方面下功夫,《成语加速度》里他对成语"归心似箭"做了更为情感上"加速度"的演绎,让我们忽然觉得他智慧得让一个古老的归乡心境又有了新意,我欣赏他的敏锐和机智。他的《偏头痛》《动脉硬化了才开始心肠柔软》,将这些疾病写出了不寻常,他能用平常的语言写出深邃的人生隐疾的存因和无奈以及抗争。自然,我也喜欢他的《断句》——"天空是雄鹰辽阔的牢笼/大海是鲸鱼浩瀚的枷锁",这样结实且隽永的诗句。

审美、审思、审智,是一个人写好诗的三个维度,它们只有相互联系、相互作用才能将诗推入完臻状态或好诗境界,如果不能交融,各流其道,自然会干涸,而不能入海。我是这样思忖的。

洪放

洪放，1968年生，桐城人。中国作家协会会员，曾发表诗歌、散文等若干。出版长篇小说多部，作品曾多次获奖和入选各种文集。

濡墨

洪放

有雨。正好濡墨，正好写那些古词
正好在墨的浓黑里，细数
无数分岔的小径

他们或曾来过。
他们或曾在墨里相爱。
他们或曾成为山水。
他们也或曾成为小舟。

想起从前读过的书，想起
从前被打动过的那些字。
想起墨渍后面的那些小心思
菊花，已经开始渐渐淡黄

而有雨。正好濡墨。
菊花也成了墨的一部分了
成了那些分岔的小径

卢卫平

卢卫平,男,1965年生于湖北红安,现居珠海。已出版《异乡的老鼠》《向下生长的枝条》《尘世生活》《各就各位》《浊酒杯》《打开天空的钥匙》《一万或万一》《留言簿》《我后悔让这块石头开花》等诗集。曾获中国第三届华文青年诗歌奖、首届中国《星星》年度诗人奖、2008年《诗刊》年度优秀诗人奖、第九届广东省鲁迅文学艺术奖、首届草堂诗歌奖年度实力诗人奖、第二届刘禹锡诗歌奖、第四届中国"李杜诗歌奖"等奖项。有诗作被译成英、葡萄牙、瑞典、俄、日等多种文字发表。

断句

卢卫平

天空是雄鹰辽阔的牢笼
大海是鲸鱼浩瀚的枷锁

推荐语

金铃子·李志勇

  对事物本质的认识，因人而异，有持否定的，有持肯定的，更有持否定之否定的。金铃子的诗歌在对亲情、山水、人生真谛的思考，以及生死、爱情等诸多悟觉的过程中，有别于他人的诗倾诉和诗发现。在《山在一边，水在一边》诗中，她总有这些否定之否定的人生感悟，让我阅读时心跳加快，比如："一切皆不是我/我亦不是我""其实，你并非是我的，我并非是你的""一切之满足/一切之不满足/如此永恒""沉默中的灭亡/灭亡中的胜利"等等，这些文字表面呈现悖论和矛盾体的假象，其实质是文字背后的哲思和咏叹。这些隽永、智性、理性的短句，支撑起她诗歌的建构，使她的诗歌大厦有着秀丽之外的巍峨。此外，她的诗歌还有一些出人意料的诡谲之词，比如这些诗句："是我们约定在半路上等的聊斋""你是我唯一不能放下的悲凉"和"我吃下一颗/打起我人生的腹稿：酸，/又吃下一颗，人生的下一站：酸掉牙"等等，至于"半路上等的聊斋""不能放下的悲凉"指向是多向度的，你可以这样去想，也可以那样去想，好诗就是这样，可以给你提供诸多的思考。

  李志勇的诗歌中有质疑一切的成分和要素，他对诸多事物的怀疑态度和文本的介入，使他的诗歌多了一些沉思之状，这是我喜欢他的诗歌的第一点。其二，是他极端感受的极端表达。他看"暮色"，如"看医院拍的透视光片"，他烤火时"手指烤火正在融化"，他的"杯子里，一头鲸鱼静静悬浮"，他衣服口袋和手的孤独的关系等，这些极端的、生活中不可能存在的事件和艺术事实，在他的诗里正在生成和发生，这让他的诗产生了幻觉和玄思。他很好地让自己的极端体验或者极端经验变为诗的极端表达，这是他个体的内部精神的外部绘画和成像。读他的诗，让我觉得，他提供的诗世界的一切，都是可以艺术地存在的，他的诗歌让我体验到从另一个视角看待万物的内部真相的可能。

金铃子

　　金铃子，曾用名信琳君，中国作家协会会员，诗人，绘画者。著有诗画集7部。曾参加第二十四届"青春诗会"，鲁迅文学院第十七届高研班学员，获2008年中国年度先锋诗歌奖，第二届徐志摩诗歌奖，第七届台湾薛林青年诗歌奖，2010年《现代青年》年度十佳诗人奖，《诗刊》2012年度青年诗人奖等奖项。

一切皆不是我

金铃子

一只乌鸦向我飞来，它站在水中，假寐
水自它身边流出
这个春天有点清虚雅静，更确切地说
它缠绵在水里，仿佛缠绵在病榻上。等待
一些治伤的石子和马匹

这一次并不是梦
周围放着空瓶子。而我，刚刚看完《简·爱》
男女主角在烧毁的花园，移星换斗
他们发出声音，演奏新的诗词（我所失去的东西
能够物归原主）。他打着节拍，声调凄凉
唉，季节，总是循环不已
一群男人从我身旁走过，手捧银盘、果实、蔷薇水
这个春日的旷野
到处是脚步声、呼唤和爱

……

我知道，一切皆不是我
我亦不是我

李志勇

李志勇，1969年生，现居甘肃省甘南藏族自治州。著有诗集《绿书》。

暮色

李志勇

我拿着这片暮色，仔细观看着里面的道路、山峦
像观看医院拍的透视光片
似乎有一个人，从光片的另一面也朝我看着
世界就在我们中间
所以，它才是中立的、客观的，也是唯一的
因此望远镜是多余的，它已经很旧并有些模糊了
哭泣是多余的
公路上空旷无人，月亮在暮色中升上天空
我们已不知道还能做些什么，才能让人们感到
这世界不是中立的
它朝着某一面稍微倾斜着
当你独自走过长长的街道，风轻轻吹拂着脸颊
就能明显地感到这点

推荐语

巴音博罗·李樯

先说两句关于小说创作的闲话。小说家麦家说,小说有三种写法,一是用头发写的,叫天才,写出来的作品叫天赋之作,可遇而不可求。一种是用心写的,还有一种用大脑写的,经典的作品大多用心或者用大脑写成的。另一句,广西作家潘大林说:"作家分两种:一种是生活型作家,靠自己生活的底子来写作,一斤的生活只能写三两小说;一种是才气型作家,三两的生活可以写出一斤的小说。"

小说与诗歌创作同理,巴音博罗这组诗是用心又用大脑写出来的精品。他俯视东北大地和大地上人们的灵魂世界,在对地理的文化风骨形象进行描绘时写出人性和灵魂的诗性影像,他把诸多的生活和苍生的共性及个性遭遇,炼制成一柄匕首直接抵达你目光之下和喉结之处,让你有窒息感和心碎感。他对笔下的鞍山、大连、辽阳、丹东等东北大地上的城郭的前世今生和这里人们的过去、当下和未来,做了深刻及深邃的揭示、刻画和雕塑,立体得让我们看到白山黑水相伴的东北工业文明下的人们的苍凉、挣扎、奋进和搏击。他是向灵魂深处写作的人,他在为东北大地有生命的万物造像与书写,他用一斤的生活写出了百斤重的有骨头、有血性的诗。

继续说两句闲话。博尔赫斯说,诗并不是外在于我们的某种东西,诗就埋伏在玫瑰色的街角,随时准备向我们扑来。此外一则是,汪曾祺在1957年7月16日给诗人张明权回信写道:你的诗《更信任人吧》我之所以欣赏,应是一种自由,我总觉在生活里所受到的干涉、限制、约束过多,希望得到更多的信任、更多的自由。

恰好诗人李樯在他的创作谈里也说道:诗歌于我来说,就是点上一根烟,蹲守在生活的墙旮旯里,偷窥着喧哗中的虚无光影。此外,他也对创作的自由有自己更多精彩的见地,他还引用波拉尼奥的话:我相信诗歌带给我们心灵的自由。诚然他的诗歌"无用"和"好玩"也是我认可的,但我更欣赏他在日常中汲取诗意并把这种诗意荡漾开来,让身边的一切都变得好玩,变得有诗性,让一切庸常变成有哲理性的优异的诗存在。他对日常生活不是一般性的素描,我曾读他的新诗集《挑灯夜行》后写道:诗人的精神内核是叛逆者、批判者和睿智的吟咏者的综合体。他的诗歌其实来自他对生活的细微观察和敏锐的洞察力以及诗意的捕捉,他既等诗迎面扑来,更迎风而上去拥抱它们。

读者可以自观他俩的诗作和诗随笔,文本是王道,我就不再饶舌闲话了。

巴音博罗

巴音博罗,诗人、小说家。中国作家协会会员,国家一级作家。著有诗集《龙的纪年》、油画散文合集《艺术是历史的乡愁》以及小说集《鼠年月光》等多部。2009年开始油画创作。

新民或桓仁:那个显灵的人来了

巴音博罗

今晚,那个显灵的人来了
辗转成泥的无名者也来了
月亮用她磨灭的光芒遮掩住我
但我不想弄脏自己
我的肉体涂满了蓝色的草汁

今晚,整个山谷都挤满了人
风把石头村街粉刷成银白色
而溪水将运来往日的旧火
那空无一物的焚烧
像来自遥远国度的青铜和羊皮鼓乐队
如果他们确能在回家途中俘获月亮
如果那可信赖的证人以证词
替换细碎美丽的星斗……

今夜,那提前显灵的人来了
他在白芍药的花香里晕倒,在壁虎的跳跃中贫血……
哦先人,我已离去太久,连亡灵也蜷曲在大河边饮水
远方将带着它的忧伤逶迤而来
像酒瓶,像白色的鸽子
今晚,那个显灵的人将在我睡眠的尽头
将梦逐一分给路人

李樯

李樯，徐州人，诗人、小说家。已发表有小说百万字、诗歌300首。出版有长篇小说《寻欢》《恋爱大师》等三部，中短篇小说集《喧嚣日》，诗集《挑灯夜行》，英文小说合集1部。曾获南京文学艺术奖、金陵文学奖、紫金山文学奖等。

黎明之前

李樯

这一天的第一声鸟鸣，或许已在
别人的窗口鸣叫过
或者在湖边的树上，老城墙上
出现过了
不管怎样，我庆幸能够一次次醒来
并对熟悉的事物
能够重新认识，咿呀
婴儿拍打着妈妈的乳房
运输车轰鸣着经过楼下
黎明之前，我摸黑来到熟睡的
妻儿们床前，亲吻他们的额头
像一个眼含热泪的死神

推荐语

大卫·爱松

  记得己亥年8月,我受《草原》杂志之邀,为获奖者大卫写授奖词时,认真通读了他的近百首诗歌和他那组获奖诗。后来,我是这样写的颁奖词:从大卫的诗里,我们能感受到西方诗歌美学给予他的智慧诗学的文本书写方式,智性表达是他的诗歌有别于他人作品的根本所在,其诗辨识度较高,有自己的诗歌叙述语境和系统,"大卫智性诗体"业已形成。时过一年,当他的新作又一次进入我的眼帘时,我再次被他的智性化表达所折服。比如,数字在诗歌里的表达,弄不好就会由于数字本身的枯燥而让诗失去灵性,而大卫就敢在他的诗里多次用数字乃至数学公式来进行诗歌的异化处理。他写出"亲,我爱你腹部的十万亩玫瑰/也爱你舌尖上小剂量的毒""承受它一公斤的孤独/承受它3+2等于4的光芒",如此等等。这次新作也有"青蛙写一遍,蝌蚪写两遍""用一千遍写田野/用一千零一遍写田野之外""喜鹊写八百遍与写一千遍是一样的/唯有布谷值得写一万遍",有诗评家说他的诗风受瑞典诗人托马斯·特朗斯特罗姆的影响。我看不是这样,大卫有自己的表达。他喜欢用动词,比如"仿佛鸟鸣在荷叶上打了一个趔趄/但这鸟鸣,又不顺着荷叶边掉下来""梅子将身子洗干净了,坐在酒里""我所爱:马蹄踏翻草原,野花扑面而来,我与命运互欠一个趔趄——谁低于尘埃,谁就是大海……""你把我抽空了/旷野才叫旷野"。这些,特朗斯特罗姆不会想到或写出的,它们是大卫的专利。

  爱松是三栖作家,在诗歌、小说、散文的交响乐里奏出不同凡响的曲子。一曲《江水谣》是他的华丽变音,他把诗向短句的方向进行打造,把诗的内核朝揭示灵魂真相去精雕细镂。《江水谣》在我眼里可以是云南众多江河中的一条,也可以是西南斑斓文化的多层面的诗描绘,或是对西南多民族人们精神图像的诗解密和诗阐释。这组诗的外形为珠链式,一颗颗晶莹之珠,串起来之后形成一条精致的诗珠链。当你抚摸和细读每首诗时,它会给你一个难以描摹的侧面,这个侧面是西南的山水、人文及精神的最好的侧面呈现。爱松的取舍和裁剪是用心的,又是独具慧眼的。《江水谣》也可以当成小长诗来读,它有长诗的气象和内质。秋夜掩卷之时,你会为爱松多角度、多侧面地成功书写一个宏大主题而点赞。

大卫

大卫,本名魏峰。1968年生于江苏睢宁,现居北京。做医生十年,《诗刊》社编辑五年。《读者》首批签约作家,中国作家协会会员。曾参加《诗刊》社第十四届"青春诗会"。以网络投票方式入选"中国十大优秀诗人"。作品被译成英、法、日等文字。著有随笔集《二手苍茫》《爱情股市》《别解开第三颗纽扣》《魏晋风流》,诗集《荡漾》等。

我所爱

大卫

我所爱:三两盏淡酒,有鸟啼的清晨
石头生出青苔,草木长出年轻的心
落花中的归人

我所爱:耳际的絮语,枝条在星空下
弯曲,露珠在荷叶上滚动而荷叶不知
梅子将身子洗干净了,坐在酒里

我所爱:月光的小手,轻扶每一朵花的额头

我所爱:寂寂的旷野,唯有更寂寂的旅途才能分开

我所爱:马蹄踏翻草原,野花扑面而来,我与命运
互欠一个趔趄——谁低于尘埃,谁就是大海……

爱松

爱松，本名段爱松，1977年生，云南昆明晋宁人。中国作协会员，参加过《诗刊》第三十届"青春诗会"。出版《金缕曲》《巫辞》《弦上月光》等多部作品。

豹

爱松

豹子花，梦见六条腿云豹
身上布满金黄水流与褐色暗礁
如一条远古运河，飞驰盘旋
抖落枝叶，穿过碧绿阳光
盛放花冠，刺入粉紫月色
流向时间起点和万物终点
梦在豹子花醒来时屏住呼吸

推荐语

张作梗·唐旺盛

我曾多次说过一句看似矛盾的话，即万事万物皆可入诗，万事万物皆不可入诗。这个悖论其实是说诗歌创作的主题确立和具象选择的合理性、规律性和排他性。如果选择的具象不能赋予其诗性和思想性，这首诗就是失败的。

诗人张作梗的这组诗让我找到佐证，他写《雨》《浮力》《白夜》《外省生活》《春事》《平原轶事》，乃至《鸡叫》，这些我们熟知的生活产生个体经验提炼后的诗意，让我们在阅读时，沉浸于他揭示的事物本质内在的秘境，惊叹于他通过一个个普通具象来曝光事物发展的内在性质和规律，同时也让我们知道这些具象也能入诗，也能由此而达彼。卡佛说过："用普通但准确的语言，去写普通事物，并赋予它们广阔而惊人的力量。"这应该是诗人该为之的。张作梗倡导写"高妙的诗歌"，其"高妙的诗歌"是要"去连缀我们与外界永不可抵抗的距离"，是"总是从认识'人'开始——更确切地说，总是从认识作者'自我'开始"，这里他强调诗人向外的联系和向内的自省。有了这些，他的诗自然有了灵性的光芒和内在的力量。他看似取的平常象，但不是对其进行一般化的处理。比如《雨》，这平常象在他的诗行里就有了行为上的"它的解脱是以头/抢地"，和内质精神上的"它浇灭一座寺庙，又点燃更多的烟囱"，他让普通的自然现象变为精神的诉求和哲理表白，这"雨"就不再是普通的"雨"了。他的诗按照诗家陈超论诗的要求，即既有深思熟虑的"精审"，又葆有即兴般的"鲜活感"。张作梗的诗真的已达到此境。

诗人唐旺盛的《落下传》是一首小长诗，其内容丰富，气象万千，开合有度。这里限于版面节选了一章。世间所有的事物都会落下，都会上升，都会尘归尘土归土，都会湮灭、升腾、涅槃及羽化。我这里不剖析旺盛"落下"隐喻的是什么，各位看官读了自然会找到各自的答案，我只是说旺盛诗里的迷人的气息感和诱人的语调。诗人韩东说："诗歌有歌唱的语气、吟咏的语气，还有散文的语气，但说话的语气是我的最爱。"语气就是语调，唐旺盛的《落下传》是属于他自己的"唐氏诗语调"，即沉稳、低声、渐入、环绕、多维、立体，可回味、有嚼劲。他的诗让人一读就会被其"代入"，如雪夜时听古琴，或丽阳里看花开，被其音韵和花香所感，如中蛊一般。诗家陈超曾云："高妙的声音，能在语义、字词结束之处继续鸣响，召唤出语义不能说出的东西。"唐旺盛的诗有这一特征。

　　他俩的诗歌都是对世界万物深层次的思考后的诗发现，都是用自己独特的方式来倾诉对这个世界的爱憎情感，都是他们的精神追求的产品。残雪说："没有精神追求的文学是伪文学，描写表面经验的文学则是浅层次的文学。"让我们在自己的文本里朝这个方向迈进，张作梗和唐旺盛两位诗家已经是践行者和先行者了。

张作梗

张作梗，中国作协会员。湖北京山人，现居扬州。主要作品有长诗《扬州骊歌》《小城》《解构》等，曾获《诗刊》年度诗歌奖、首届浙江诗歌双年奖主奖。参加《诗刊》社第二十四届"青春诗会"、《散文诗》杂志社第十六届全国散文诗笔会。

雨

张作梗

在坠落的事物中，
没有谁比雨更决绝。

仿佛一个终于找到故乡又立马离去的游子，
它的解脱是以头
抢地。

它制造晦暗的天气和阴郁的
走廊——并在走廊上，
创造出一个观看它的人——
朝代更迭，面孔散佚，
然而这人从未离去，
无尽的忧愁，天荒地老。

它浇灭一座寺庙，又点燃更多的烟囱。

它是棋盘里的闲子，
但往往搅动出满盘的肃杀气氛。

——是的，雨从未离去，
它不是下在这儿，就是下在那儿，
离去的是人，
是"锦瑟无端五十弦"。

半夜躺在床上默数雨点的人，
一定有人顶替着他，
站在走廊上听雨。

唐旺盛

唐旺盛，现居深圳。曾在《诗刊》《创世纪》《诗歌月刊》《飞天》《诗神》等刊物发表诗作数百首，在《作家》《青年文学》《清明》《安徽文学》等刊物发表小说多篇。

落下传（节选）

唐旺盛

瓦檐水，点点滴。
——民谚

第一章：上下

要经历什么，才会如此轻轻地落下
桃花，雨。一切正在上场
又在天空下滑落。春天的桃红
在雨天里一闪。

远处的禅寺，轮廓清晰
求签人，在上坡的路上。
怀抱巨大透明的水滴。

她的身后，炊烟静止
挂在后山上的村寨
正缓缓沉落

春天，一些上升的物事
正无法自圆其说。
飞鼠，划过暮春的湖水
她说，不要作痉挛之舞。

要……亲切地
落下。一切比你的想象，要平坦
……

推荐语

琳子·泉子

琳子、泉子两位诗家的诗作，如双子星耀，别样华彩，炫人眼目。

琳子的《白河之歌》，充溢母爱的暖意，在冬季的人间传递着仁慈、博爱和希望。我喜欢她将一切存在的爱意进行诗意表达的一种状态，她让"存在"变成另一种可能或异样的存在。她看到路边遗失的"婴儿的小鞋子"，产生对那只"粉红白净的小脚"的迷恋，她认为"它鲜美，甜蜜/甚至沾满口水"，沾满口水的小脚，一定是母亲吻过的。延伸诗意是她作诗的一种特有的思维和技能，在《父亲》一诗中，她写道："那么薄的土那么薄的根那么薄的地气啊/芝麻，开门。""芝麻，开门"是一种暗语，是打开财宝密室的"钥匙"，而琳子此时用此语延展诗意，让我们知道，自己的亲人（父亲）是她不可缺少的财富。在《我给你开门，铺棉花》里，她把一个为远方归来的亲人铺被子的动作延伸开，成为绝妙的诗。琳子的诗和她的画一样，繁复时密不透风，简约时疏可跑马。她的绘画整体基调是剪纸的风格，只是她不用色彩渲染，而是黑白的对峙。她的画又有着西方钢笔画的风韵，如早年翻译书里的精美插图，有夸张，有变形，又有纤细、逼真的写实。诗画同源，她的诗也是如此。她的诗歌《小声歌唱》《三个月亮爬上来》和《慢下来》有俄罗斯白银时代诗歌的痕迹，而《南山有约》《幸福中》《三月》《芦苇之歌》又显然得到《诗经》之传统经典的加持。

泉子的诗如果按"区域写作"来分，可以归到"江南诗派"中去。他的诗里存有"江南的美景"——白堤、西湖、灵隐寺等具象，以及江南的人文——毛际可、黄宾虹、太虚、马一浮、张大千等具象。但仔细读他的诗，你可以发现，他的视野在放大，不仅停留于"烟雨江南"，更眺望江南之外的四野八方。不仅停留在江南古往今来的人们精神层面的演绎，更是对所有人的心镜成像的分析。我推崇他的《灵隐寺》，在这首三十多行的诗里，诗人从百年前的瑞典摄影师的默片里看到那个时代的中国灵隐寺的实景和那个时代的中国人的精神图景，在对香客、轿夫、少女、贵妇、乞丐、僧侣、老人等的典型诗叙述里，我们似乎随他一起回到百年之前的灵隐寺下。在默片无声的流淌里，我们听到了市井的喧哗和生动，只是诗的结尾让我们愕然："此刻，他/或是他们会在哪里？"逝者如斯夫，其实，历史是值得追问的，历史也是经不起追问的易碎品。如此，对于当下那些追问的答案又有多大的经世意义，其实一切皆为徒劳。当然，我也喜欢泉子的《矢志不渝》里"一个立志于十年后踏上星际旅程的少女"和他对此的顿悟，"蓦然理解了屈子、杜甫/以及荷马、但丁的命运"。他的宇宙观下的诗性文本包容着对传统的"理解"和"惊诧"。

琳子

琳子，河南省文学院签约作家，出版《最好的太阳》等多部诗集。诗画合集《花朵里开花》获2016年度"中国最美的书"。

小声歌唱
琳子

雨水之天
墙壁之内，门户之内，玻璃之内
我小声歌唱

我小声歌唱我听到了斑鸠
看到了牡丹
我小声歌唱对面楼层的灯光，他们晾晒的
口罩，有小小的旋涡闪动

我小声歌唱。我总是不由自主小声歌唱
其实我并不快乐
我贫穷多病，有着世人不知道的缺陷
和错误

不用强迫。我早就喜欢上把自己关闭在小房间
四四方方的小房间啊
那些熟悉的事物已经变旧
那些熟悉的物事让我再次泪流不已

泉子

泉子，浙江淳安人，现居杭州。著有诗集《雨夜的写作》《与一只鸟分享的时辰》《秘密规则的执行者》《杂事诗》《湖山集》《空无的蜜》《青山从未如此饱满》，诗学笔记《诗之思》，诗画对话录《从两个世界爱一个女人》《雨淋墙头月移壁》等。

矢志不渝

泉子

一个立志于十年后踏上星际旅程的少女，
她真的能做到矢志不渝吗？
（这是一条永不回头的路，
并终将在十多平方米的空间中
独自度过漫长的余生）
而你在一种最初的震撼
与惊诧中
蓦然理解了屈子、杜甫
以及荷马、但丁的命运。

2022年

郑小琼·宇轩

李南·单永珍

冉冉·叶丽隽

推荐语

郑小琼·宇轩

郑小琼是从打工者写打工者命运及新工业诗步入诗坛的，其文本来自改革开放最前沿的基层普通者对时代之变、生存之变、人性之变、情感之变的切身感受。他的诗甫一刊出就引起国内外诗坛和学界的关注，而这组诗的特色却在于她的新文体转向，即对历史与当下、中国经验和域外存在的观照和发现。她将目光锁定在诸多情感徘徊和沉思之中，同时，在诗歌形式上她又追求新格律诗的创新，可能是她向中国传统诗歌经典的致敬，正如苏童写《妻妾成群》是向《红楼梦》《金瓶梅》致敬一样。新格律诗发轫于闻一多对胡适白话诗及郭沫若抒情诗的一次颠覆与反对，"带着镣铐跳舞"是诗人自己追求极致的一种难度写作。歌德曾说："在限制中才能显身手，只有法则能给我们自由。"郑小琼的这组诗无论诗格、诗境，还是诗品、诗句都是难得的佳品。郑小琼的这组新格律诗的出现，是否也是对当下口语诗以及伪抒情诗风的一次修正，让我们拭目以待。

可能中国的农民诗人宇轩和挪威裔美国明尼苏达州西部农村诗人罗勃特·勃莱都有着共识，即认为只有在艰苦的农村生活里才能接近群众、接近自然，才能给诗歌创作带来丰富的生活素材。宇轩曾放弃报社编辑职业，而勃莱也没有去高校当教授。他们均安心、静心地在有炊烟飘动的地方写着自己的诗，勃莱完成了他的深度意象诗派或新超现实主义诗歌实验和创作，而宇轩也正在"是故乡，也是世界"的肥东杨店用"诗可以处理时代"的方式来构筑地域性诗歌写作的世界。

宇轩的组诗《与勃莱谈谈我的乡居生活》，是他与勃莱隔着时空的谈心和倾诉。宇轩要告诉勃莱的是，当下中国农村的真实境况和一个乡村医生的精神世界。他在和一个与自己美学观念相近的异国诗人的交谈中，完成了自己对人心之变、人性之变的描述和揭示。其中，有低婉的劝诫，有沉郁的担心，有严肃的警告，有慈悲的哀伤……这些感受，宇轩做了很好的技巧处理、非常自然的诗性塑造和极具诗意的渲染烘托。同时，他也在用诗歌为故乡已逝的美好招魂，此时，诗人宇轩在诗行里又有了神者的身影，但他始终认为自己的"写作如修行"。

宇轩与勃莱的诗在气息上是相通的，尤其是他俩的短诗。比如宇轩的《秋虫唧唧》《月亮》《落日是个旧词》《鸟鸣》等与勃莱的《饮马》《蕨》《冬天的诗》《乌鸦藏在鞋里》等，有着相似的舒缓迷人的旋律，有着接近浑然天成的语感。然而，宇轩是中国农民诗人宇轩，勃莱是美国诗人勃莱，他俩的作品也有着主题上的根本区别。

在追求现代性的同时，宇轩和勃莱都喜欢中国古典诗歌，比如喜欢杜甫、白居易、陶渊明的诗。勃莱翻译过他们的诗，甚至有诗评家认为勃莱是通过学习中国古典诗歌、拉美诗歌和欧洲超现实主义诗歌而形成自己的新超现实主义的。宇轩有一首《此刻我们应该读一读杜甫》，此时的"我们"是宇轩和勃莱相互联系的"我们"吗？但愿是他俩，如果不够，就再加上阅读的你我吧！

郑小琼

郑小琼,1980年生于四川南充,2001年南下广东打工。有作品发表于《人民文学》《诗刊》《独立》《活塞》等。有作品被译成德、英、法、日、韩、俄、西班牙、土耳其、越南、印尼、尼泊尔等文在国外出版。出版中文诗集《女工记》《玫瑰庄园》《黄麻岭》《郑小琼诗选》《纯种植物》《人行天桥》等,法文诗集《产品叙事》、英文诗集《穿越星宿的针孔》、越南文诗集《女工记》、印尼文诗集《女工记》等。作品获得多种文学奖,曾参加柏林诗歌节、鹿特丹国际诗歌节等国际诗歌节,其诗歌多次被国外艺术家谱成不同形式的音乐、戏剧在美国、德国等国上演。

秋夜群星

郑小琼

秋夜寂寞的群星有老虎般的斑纹
与云保持失落的距离,此后日子
河流变小,天空挂满年轻的树叶
灯在讲述自身传说,墙外的黑暗
院内镜子里剩下往事执念的霜迹

秋天的杉树露出它们清瘦的身形
深夜灯下,桂花香在玻璃间震颤
我在倾听群星撞击着流水的声音
灵魂化为星光或微尘,纯真的光
像猛禽飞翔,老虎抱雪走过天空

逆流而上的鸟鸣洗净夜色中银河
溪水成石头,凝固在水中的群星
进入生命的寂静,我凝视着苍穹
在喧哗的人群中寻找自己,当我
唱完了那首歌谣,群星皆已熄灭

宇轩

宇轩，乡村医生，现居安徽肥东。安徽文学艺术院第六届签约作家，鲁迅文学院安徽作家班学员，中国文联第六届中青年文艺评论家高研班学员。参加第十七届全国散文诗笔会、《诗潮》第二届新青年诗会。获首届屈原诗歌奖，被评为"第二届全国十大农民诗人"。著有诗集《乡居散记》《不恨集》等。

秋虫唧唧

宇轩

明月在今晚害羞，它的前面肯定是幅水墨
认真一看，其实是一件赝品
仍然可以悬挂。会客。寂静

虫鸣突然在窗下响了几声
像花洒，对着枯木发了几次善心

推荐语

李南·单永珍

　　李南这组《一个人在镜中》诗歌的主题，我认为可以从两个维度进行分析和阐释：一是怀古凭吊，在"过去完成时"里思考个体生命在宏大历史进程中的价值；二是面今追问，在"现在进行时"中探究个体经验在琐碎日常生活里的意义。她的诗，旨在揭示、归纳、提醒和批判。她用内敛的情感和隽永的诗意，展示出诗人的责任感和知识分子的良知。她的诗歌，语言是精确的，指向是精准的，思考是精密的，表达是精致的。平实的文字背后，是思想的厚重和深邃。

　　我十分喜欢她的《雪中去老年公寓》和《一个人在镜中》。《雪中去老年公寓》与其说是一次探访过程的记录，不如说是写给我们的明天的预言。诗歌中，李南为我们展示了那些老者，"每个老人都有一部口述历史/比教科书里的更真切、更惊悚"——那是一代人怎样的命运、际遇？并且，她伤感地写下"雪花不再带来浪漫/曾经强悍的，开始变得怯懦/现在他们安静地望着夕阳下沉/回忆，回忆"。这些老人是我们的亲人，更是我们的明天。而《一个人在镜中》一诗，李南则向我们抛出了一组组悖论，这是理性思考和日常逻辑撞击出的火花："不要以为识字就有文化/不要小瞧灰烬携带的使命//非法的爱，得不到祝福/野草有时却可以成为珍稀药材//落日也能发出强悍的光芒/黑夜同样会孕育闪电、诞下雷霆。"李南的诗歌总会给我们带来意想不到的效果，正如狄兰·托马斯在《论诗》里所说的："诗歌的魔力在于它总是给人突如其来的感受。"

　　当然，我也很欣赏《介山行》和《去熹悦和境茶书院》这类诗，写得通透、智性，有嚼头。这些特质来自李南的"真诗"写作理念，她说"真"是诗歌写作的前提条件。"我无法想象一个浑身上下都掺假的诗人，怎么可能写出激越人心的好作品。"所以，李南"正在试图改变戴着面罩写作，或站在道德高地写作"，她要"还原一个日常真实的自我"——很显然，她做到了。诗评家李犁在评论李南的《呼唤》一诗时，指出"真心的核心是真情和爱"。美国女诗人奥德莉·萝德曾在《诗歌不是奢侈品》一文说，诗歌既属于身体和呼吸，也属于灵魂和城市。诗歌是"我的生命中的骨骼架构"。让我们多读李南的"真诗"和有灵魂的诗吧。

在西海固我敬佩两位同道，一位是写小说的马金莲，一位就是写诗的单永珍，他俩都是回族人。

不知谁说过："诗歌是祈祷，小说是忏悔。"单永珍的诗文里却共生着这两种情愫。作为"新边塞诗人"的重要代表，单永珍这些年一直在努力地、安静地、坚韧地进行着自己的西部书写，并创作了一系列有特质、有见地、有创新的诗歌，每每读来总令人震撼。

在众多写青藏的诗歌中，他的《青藏册页》异彩纷呈，有着前倾的精神向度和独特的诗学美感。单永珍用西部思想者在场及物的真实阐释和审视，让我们看到历史和当下、物质且精神的西藏。通过对事物内核的揭示，他为我们塑造了一个视觉里和心灵中的那个西藏，即卑微却高贵、庸常而圣洁、冷冽又温暖、人性与神性共存的立体的西藏，有生命力的西藏。不仅如此，他还再现和重构了高原人的精神镜像。他在这组诗里多次运用了传统的排比手法，比如《格尔木的午后》中的"半块云""半首诗""半途的爱情""半缕喀喇昆仑的风"……以及《辽阔》中一连五个"除了"，看似是传统技法，实际上是匠心独运——不但诗歌的形式是现代的，而且诗人的写作意识也是现代的：既有当代人的情感呈现，又有现代派歧义复杂的指涉，使诗歌的内涵得以丰富。

单永珍写诗可谓"胆大心细"，敢于创新，精于诗艺。读他的《西宁的冬天隐忍且刚烈》和《唐古拉山》，可以明显地发现他的诗歌得到了民歌（比如花儿）的浸润，尤其是"唉，玉树嘛，远着/唉，果洛嘛，远着""图的是把你看哈……图的是你把我记哈""上山也罢/下山也罢"这些诗句，纯口语的民歌式表达，使诗歌气韵生动，浑然天成。他还巧妙地运用"正反话"的技法，比如"青草疼绿羊的嘴，路程歪了马腿/鱼儿喝了一路的水"这样机智的表达，还有"一粒汉字抱着藏文/另一粒，挽着高挑的蒙古文"这样独特的拟人，都让人惊叹不已。正如梁宗岱在《论诗》里说的："一首好诗最低限度要令我们感到作者的匠心，令我们惊佩他的艺术手腕。"

"最庸常的生存，就是永远生活在别人的话里；最庸常的文章，自然也是永远在重复别人的话，但要想不这样庸常是很难的。"这是李敬泽《面对散文书写的难度》中的一句话，对于诗歌也是适用的。写出不一样的、突破庸常的作品，是写作者的根本努力。我们需要像《青藏册页》这样令人耳目一新的诗歌，我们期待着……

李南

李南,原籍陕西武功,1964年生于青海,现居河北省石家庄市。1983年开始写诗,作品被收入国内外多种选本,曾获得昌耀诗歌奖、徐志摩诗歌奖、《十月》年度诗歌奖、草堂年度诗歌奖等。出版诗集《时间松开了手》《妥协之歌》。

一个人在镜中

李南

一个人在镜中,无法看到罪性
只能看到日渐衰败的脸。

一群麻雀并不因为田中的稻草人
而收敛起自己的坏脾气。

不要以为识字就有文化
不要小瞧灰烬携带的使命。

走进绵绵山脉,穿越茫茫沙漠
你会渐渐放下心中的刀斧。

乡道上高过人头的蜀葵落满灰尘
仍能开出红花和粉花。

非法的爱,得不到祝福
野草有时却可以成为珍稀药材。

死亡里都有一种恐怖的味道
没有谁会长久地迷恋。

在他人的泪水中,你感觉不到疼痛
只能找到逃生的出口。

落日也能发出强悍的光芒
黑夜同样会孕育闪电、诞下雷霆。

单永珍

单永珍，回族。中国作协会员，宁夏诗歌学会副会长。著有诗集《咩咩哞哞》《青铜谣》《大地行走》等6部。曾获宁夏文艺奖、《朔方》文学奖、《飞天》十年文学奖、《黄河》年度文学奖等。作品被译成英、阿拉伯、韩、蒙古、哈萨克等文。

西宁的冬天隐忍且刚烈
——兼致肖黛

单永珍

已然北方，就北方偏北。已然
　　西部，就西部偏西
藏历水虎年，高原的气压比
　　往年更低了一些

但湟水汤汤，但一直清澈着
古老的命脉里藏着创世纪的
　　呢喃和算计

一定要忍住，城里的痛比草原
　　浓稠些
一箱互助大曲从海东喝不到
　　德令哈

人生就是不停转场，你就把
　　西宁当成客房
远方的朋友嘛，来，喝一碗
　　热热的尕面片

是日，领命向西，从西海固到
　　西宁
高歌吧！我不把嗓子喊破就
　　不是儿子娃娃

没有酒，精致的茶饭
　　粗糙着——
没有换命帖，我和你
　　离得远着——

我怀揣一册诗集，里面写到鹰和流星
写到昌耀坟头的荒草和操场上玩耍
　　的孩子

那一年，有一场雪崩的恋爱悄无声息
那一日，一只自刎的羯羊熬成肉汤

一次造山运动，海北州刚刚
　　经历了5.9级地震
一次邂逅，祁连山的冰川向
　　西宁靠了靠

唉，玉树嘛，远着
唉，果洛嘛，远着

莫家街上，尕娃啃着羊肋巴，你说，
　　他是命运的接班人，吃吧
留着成吉思汗胡子的琴师，你说，
　　他是西宁的陈世美，唱吧

隔三岔五的人流，心里燃着取暖
　　的牛粪
但无私的婴孩会引爆沉默已久的泪水

姐姐，我背着老命上西宁，图的是
　　把你看哈
哥哥，我一塌糊涂回固原，图的是
　　你把我记哈

推荐语

冉冉·叶丽隽

组诗《交织万物的金梭》是作家、诗人冉冉的新作。在审读这组诗时，我正在读她在《人民文学》第四期发表的中篇小说《在米耶的日子》。无论是诗还是小说，冉冉总是给我们新的东西，总不让读者失望，因为她坚持的写作底线是创新，不复制自己过去的作品是写作者对读者的尊重，也是严于律己。

《交织万物的金梭》写作主旨包括不同时间、空间里个体的人的物质、情感的存在状态，和这之间亲情、友情、爱情所有的温暖和怀念。她用女诗人特有的敏感和敏锐捕捉、把握当下人对于生死、对于人生追求、对于爱恨的内在反应，做到积极的、细腻的、切入式的诗性提取和诗意呈现。她在《最先亮起的》中表达了对先行者的礼赞，在《他攀爬过七八个天坑》中塑造了坚强者的形象，在《闺密和伙伴》中抒写了对隔世的闺蜜和伙伴的怀念，在《还有个天地》中描绘了另一个世界或梦境里的图景。尤其是她的《交织万物的金梭》一诗，有着对困顿生活在永恒时间和无限空间里最后被消解的感悟。让我们看看她的《往前走》一诗吧。她写道，往前走五百米，"有一道庄严的大门／五百尊泥塑盘坐屋里"，走四百米，"有一道铁门／屋里对坐着两个母亲"，走三百米，"有一道木门／少年正伤悼自己的恋情"，一直到一百米，"有一道／清透圆润的门。一颗露珠……"在这视角前行的过程中，最初众多的具象（五百尊泥塑）变为最后一个单独的具象（一颗露珠），这种前视前移放大，而具象后延缩小的观感，造成内在的审美歧义，给人一种新奇和愉悦的阅读感受。此外，她对具象的转换有着创新的视角突破，即她从一般具象A入手，转为自己的特殊意象B或C。比如，她写"玉米"（具象A），转换成文本里的是"有如火种蛰伏在燧石里面／觉悟发端于苦难的肉身"（特殊意象B）和"虎纹斑斓的流浪猫一闪即逝"（特殊意象C），让物质的"玉米"变为诗的"玉米"或精神层面的"玉米"。另外，她在选择具象时，挑选的还有"大坑""燧石""星天牛""彩虹"等，这是她用大宇宙观来看待和审视万物苍生的结果。

在量子时代的今天，谁持有大宇宙观，谁就可以拥有更深远的未来。对于科学家是这样，对于文学家是这样，对于我们普通人也是这样。

法国作家安德烈·纪德把诗人称为旧人，艺术家谓之新人。他还说："艺术作品诞生在两者（新人与旧人）的搏斗之中。"叶丽隽是诗人，也是专业画家（艺术家），或许她的创作正是在"新"与"旧"的艰难搏斗之中产生的。

叶丽隽的这组新作《秋鸿篇》写得洗练、苍劲、深邃、辽阔。看她这些诗句："我嗅到微凉里/一丝古老的敌意……要加衣啊"、"秋风起，中年忽至，人也养羞"（《白露》）、"幸存者噤声，愕然于眼前的安慰之乡"（《无尽夏》）、"清风拂面，早晨的第一缕曦光，转动着林间密码/在我们凌空的脚下，醒来的大地正咔咔作响"（《清晨，豆花和我》）、"你去了哪儿？大路宽敞，野地繁茂/一旦挣脱，所有的道路都将默默开启"（《蛇蜕》）、"我只远远地退后/退到大地隐秘的涌动和喘息中/看着你，飞身跃起，跨上马背，双腿间/夹起荡漾的生命"（《骑手》）……这样摄人心魄、耐人咀嚼、张力十足的诗句俯拾皆是。

叶丽隽的诗歌有三个方面的特征：一是思想深邃。诗人对书写的主题和具象有着深入的研究和思考，无论是对人生际遇的感叹，还是对人性秘境的探寻，或是对日常情愫的表达，均有着"叶氏的思考"。二是语言有一定的专属性和较高的辨识度。她的诗句内敛又张扬，温婉而有力，日常性和陌生化的语言杂糅呈现，与同质化的"女性写作"形成差异。她的语言很像叶芝在《诗歌的风格》中强调的："而我却竭力使诗歌的语言与激情洋溢的、正常的言语相一致。我想用我们自言自语时使用的那种语言来写作。"三是有突出的画面感，景物的色彩和谐有序。

这可能是因为她同时也是一位画家。比如《夜渔》里的"在星空下幽幽地闪烁"，《山坳秋杪》里的"一束太强的光线"，《骑手》里的枣红马、翠色草场、双颊上的高原红等，还有《山中何所有》里的青瓷、青白萝卜、大黄狗、初红醪糟等，在这些流动的色彩中，她实现了让诗歌长上翅膀开始飞翔的目的。

"新人"也好，"旧人"也罢，艺术品一定是在自我的意识和理念的搏斗中，不断抛弃一般性到达特殊性。有特殊性的呈现，自然就是好作品。

冉冉

冉冉，重庆市作协主席，一级作家，中国作家协会全委会委员。著有中短篇小说集《冬天的胡琴》，诗集及长诗《暗处的梨花》《从秋天到冬天》《空隙之地》《朱雀听》《和谁说话》《望地书》《雾中城》《群山与回想》《大江去》等。曾获全国少数民族文学创作"骏马奖"、艾青诗歌奖、中国当代少数民族文学优秀创作奖、重庆文学奖等十多种文学奖项。

交织万物的金梭

冉冉

十点，她放下书，
打开手机浏览朋友圈。

稀疏的树掠过车窗
那是小欧去往亚丁旅行。
沿途风景扰乱了心流，
她的上午于是与她们不同。

气温又下降了，
等待瑞雪的故乡很安详。
黄栌与枫叶纷披的群山，
是人们古老的友邻。

有牧羊人风中缩着脖子，
"西北风，我几口就被灌饱了。"
他胸腔和衣袖都装满了风。
她无辜地道了声歉，
祈愿他的耳朵不再寒冷。

"走了就走了。唉！"
走丢的是小羊、猫咪，
抑或不久于人世的老狗？
不想主人伤心，临终的狗
总是悄无声息地离去，
主人的平静也同时被洞穿。

有人摸进邻家，顺走了
巧克力和空调遥控器。
业主叹："数九寒天，做小偷
也很难，该在客厅放点零钞。"
保安问："真没丢别的东西？"
当然有，冷漠之外还有怒气。

"羞耻感又回来了。意识到羞耻，
比赢得荣誉更要紧。"
两个男人举起酒杯："哥俩好。"
感谢你我的纠缠和成全。
感谢扮演敌手的对方。

交织万物的金梭在哪里？
泪的星光在她眼底一闪。

叶丽隽

叶丽隽，浙江丽水人。曾参加《诗刊》社第二十届"青春诗会"，出版诗集《眺望》《在黑夜里经过万家灯火》《花间错》《春雷与败酱草》，在美国出版中英双语版诗集《我的山国》。曾获浙江省优秀文学作品奖、《芳草》"第四届汉语诗歌双年十佳"奖、"紫金·江苏文学期刊优秀作品奖"、《扬子江》诗刊奖、"中国天水·李杜诗歌奖"新锐奖、丁玲文学奖诗歌类作品奖等。

蛇蜕

叶丽隽

它已然放弃……随意地，悬搭在路沿边
枯干、苍白，但是鳞片依旧分明

那六角斑纹下，一截截无声的蠕动呢？
毕生的收缩后，可有，崭新之丰腴？

哦，又一次，躯体摆脱了自己——
我曾试着相遇啊，但灵魂并未契合

你去了哪儿？大路宽敞，野地繁茂
一旦挣脱，所有的道路都将默默开启

附录

《诗潮》：安徽诗人赏评小辑

中国诗歌网：李云评诗辑

有关诗集评论

论文两则

《诗潮》：安徽诗人赏评小辑

再击壤歌：寄胡亮

陈先发

我渴望在严肃纪律下写作
也可能恰恰相反，一切走向散漫
鸟儿从不知道自己几岁了
在枯草丛中散步啊散步
掉下羽毛，又
找寻着羽毛
"活在这脚印之中，不在脚印之外"
中秋光线的旋律弥开
它可以一直是空心的
"活在这缄默之中，不在缄默之上"
朝霞晚霞，一字之别
虚空碧空，裸眼可见
随之起舞吧，哪里有什么顿悟渐悟
没有一件东西能将自己真正藏起来
赤膊赤脚，水阔风凉
枫叶蕉叶，触目即逝
在严肃纪律和随心所欲之间又何尝
存在一片我足以寄身的缓冲地带？

[李云赏评] 远古先人称赞美好生活有《击壤歌》，我欣赏的是结穴之句，即"帝力于我何有哉"。那时是尧帝的时代，"天下太和，百姓无事"，老百姓过着安定舒适的日子，故此，有了人们玩着儿童玩具"壤"而歌唱的幸福日子。

当进入新时代后，诗人陈先发写《再击壤歌》，其社会背景也正是民族大兴、祖国强盛之时。诗人此时再"击壤而歌"，自然有其社会意义，此处不赘言。我想说的是诗人在诗中设置的生存"悖论"，他"渴望在严肃纪律下写作"，接着否定为"也可能恰恰相反"，他想在"严肃纪律和随心所欲之间"找到"我足以寄身的缓冲地带"，而这正是写作者孜孜追求的境界和理想。"严肃纪律"是向难度写作对自我严格要求的所在，"随心所欲"则是与之相应的、必然的二律背反，如同鸟之自由飞翔所必需的双翼中的一翼。从善如流、举重若轻的自由写作之境域中，回望"缓冲地带"，它会在哪儿？我不知道，但我相信胡亮君会知道，读这首诗的每个人也会知道。

想起什么，或归纳法

余怒

　　腿部常被我遗忘，在饭后散步时
　　（并非因为吃得太饱）。但跑动起来后，我还是能想起它。同时被想起的，还有与之相连的受过伤的腰部。（左右扭几下，验证它们仍是相连的，仍可相互传感）
　　这就好。要珍惜。像珍惜以往使用过的一切：
　　你的书、你的鞋子、一把伞、椅子、镜子、梳子、你的恋人。
　　她长发披肩时很好看。头发剪短也好看。
　　半人半马的女人。更细的腿部和更长的腰部：这种形体令她变温和。
　　对于她，我有一种归纳法——幽暗在空虚中，空虚在一个木匣里，木匣封闭得好好的，从没被人动过——
　　你可以这么去怀念她。
　　那儿，屋子里，全是能发出钝响的老物件
　　（它们的声音特点与水中的蜂鸣器相仿）。
　　那些声音，被物质化了，如一串串小气泡。
　　我常常坐在那儿，在窗户后面就餐。从窗户一侧看去，外面一幢幢楼房显然倾斜着。一条大街被透视，形成的纵深感，那么笔直。

[李云赏评] 归纳有两种释义：其一，归拢并使之有条理；其二，由一系列具体的事实概括出一般原理。

余怒诗中的"归纳法"显然属于后者。他以后现代主义的视角看世相人生，仿佛在归纳自己的个体的精神或物质的往昔经验，其实放大来看，它又自有其普遍性和广泛性、复杂性和多元性。我们都有自己本该珍惜的一切："你的书、你的鞋子……你的恋人。"这些也许我们平时只能偶尔想一想，余怒却把它们归拢、珍藏在自己的"木匣"里，用一系列表象的、具体的，总之真实存在的具象，"抽象"出这样一个道理：个体的人的精神，在"物质化"的当下，唯有慎独和沉寂，才能独立地存在和挺进。读该诗，我们想起一切过往也许只是一个封闭在"木匣"里的"空虚"，我们活着，只能面对"倾斜"的楼房和"被透视"后的大街，一切都是"能发出钝响的老物件"而已。

窗外
夭夭

我承认，那是另一种呈现，
那些爱恨交织的事物都将互为藤蔓。
是猛虎，或是蔷薇，
或者是月光照在雪上，成了某种可能。

善变、多疑，
这悲戚的巢穴又压在谁的胸膛上？
那些身子，沉浸其中，
从不被理解到屈从，到再死一次。

依次是路人，植物的骨架，
一座深陷疲倦的大厦……
现在，我愿意与你互相爱慕，用一阵眩晕，
用沉默和沉默不能抵达的疆域。

[李云赏评] 我理解的夭夭的"窗外"，是她身处的世界，是可触摸的社会肌肤，是大千世界的客观存在。显然她没有蛰伏和蜷缩在自己的个体精神斗室，她说"我承认，那是另一种呈现"，呈现的"爱恨交织"，是"心有猛虎，细嗅蔷薇"，是"悲戚""又压在谁的胸膛上"，呈现的是"从不被理解到屈从，到再死一次"。诗中表露出对于在这纷繁的尘世，被世俗或强势压制，"屈从"地活着而感受到的沮丧和悲愤，以及用"沉默"来抗争一切的暗争。"沉默不能抵达的疆域"应该是一个爆发抗争呐喊的疆域，她在盼望"窗外"的、有响动的世界。

应用商店

木叶

手攥一张
"应用"的纸，揉碎后，再展开，

汗渍和毛孔印在上面，

成为夏天。一层新的皮肤，充满潮湿的韧性，
在普遍的"应用"中。

我的手

被你黏在了纸的上面，小心翼翼。邮政大楼顶部，
那座大钟的

时针，打着机械的转儿。纸上

另有一座城市，你以为已经
揉碎了它。

[李云赏评] 之所以有评论家提出"木叶体"，在于木叶的诗歌当中常常体现出书写内容上的不断"绞裹"与"纠缠"和外在形式上与众不同的特异性。

这首诗就是显著的一例。首先在形式上，采用"一二一"式的独特建行，调协出诗中某种微妙的节奏平衡。其中，单独成段的诗句所敞开的场景定格或动作强调，应该被视为作者有意将之放置在一束"高光"之下，提示读者去凝视。所谓"应用商店"，是手机里面下载各种应用软件的所在，是连接现实世界与虚拟世界的"节点"，诗人出人意料地选择了这么一个名词，首先假定有这么一张"应用"的纸。毫无疑问，说到"应用"，里面一定包含丰富的现实性和"有用性"，它指向现实的人间。如果将它先"揉碎"再"展开"，"人"的气息自然会落在上面，包括"汗渍""手"和"毛孔"，成为一层富有烟火气息的"新的皮肤"。如此不断搅和，最后回到这张"纸"，诗人说，纸上另外还有一座城市，而他自以为已经"揉碎"了它。显然，纸可以揉碎，城市是揉不碎的，这里面所设置的明显的悖论，也许暗含着当代人及其生活的普遍困境。总之，这首诗在虚与实的把握与呈现上颇见功力。

观水

吴少东

顺着陡涨的河水走向中下游
平日漫步的鳞片般的碎石路
若一条巨蟒一头扎在水中

大树倒伏，伸长脖子
若饮水的公牛，浑浊的客水
在桥头打着旋涡

我不断折返，择高处走
依旧顺从激流的方向
漂浮物匆忙，浩浩荡荡

我无意改变自己的步履
随波追逐短暂的云影
桥基笃定，用力挽着双岸

[李云赏评] 观水是千年以来文人高士的一种内心修为。

孟子曰："观水有术，必观其澜。日月有明，容光必照焉。"王令、苏轼、秦观、梅尧臣等均有观水诗存世，并影响后人。

观水，到了佛教这里变成了"水观"，释义为："见水澄清，亦令明了，无分散意。既见水已，当起冰想。见冰映彻，作琉璃想。"其实质是指坐禅时观遍一切止水而得正定。

临渊观水，似在察看水的走势、来源、去处，实是静观自己的内心和思想。吴少东的内心追求，是"不断折返，择高处走"。此处的"高处"是向上、向善、向阳和逆流而上的精神"高处"，并且"我无意改变自己的步履"，不改初衷或初心，如"桥基笃定"。"笃定"即坚守、坚持、坚定，但愿每个人都有自己的观水之境界。

写作

张岩松

不是我在等
一天天下来词语都旧了馊了糠了
我在剩饭的时候
在词的细雨中淋湿
换一身行头
请搬家公司
把我搬进"英雄"的保护罩子里
于是我搁浅
偶尔撒标点符号的米饭粒
头伸出端茶缸喝水
那是和"英雄"这个词之间
有些焊缝
我是被划进的
词在变质后
我仅靠一根油条几个钢镚就划出了
"拿一些皮肤痛"的味道去写
我在外面
仅仅是外出,并不流浪
词留下干瘪的凹槽

[李云赏评] 诗人张岩松是一位后现代主义诗歌的探索者,一贯对炼句和炼字十分讲究。他对诗歌语言"进入公共语言体系"有着本能的警惕和反制,强烈抗争在写作时因"众声喧哗"而从流。在这首诗里,他提醒写诗人在写作时慎用"大词",这些词最大的特点是缺乏新意,所以说"旧了馊了糠了"。他强调语言和词是慢慢渗透的过程,诗中说"在词的细雨中淋湿"。有时候,有些大词和普通的诗学意义的人有隔阂、有距离,比如"英雄"等词语。这首诗表现的是在语言写作世界,人被语言牵着走的窘境。张岩松希望能达到"拿一些皮肤痛的味道去写"的写作境界,可能就是"切肤之痛"的写作境界;他追求自己的诗或词"仅仅是外出,并不流浪",也可能写作的理性"向内"或智性"永驻"才是他的诗心所在,这是他自警的"写作",也可能是在告诫其他诗人写作需注意的地方。

风在风里论证了波浪

方文竹

风在风里论证了波浪。在历史的风里
秦始皇与另一个秦始皇论证了万里长城
我住九楼,向七楼的方文竹论证了生活的
上下对齐。两个人的夜晚相加论证了万家灯火
同声相应,同类相求,万物却热衷于
异质连接生成。风在风里论证了波浪
就是这么一回事:两个人就是一个人
但同时是更多的人,惊喜地创造了世界
意义在于新生,问题是人们麻木不仁
而满脸春光,任凭我一个人玩着
时间的积木游戏,心灵一直在蹦跶
就像风在风里论证了波浪。那是谁
拉响了风中的暗箱,在事物之间架桥

[李云赏评] 我们身处的不再是牛顿的时代,也不是后工业时代,而是量子时代。量子的叠加性、不确定性、纠缠性正在给我们的生活带来新的丰富可能。方文竹创作《风在风里论证了波浪》,就是用量子纠缠和叠加的思维理念在写诗。他写道:"在历史的风里/秦始皇与另一个秦始皇论证了万里长城""我住九楼,向七楼的方文竹论证了生活的/上下对齐"。结论是"两个人就是一个人/但同时是更多的人"。他说"意义在于新生",但"问题是人们麻木不仁",表面上他写的是科学的新知,其实,高蹈的诗性表述之外,是他因为内心孤独而对当下人与人、我与我、他人与我、我与他人之间的互相转变,互为异质,互相兼容,又互相对抗的现状的求证的过程。是的,"风在风里论证了波浪",风动波浪会动,风不动,波浪也会动。社会在前行,人在前行,一切均被裹挟着波动。

方家河

陈巨飞

上古有大椿者,八千岁犹如
细石荡过溪流的一瞬。
农妇空手从后山归来,
我的诗行,愧对她一口袋的落叶。

一切都是静止的,除了
墙面的标语。
"什么都可以,除了自我坦白。"
风车在屋檐下旋转。屋顶上,
一团水墨,
要为宇宙着色。

[李云赏评] 陈巨飞的《方家河》是想告诉我们时间与空间的纠缠？静止与流动的互搏？当下与往昔的因果？诗的起句"上古有大椿者……"来自庄子的《逍遥游·北冥有鱼》，这只是一个引子，如小说《百年孤独》开篇第一段的叙述，有诸多方向和隐喻，设立了许多疑问和悬念。八千岁的"长年"只是"一瞬"，道释两家都讲时光的"长与短"，人生不过是白驹过隙的事。到了第二段，镜头拉到对现在标语的特写上："什么都可以，除了自我坦白。"猝然而至的这句话，让整首诗打了个冷战，也拓宽了诗的多维指向。"为何而坦白？""坦白的内容是什么？""为何除了自我坦白？"疑问纷至沓来，让读者生出窒息感和焦虑感。然而，诗人的目光并未在此停留，他让我们跟随他仰望苍穹，并思考宇宙之外的秘密，苍穹或宇宙此时是"一团水墨"，诗到此仿佛又一次暗示着什么，是世界的不可知、人生无常的不可知？还是方家河的前世今生不可知？一切都在参悟中。

中国诗歌网：李云评诗辑

诗歌内节奏的推进和外在情感流溢的控制

李云

这几首诗的书写主题依旧是爱情、生与死、人生感悟和亲情颂吟。多维度的思考和诗写作探索仍是诗人要努力的方向，这是题外话。

假如，永恒的主题诗写作不能在美学和思想层面有所突破，往往诗就沦落到极贫乏的境地，这也是题外话。

这几首诗的共性特色，我认为可用这几个关键词来概括：坚实、饱满、雅正、诚恳、细腻、辽阔。这些作者都能很好地把握诗歌的内在节奏的推进和外在情感的流溢，作品成熟度都很高。《春水谣》有聂鲁达的《二十首情诗和一支绝望的歌》中"春风对樱桃树做的事"的共鸣气息，《微山湖之歌》里的细节描写——踩雪"咯噔咯噔响"，又有着和希尼的《挖掘》中的挖薯根的"咯吱声，咕咕声"的细节展示的雷同。

我尤其推崇这几首诗：一是《春风沉醉的早晨》。我欣赏诗中流露出的诗人对命运的另一种态度，即妥协，不抗争，随遇而安。诗中写道"哪怕被命运一再捉弄"，"被命运吹向未可知的任意一方"，这是冲淡的随意，整首诗宣扬的是坚忍和韧性的抵抗。作者还写下"掷向厄运的深渊，也咬紧牙关"以及"心底的热切，从未熄灭"，又在展示其忧而不伤的情愫，整首诗有庄周处世思想的意蕴。

二是《秋凉》。从《诗经》一路走来，有多少人写过秋意之诗，"天凉好个秋"，这个意境被无数人写过，到了这首《秋凉》却又有了新意的表达。诗中写"倾尽十万亩遍地黄金，买下满天海蓝/用酒精一样的秋风，反复擦拭//秋天越擦越薄"，作者制造出"十万亩遍地黄金""满天海蓝""酒精一样的秋风"等新颖意象，为我们展示了诗人心中或眼里不一样的秋天之景，或人生之景。这些秋景在他笔下提炼出的更多的是"诗性之美"的"黄金"，让我们一起感悟人生之秋的成熟之美。他的诗没有半点

"悲秋"之感，而是一种昂扬向上的导引，他写"秋天如此美好，哪怕短短一天，就足够一个人喜欢一辈子"，基调明亮且高远。

三是《庐山简史》。"简史"的字眼大多生存在诗人臧棣的诗行里。"简史"，只是他的诗形式感的一部分。而这首《庐山简史》写得隽永且空灵，和臧棣的简史不一样的是，这首诗对事物主体——庐山诗性叙述的独特性。从诗表面来看，写的是庐山冬天的景色，有些细节描述还有点爱情诗的意味，很容易让人想起早年电影《庐山恋》。其实，这首诗只是借庐山之物，抒自己之感悟，他的结尾之句是"只记得，那时山顶的雪真大啊/几乎落满了我的一生"，这种白茫茫的一片，自陷雪中而无力自拔的无奈况味，才是他要揭示的"诗眼"，整首诗有意义又有意思。

我还推崇《很多时候我是年轻的》这首诗，这首诗给我的是一种向上的力量，是一种不被年龄渐老、时光即逝所累的感悟，宣扬的是一种积极豁达的人生态度。这首诗的结尾很口语化也很自然，"我就哈哈大笑，把年龄吓走"，读到此，我耳边仿佛响起一位智者的爽朗笑声，不由得自己也跟着会心一笑。

当然，《慈寿寺塔》的禅意、《学步》里走向成熟的艰辛、《撞海》里"撞"这个动词的运用均有可圈可点之处，篇幅所限，不再赘言了。

春水谣

阿雅

从内部，也从寒冷的深处
醒来，春天的水流是阳光的手指
拂过枯草的声音，是沸腾
是一朵花头顶大雪
是一只鸟追逐另一只鸟
是迷途的人忽然发现了错误的出处

蓝的、白的、粉的击打
散在起落的瞬间
桃花，梨花，由南向北
呼啸着，盛开在情人的眼睛里

春天，万物都被光线染蓝
都有了恋爱的想法
田野和天空一次次被雨水淋湿
许多旧我被否定和抛弃
许多新我，在文字的
海水里，又一次醒了过来

那些浩荡的、浪花飞溅的流淌
是微笑和泪水，是残缺的
美的交响，在冰雪消融时
再一次说出的挽留："人间值得"

慈寿寺塔

吴小虫

昨夜又有叶子飘落
人世盲目而快速
空调排出的废气吹在脸上

什么指引你去慈寿寺塔
还在光绪的那场火中徘徊
不断出生从未醒来

呆板看着呆板，老母鸡霸巢
商民骑跨骆驼——那驼峰
和塔尖形成的波浪

让你捉襟见肘不得已
"最大的罪孽，烧了父亲的照片"[①]
污点，即使站在风高处

也是在慈寿寺塔底端
祈求忏悔，匍匐，成一堆泥土

意外长出了温情的玫瑰

（注：①在节目《十三邀》中，钱理群回忆往事，痛恨自己亲手烧了父亲的照片。）

秋凉

阮宪铣

秋已初凉，这时刚好
像穿上纯棉的日子，干净透气

倾尽十万亩遍地黄金，买下满天海蓝
用酒精一样的秋风，反复擦拭

秋天越擦越薄。薄得像心头上
澄澈透明的镜子，蓝得
像一句神谕，轻轻一点就破

像我中年的况味，反复
想起天寒添衣的叮嘱，轻声温暖
夜间为爱着的人掖好被角

像此时，我坐在山坡上一边看着逝者安睡
一边赞美薄凉无尽的高远

我不止一次说过：秋天如此美好
哪怕短短一天，就足够一个人喜欢一辈子

学步

杨二

骨骼还疏于承受
支撑不起，小脑袋里辽阔的写意
但双脚显然已预先，为浩荡的前路
编排好诗意的铺陈
七月的阳光里，我看见困在学步车中的婴儿
娇弱如蚕，细小的脚掌
如刚刚挣脱桎梏的透明羽翅，摆动着
歪歪扭扭的行迹
为他的人生之诗写下了陡峭的题头
如果此时放任了，他的信笔由缰
字句便是
词语的悬崖，修辞的险境

庐山简史

花瓣

那是冬天的云雾
从含鄱口四周飘到了头顶
那是清晨，我们同坐一条石凳
我们交谈，初识像潮湿的地衣
从眼神爬至峰顶

后来有一天下了雪，在差不多的
位置，你在雪中画出了心形
拍给我看

我们在一起了，因为雾之浓
以为生活的实景都很美

很多年后的冬天，你说你一个人
开车从东林寺再到牯岭镇

具体去了哪些地方，想了什么
至今我也没问

只记得，那时山顶的雪真大啊
几乎落满了我的一生

撞海
冀北

黎明时分
大海，向我们狂奔而来

晨光，比海水跑得更快
仿佛要提前与我们撞一个满怀

但我，像多年前一样
依然在跑向你

我们拥抱，我们亲吻
可是那时，我们并不知道

我们的相拥叫浪花
我们的深吻叫白玫瑰

我们更不知道，我们是彼此的
不可一世的阳光和大海

（《诗刊》社中国诗歌网《诗歌周刊》第5期特邀综评）

诗中的诗者形象塑造和儿童视角的书写的有益把握

李云

这期作品整体成熟度比较高，呈现的共性特点也比较集中，我拟从三个方面来阐述一下我的一些观点和看法。

一、诗作为我们提供了可褒扬的诗者形象及诗家创作的正确态度。

古往今来，每个诗者在诗中都有自己的隐身形象。比如，李白是不慕权贵、傲岸不羁的侠士形象，杜甫是心忧天下的仁者形象，陶渊明是寄情山水的隐者形象，等等。诗者在诗中的隐身形象其实是他的世界观和人生观凸显的另一种形式。诗人、理论家顾随对中国诗歌史用"无可奈何"来总结，他批评中国传统诗歌："平常写诗都是伤感、悲哀、牢骚，若有人能去此而写成好诗真不容易。"众多诗人在诗中给我们的是"伤感、悲哀、懦弱、敏感、颓唐、沮丧"的形象和面貌，这已成通病沉疴了。这期作品，其诗作中的诗者形象却是向上、积极、博爱、自尊、顽强、坚毅的，是鲁迅提倡的"诗力说"。"诗有力"，即诗有"壮美"和"崇高"之境。我推崇《低语》等几首诗。我们来看，《低语》写出一个一切苦难和背运自己扛着，不让别人分担自己的悲伤，可以把心掏给别人的追求友谊、充满善良、坚强坚毅、有着独立人格力量的诗者形象。《鼹鼠》一诗塑造了一位在都市打工，长期居住黑暗的地下室，却不惧厄运，"掘土一生地工作"的顽强者的形象。在《在峡谷里》，诗者为我们描述了一个身陷"峡谷底"的人，仰望阳光，志存高远，心胸豁达，不因为身处低处而放弃对命运的抗争，尤其是他有着豁达的情怀。他写道："直至让世界成为自己狭隘的一部分。"当整个世界只是自己狭隘的一部分，可以想象诗人自己该拥有怎样的宇宙观和宇宙情怀。《东风误》让我们看到的是一个爱自然、爱美好的仁者形象。这样写诗是值得倡导的，诗观正确，诗者的形象也较为高洁。这些诗有别于当下无病呻吟，满目绝望，怨气、戾气四溢，唉声叹气的诗。这是正诗、真诗、有力量的诗、引导人向上的诗，这些诗读来，可让我们校正自己的诗观、人生观和世界观，也可帮助我们建立健全自己的诗格和人格。

二、用儿童的心理和目光，进行"另一种真实"的诗家表达。

塞亚·柏林曾说："写诗必须使用自己孩提时期的语言，对一个人来说，最觉亲切的诗是10岁以前说的语言写成的。"罗兰·巴特在《西南方向的光亮》里也指出，"因此，童年便是我们认识一个地区的最佳途径，实际上，只有童年才谈得上家乡"。阿德勒也说："精神生活结构中最重的决定因素产生于童年早期。"他们都反复强调儿童视角和儿童心理对文学创作的重要性。这期作品中，有五首是用儿童心理和视角以及语言来创作的诗歌。《四月》里"我"是通过"略带忧伤的甜蜜应允不安的童年"来怀念父亲的，《观鹧鸪》是写我的童年与鹧鸪的关系以及我与童年之间的关系；《初生的麻雀》是用儿童的视角来看待"初生"生命（麻雀）对待厄运（猎人），揭示世人的凶残；还有《雨》里，诗人用后现代的技法，运用儿童的"趣感"来写"雨"——黑猫的黑色是"永恒的一部分"，而黑猫肚上的白色是"短暂的一部分"，最终揭示了雨在乌云密布时的"黑"与"白"的意境状态，和"我为风制作乐器""我是手艺人"这一诗的主旨意义。如果他们不用儿童心理去思考，不从儿童视角去观察，不用儿童语言来写，那又是另一番状态，可能也能写好，但一定没有这种异质感、这种妙趣机锋，这种活泼感。

三、他们从卑微动植物中取象，寄托了诗人自我的情怀和志向。

他们选择的"麻雀""鼹鼠""鹧鸪""春雨""皮影""汗血马"等具象，大多为普通的、卑微的、日常的事物，选择这些具象入诗，并且从中提取辽远阔大、深邃的诗意，可以看到诗人自己在创作之初的心态是向善的、悲悯的、博爱的，他们拒绝大词进入，拒绝装腔作势。保持这种凡人的心态，用平视、端详、凝视的目光看待万事万物，这样诗人就可以把诗写真切，也可能是写好真诗的根本要求之一。

宗白华1920年在《少年中国》杂志上撰文《新诗略谈》，其中写道："诗有形、质的两面，诗人有人、艺的两方。新诗人的养成，是由'新诗人人格'的创造，新艺术的练习：写出健全的，活泼的，代表人性，人民性的新诗。"是的，应该做好练习，写出健全和活泼的诗，写出有人性和人民性内涵的诗。我想，诗人在诗里隐形形象的建立和人格的、诗格的自我塑造很关键，也是成为"新诗人"的根本。

我希望这场春雨是真的

黑枣

春天以来下过几次雨
不大，也不算小
持续时间短，天一会儿又晴了
人们都说这是人工降雨

春天越来越不像春天的样子了
树叶拍打灰尘，有时觉得
生活如童话般美好
有时又倍感现实太过真实

仿佛不再有快意奔跑的风
不撞南墙不回头。回过头来
也会被切割成碎片
像一粒粒糖果撒了一地

我希望这场春雨是真的
它干净、易碎、孤独而又骄傲
穿过一整片天空
落在我的纸上，却不把纸弄脏

鼹鼠

冯娜

一定会有一个属于我的洞穴
在夜里一动不动的昆虫
可以细细咀嚼的燕麦根茎
一定会有一个属于我的寒冬
捋顺我密实的皮毛
我能嗅出褐色的原野和我的眼睛一样

我没有见过太阳底下的河流
我一生的工作就是掘土
人们热爱的事物都要露出地表
他们总是在歌中诉说远方

一定会有一个他们不在意的远方
潮湿、低矮
地下室的年轻人也不把它写进日记
一定会有光失效的边际
那里有一个关于黑暗的诺言
属于我

又见鹧鸪
麦豆

它们整日在树丛里
追逐，嬉戏，觅食
与它们的父母邻居
让我想到我的童年

树丛里布满白色的
垃圾，碎裂的水泥
石子，苦涩的树叶
而不是幸运的弃橘。

它们在其中鸣叫
鸣叫声尖细瘦弱
好心人给它们水
用一个白色瓶子

可它们并不领情
它们终日在枯叶

间寻找翻腾。只
信任幽暗的土地。

在峡谷

李浔

在峡谷,深陷在仰望中
这是一种深与远的姿态
天已高远,不会有更年轻的深了。

在想象中,理想一直在寻找着落点
可以是时间,可以是色彩,可以是一个人。

如果想象已嵌入一个人的记忆
那么,裂痕是不分前后
清醒,更会让任何事都越陷越深
直至让世界成为自己狭隘的一部分

雨

张进步

在一个夏季,我滴落
擦过黑夜长满绒毛的身体
只因为滴落的速度太快
当时我并不曾认出这个世界
但我看到了它,一只巨大的黑猫
趴在时间里酣睡。后来
黑猫翻动身体,露出白色的肚皮

在那个白昼,我滴落
沿着夏季滚烫的肉体

因为无法控制滴落的速度
我只能用湿润的眼睛看着这个世界
于是我认出了那只黑猫：永恒的一部分
于是我看到了黑猫露出的白色肚皮：短暂的一部分
那时我正从时间里醒来——偶尔
我在我不曾活过的地方写诗，一首多孔的诗
我是手艺人，我为风制作乐器。

皮影戏

西浔

其实一开始它不会动
它也不会说话
它只是一片纸或一张兽皮
是有一双手、一张嘴操控着它
在光的投射下
它开始进行各种人的动作

其实一开始并没有光
也没有上帝
没有光就没有阴影
这光和影形成的矛盾之奥秘
也就不会被人捕捉
从此制造出更多黑与白的冲突

其实一开始也没有人
没有人，就没有演绎这场皮影的工具
就没有了这场皮影戏
没有人，就没有人间
没有人间就什么都没有了

但其实从你到来的那一刻起
这一切都已准备好了
有光，也有影

有一双手和所有制造好的工具
你只好穿上人皮
开始在影子里表演

低语
李洁夫

几年了
我牵着自己的身体
四处寻找出租房屋的地方
我把每个遇到的人都叫作同志
并友好地跟他们握手
有时候就把自己的心掏出来
我掏啊掏啊,直到一阵风
就能把我随意吹到任何一个地方
我就对自己说
坚强些,不要让每个你路过的人
看到你流泪
最多就让他们感到
一阵风掀了掀他们的衣角

四月
雅北

我绕过它,在树篱笆后的紫荆花丛
清气落在细小的枝叶上
一颗紧缩的果球快速滚动起来

这是四月,红色羊蹄甲和阔叶草
在我注意之前就已被仔细观察过
光踏向湿漉漉的途中

易受惊吓的小动物体内清澈
此时,还不算晚吧
在雨前面我听见了父亲的声音

有时,我从一些斜移的枝条掠过
长时间在充沛的阳光下漫步
我的周围是一些闪亮的花朵
仿佛我第一次见到它们
略带忧伤的甜蜜应允不安的童年
我这么缓慢地将日子过长
在父亲的单车上,一种多年后的
草本植物,正把光遗留在紫荆花的园林

窗外
英名

清晨,贴近窗户
听见麻雀一直在叫
像凌晨三点的平原上
远处几盏灯火冷冷地闪烁

不知道麻雀何时来的
也不知道明天它们会不会
还栖在紫薇花枝上

唯一确定的是
声音是从透明的窗子传来的
像过去的每一天
靠蓝色的梦境递回来

初生的麻雀

缎轻轻

当我走进竹林,便被春绿染成
一只初生的麻雀
细爪掠过小河,水面冒着泡
灰喙,一下下啄着
空心竹筒,模糊的水汽迷住了
我的眼睛

猎人在静静凝视我
像是凝视一种命运
他宛如上帝从没撇下一个弃儿
枪声的尖锐紧紧缠绕一只麻雀

东风误

石莹

青和黛都是从泥土里长出来的
像邻家女孩儿的小心思
喜欢,便开一朵桃花;生气,就噘起樱桃红

山歌在层峦上织锦。大片大片的芨芨草、油松、榛子树
从织机里跑出来
有时候还会加入马蹄、泉眼及狐狸的眼神

——心旌摇荡啊!
我却只有空悬的纸笔,配不上
千里江山如画,十里花开胜火

我只有小心翼翼的眼神,娶走山间落下的鸟鸣

汗血马的宿命

王继亮

它低头合影,未必摒弃所有
偏见和傲慢
你摸它亲它轻声呼唤它——
"嘿,黑风"
骨血里的高贵在眼眸流转,未必
消退

一匹汗血马的宿命
未必是成为一支笔
溪为墨,地为纸
一次次叩击
唤醒万物

一匹汗血马的宿命
未必是成为一支箭
山作弓,路成弦
每一次射出都命中靶心

一匹汗血马的宿命,也许是
在这个地方燃烧
在另一个地方死去

(《诗刊》社中国诗歌网《诗歌周刊》第9期特邀综评)

有关诗集评论

对意蕴深远主题的多技法诗性表达

——薄暮诗集《我热爱的人间》艺术特色小析

李云

诗人薄暮新近推出诗集《我热爱的人间》，主题开拓维度是在亲情、日常感悟、传统与当下、现象及本质的思考等方面展开的。在他的文本里，我们能看到一个悲天悯人、思载八极、博爱天下、关注民瘼、钟情苍生的新诗人形象，同时也读出他的诗歌的透明之美、意蕴之美。他诗歌的多元表达技巧和"在场及物"的关注后的诗性呈现，也透出与他人不一样的特质，其辨识度凸现。

他的诗歌不虚幻、不高蹈、不"装神弄鬼"，有着雅正之气，扎实、沉稳、厚重，是有思想内涵之诗。他的诗歌又在语词使用、具象和意象转换、多元技法的杂糅使用等方面显示出作者在诗学试验写作上的创新性。故此，他的诗歌已然呈现成熟之色。诗评家霍俊明曾说："诗人，一定是同时具备人格高度、精神难度和写作深度的共时性的综合体。"从这三点来细究薄暮的诗作以及《我热爱的人间》，可以很容易看出他属于这样的诗人。

让我们一起来看他的《我热爱的人间》诗集。其诗集分"铁器""摆渡""空谷"三个小辑，近百首诗作，我是从以下三个方面进行研读的：

一、语言的极致使用和具象向意象的推进

"语言及表达方式上的变革，是一个诗人时刻要关注的，也是诗歌创作很重要的组成部分"，诗人林莽对语言的变革如是说。诚然，语言对于现代诗歌的塑造至关重要，优秀的诗人无时不思考着语言使用的多变性和再生变异性等。因为语言是诗歌生存的第一要件，如人需要氧气和水一样。薄暮也是在语言锤炼和极致使用上下足了功夫。当然，这首先取决于他对中国传统文化的继承和对西方文学的学习，他驾驭这两匹战马，他的

"诗战车"才能驰骋诗国疆域，游刃有余地行走在那些语词里。薄暮的诗歌喜欢用动词、名词，而少用形容词，并且是放在被改造后的语境里使用动词、名词。《社庙》中"爆竹声撵走河水"，《清明》中"我穿着一双灌满旧事的鞋子/跌进今年的清明"，《盛夏葬花人》中"那个人独自焊在广场的台阶上"，以及《摆渡人》中的"暮色一层一层盖在渡口/湖水慢慢缩回船尾//黑暗一下挤了过来，猛烈地咳嗽几下/夜色被烫着似的，抖动//他似乎等自己变宽一些/或者，等回家的路变短"，"撵""灌满""跌""焊""盖在""缩回""挤""烫着""抖动"以及"变短"等，这些动词和名词的极致使用，使诗整行整段地产生异质的美感，起到变异和再生的效果，使人读罢有了一种多歧性的体验。

  同时，薄暮在具象向意象推进转变方面，也是独具匠心地做到极致。我们知道现代诗是具象推向意象，意象和意象叠加，在完成思想性、哲理性、情感性的表达同时，抵达意境的最后塑造。诗是意境塑造的艺术。所以具象至意象的推进十分重要，薄暮的诗歌十分注重这点，他尝试运用了通感、变形、跳跃、时空转换、闪进闪出、由此及彼再到此等多种手法来处理和完成具象到意象乃至意境。《父亲的铁器》一诗我们可以看到他的技法的娴熟运用，"父亲把铁，分成两种/一种用来打制/斧头、柴刀、凿子、钉子/一种是我/……终于把我打造成一类铁器/像斧头、柴刀一样锋利"，他先写父亲打铁与打我，这里的具象从"铁"推导"打铁"乃至"打制斧头"等农具，接着再推进为"我""用来打"，转而推进到诗结尾的"终于把我打造成一类铁器"，这"一类铁器"又转回到诗开头的"像斧头、柴刀"，只是"一样锋利"，整个具象转意象，再到意境，写出了父亲对自己的管教和锻造，使自己终于成了有用之才这一"父爱重于山"的主题。还有《暴雨来临》中"蝉叫得一阵比一阵凶/替所有突然失语的人/号啕大哭"，《淡水鱼》中的"星星"变为"淡水鱼"，尤其是《空谷》里的"草""树叶""板栗和油栗"等具象的多次转变，最后又转变为"琴声""马的响鼻"和"落叶的清响"，这种具象向意象的多极转移和推进，使他的诗呈现生动、多姿、多变的态势，这也是他诗歌技法多方试验的结果。

  诗人、评论家邱华栋在评介诗人孙甘露的小说语言特色时写道：在对语言的把握上，孙甘露十分精微地扩展现代汉语的丰富性，他仿佛拿着一个炼金的坩埚，不断地烧煮着汉语的词汇，并混合了个人的经验和记忆、欲望和挫折，然后放入模糊的人的脸面和故事，烧煮出来一种奇怪的东西。我认为薄暮在语言处理上也是如此。

二、细节情节的生动运用和戏剧化反转、冲突等技法的介入

现代诗歌需要细节、情节、戏剧化、故事吗？从但丁《神曲》、悉尼《挖掘》、波德莱尔《恶之华》以及艾青《大堰河我的保姆》、于坚《0档案》、昌耀《慈航》等经典诗作来看，这是必不可少的。现代诗歌发展到今天，是该开放地吸纳不同文体以及其他艺术形式。越是多元地吸收，多维度地借鉴，加上多美学的涵养，最终才会形成自己的独特表达，这才是一个有抱负的诗人应该持有的艺术观。薄暮在他的诗歌创作中大胆地吸收小说的诸多要素，如细节捕捉、情节制造、用故事叙事等，同时他也从戏剧艺术中"拿"东西，反转、冲突、抖包袱等技法，并且运用得自然生动，不露痕迹，不伤害诗情，反增添诗性的塑造和诗情的丰满，使诗歌本体更有回甘之味和锦上添花之意。

关于细节和情节。《烤龙河》里他写道："小鱼在冰下/一口一口地吮食阳光/便觉得整个世界都在融化"。这里小鱼吮食阳光是生活的自然细节，但被细心的诗人薄暮敏锐地捕捉到。《这半生：雷雨之夜》里他观察到"炸雷引爆的雷雨之夜""我的奔跑""我不敢躲避在树干、桥下"的绝境，最后"终于找到一片屋檐"，从"小小窗口，灯光橙黄/碗筷间细碎的方言/凳子磕上桌腿。一把勺子/刮着铝锅。放下，又刮"，这里既有细节更有情节，让我们看到雷雨之夜里个体人的无助和绝望，以及找到希望所在——"屋"的喜悦。他用细节说话，让灯光、碗筷间的"对话"、凳子磕上桌腿、勺子刮铝锅这些场景、动作、语言、声响等在表现，让这一切从生活的真实升华为艺术的真实，带我们走进了一个独特的、有诗意的"雷雨之夜"，共同体验到现代人的心路历程和生活、精神窘境——即我们是在"雷雨之夜寻家的无助之人"。尤其是这首诗的结尾，更是揭示了这一主题，"我不敢出声，我如此害怕/他们突然打开门"。我渴望他们开门，又怕他们开门。这一结尾指向是多重的，如能用马原的小说技法来归结，这是开放式小说结尾，也是迷失式结尾。

关于反转和冲突。《牲》用拟人的手法写村庄里黄犍牛与猪的遭遇，它们各自生活在自己的"空间"里，到了"小年后"，猪被杀了，牛去饮水，"它贴着墙根，走得很快/似乎故意不看那口大锅/在河边上上下下地跑/不肯回家"。黄犍牛反常态的不安，当然让我们想到那头被宰杀的猪的命运，这里的戏剧化反转落脚在牛的情态和状态上，读此，我们会突然感到人的无情和世态的炎凉。还有《前提》一诗中，他说"如果一定要拿走（讨论）什么"，包括拿走生命，拿走不胜酒力，拿走对形而上的纠结，拿走尊严的假想，拿走右手写字的习惯等。最后，有一个叙述的反转，或者说诗主题的瞬间揭示，抑或是他诗歌的内核的爆燃，即："请不要拿走沉默/这是全部的自由。"这种反转是内在逻辑推进过程的逆反转，是常人没有想到的，意料之外的，突然而至，让人深思。此外，他的诗还自设矛盾冲突，情感冲突、情与理的冲突等。《命运》一诗里他写道："它一定有阴影吧/万物都有，此刻/它神一般没有"，前面肯定命运有，后面又设定"此刻"，它神一般没有，这是一种否定之否定后的肯定。《小坐》里有这样一句矛盾的诗句"让我惊讶，感到羞愧/并且，不知为何羞愧"。还有《某个时刻》中"你突然对孩子说：找个日子去看看那个傻子/这时，我就会在遥远的地方听到／就让头顶上的野草花早一点发芽/你们来时就会看到/有些东西/生与死都改变不了"，这里的傻子是我吗？我听到他们的话为何要让头顶上野草花早点发芽？这些矛盾与冲突的出现，使诗产生了更多隐喻性和多义性，让人们读后有更多联想和参与作品的第二次创作的可能。萨特说过这样一句话：人们并不是选择说某些事情才成为作家的，而是选择以某种方式来说这些事情而成为作家的。因此，我认为薄暮是睿智的"选择以某种方式说这些事情"的成功诗人。

三、新古典抒情与现代意识的当下情感的诗性表达

小说家石一枫在论小说写作时总结道：一是在旧题材上有观念上的突破，二是在新题材上有观念上的发现。这里说的观念上的"突破"和"发现"，看似很容易做到，其实很难。

薄暮的《我热爱的人间》诗歌文本有旧题材的观念的突破，又有新题材的观念卜的发现。

薄暮不少诗可以归结为新古典抒情的美学范畴，这样诗的基本面貌是从中西方古典或传统文化里找具象，由历史人物、事件、文化现象等因素里培植新的发现，新的思想，新的观点，新的美学理念，从而创造出的新的有古典特色。其诗集中有《水浒别传》《范滂传注》《读大人先生传》《卧龙岗上》《孔乙己》《最后一次与蒲松龄聊天》一类，又有从古典文化中汲取要素的一类，如《盛夏葬花人》《天色已晚》《水声那么小》《黄河》《十万花海》《岳阳楼记》等。无论取人与事，还是在传统文化里找寻文化因子，他都赋与其当下人的情感、当下人的思考，不囿于对过去人与事的一种简单的重复叙述。注入新的思想，才有对旧题材"突破"的可能。

《卧龙岗上》前四段写下"不敢望东北，不敢面向西南，不敢面向西北，不敢朝东南"四个"不敢"。最后，薄暮勾连当下写自己："我就在岗上，等着/跟你说：竖子，莫停留，莫回头/趁世间无英雄"。这里的"我"已穿越到三国时期，或卧龙先生穿越到当下，我是薄暮也可能是那散淡人，三国时期的卧龙先生也可能就是"我"——薄暮，古今人物混合，身份不明，抱负担当却在，"莫停留，莫回头"去为天下人担当，因为世间无英雄。浩气长存，励志有为的进取之心跃然纸上。还有他写的《最后一次与蒲松龄聊天》中前七段详细地写出了"我"与蒲松龄先生的夜读、写书法及论道，还有白狐和鲤鱼们的出现等等细节，最后"我"问先生："我到底是哪一朝的书生/先生没有回答，拿起/三百年后的明月/镇住一纸风声"。这里有机禅，有顿悟，有伏笔，当下与历史交织，"我"与"先生"重叠，一切变得不可说，不可说破，一切变得虚空如明月，如风声。这种诗意便氤氲升腾起来，有了质感和厚重，有了空灵和气运。

写当下人的情感要有新发现，薄暮的诗集里有不少写当下人情感的作品，其中不乏力作。《每一棵树，都有自己的名字》，就是一首很好的诠释当下乡村少年成长的感悟之诗。他用诸多树，来表现一个人的成长，如他用臭椿、黑荆、倔强松写少年，用君迁子、落羽杉表现落第书生，用思维树形容"半吊子知识分子"，用榆、柳、桑来象征"一身汗腥的人"，他给不同的人以特性化比喻，既怪异，又贴切。尤其是，他对树上普遍有的"疤痕"，写道"它们身上的伤疤/都长成了眼睛，而我/总是忘记，或装着一切都不曾发生"，让自然属性演变成情感属性，让植物的伤疤变为人类情感的伤疤，而这些"伤疤"又变成"眼睛"，时刻注视打量着人类，让我们惊诧、警醒。其实这些树都是人的另一种精神化身。这时，诗人又很果断绝情地写道"而我／总是忘记，或者装着一切都不曾发生"，揭示出了现代人的遗忘或者情感麻痹。是的，现代人总是试图回避，拒绝苦难，这是诗人薄暮对现代人现代病的一次"诗医疗"，是一次"诗解剖"，让我们看到病灶所在，癌变所在，仅此，我亦认为，薄暮是一个有思想深度的诗人。

奥登在谈论"大诗人"须具备的"五大条件"里提道："三、他（诗人）在观察人生角度和风格提炼上，必须显示出独一无二的创造性"。从诗人薄暮的《我热爱的人间》文本中，我已然欣喜地看到这个胚芽正在孕育，我们期待他的诗作越发雅正、坚实、斑斓、隽永，早日踏入大诗人的行列……

心灯独燃　真智烛照

——应文浩诗集《吾心之灯》艺术特色小析

李云

佛曰：千灯万盏，不如心灯一盏。

其论无非是启迪我们本有真智，焕发心灯之智慧光芒，点亮心灯，人生旅途中遇到的黑暗才会遁去，迎来圣洁之光明。应文浩先生为自己的新诗集取名《吾心之灯》，可能受佛经中的此句启发或影响。

在中国文人的知识结构大厦里，儒释道是根本的栋梁，诗人更是在他自己的作品和诗观里呈现或儒或佛或道的思想。台湾诗人周梦蝶是从佛的，散文家林清玄也是在文中写尽佛学之生活感悟，并形成自己的风格和特色的。应文浩的作品《吾心之灯》里显然存有儒家、佛家、道家的文化渊源和底色，他诗行里闪耀着仁慈怜悯之光，并有儒家经世哲学的诗阐释，还有道家无为之姿态，但更多的是作为一个诗家的综合文化素养的体现和集中反映。尤其是他用澄澈沉静的心境，用温柔的低诉口吻在吟唱自己的人生参悟和心经。他对万事万物的思考和对诗性的张扬、呈现，有着区别于他人诗歌的特别之处，并且已形成有较高辨识度和异禀的诗歌风格，即娴静、冲淡、沉稳、灵变和睿智。

对应文浩的诗歌秘境寻踪，可以探出以下三条路径，可以说这也是他的心灵之路径。

一、沉静的独思和冥想，智性的诗歌呈现

应文浩是一个沉静且散淡的人，他蛰居皖东天长，读书、工作、写诗，不喧哗不浮躁是他的处世之道。他喜欢静思与参悟，在他的诗行里可以看到他思考的结晶体，即对人生终极意义的思考、对当下个体存在意义的追问以及来世的猜测和预想。在这三个空间里，他的思忖产生了复调效应，造成他的诗歌内的空间无限大，以及他诗歌的本体品质提升至哲学的、宗教的大义层面，所以，他的诗不是一般意义上的对俗世的歌颂和模拟，而是存在于思想的幽思和反思之中。由于他的诗歌创作是从高处立

意、低处入笔，所以，他的诗就有重量感和坚实度、亲和力，而不是轻飘之诗、浮躁之诗、浅薄之诗。他写道："如果再放低一些/你能看见/桂花、紫薇、美人蕉/身轻如灵/在返朴的路上。"放低身姿追求返璞归真是他的人生思考；"甚至枝头那微微的颤动/是人间的平静"，向往平静也是其人生姿态；"冷也走，暖也走/似一个物体的惯性"，冷暖自知，无论冷暖，我们都要一往无前地跋涉。还有他的《我不后退》和他的《邀请》中"在我余下的日子里/做一件事/把快乐传递给万物"，从这些诗中我们可以窥探到诗人自信、不惧和豁达的情怀，他的诗不晦涩、不忧郁，充满了阳光。他在写诗时，自塑人格雕像，即对人生的从容、不妥协和柔性的抗争。是的，应文浩的诗歌是温柔的，词语不剑拔弩张。他是用内在的节奏感和词语的张力，来实现诗歌的流畅推进。他处世的沉稳，使他的诗风彰显出内敛、冲淡、婉转的特色，他的诗是在细雨润无声的节奏里完成对读者的诗输氧和诗浸入的。

当然，有了思想性，更需要智性的诗呈现，做不好，就流于说教，而那就不是诗歌了。比如他写《一个女人的哭泣》，他说"哭声像一支箭，射中了林中一只鹿"，当我读到此时，心一阵揪紧，哭声是箭，这个比喻来得神奇。射中林中迷鹿，为何是迷鹿？迷鹿又缘何被一个女人的哭泣感染？这里有无限的空间让我们去想象和推测。还有《吾心之灯》的首段"雨落在顶棚上/像耳边好句子/踩着点，跳踢踏舞"，这些对具象的通感处理，产生另类美感，也是神来之笔。再比如《仲冬》里，他在诗中运用回文技法，也让人叫绝："阳光铺洒在雪上/雪覆盖在田野上/田野捂在愿望上"，这和油画的多重堆积和工笔里的反复渲染的技法有异曲同工之妙。当然，我更喜欢他的禅悟之诗。《望宸阁》中他写道，"线条深了些/可我只记住了头和尾/第一层，无境界，山是绿的/第五层，无境界，绿的还是山"。他的《望宸阁》比韩东的《有关大雁塔》有更多指向意义和实质价值，全诗充满禅意和对当下情感的对应关注。严羽在《沧浪诗话》里强调的"禅悟"和"熟参"指的就是做个好诗人要遵循的要义，应文浩做到了。

二、氤氲的水汽，四溢流淌的诗意

可能是应文浩先生身居的天长，拥红草湖等多条水系的原因，也可能他的本性里就有乐水情怀，故此，他的诗大部分与河湖水泊有关系。同时，他的诗行里流淌的是飘逸的、氤氲的水汽，他说是"湿气"。水是万物生命之本，也是诗人创作的永恒命题，写出水的前世今生，写出水的性格特点，它的柔软与汹涌，它的可载舟又可覆舟的宿命预示，以及水与水的不同性，湖泊和池塘，大川与小溪存在的普世价值，还有苇草、莲子草、水禽、鱼虫，等等，这些与水有关联的一切，在应文浩的笔下都有淋漓尽致的表达。《乡间画》里他写道："河边一头牛/边吃草，边辨认自己/岸上，水里/它拥有两个世界的原点。"他撷取一个日常小景，通过转换视角，产生诗趣性，使普通一景有了诗意。《自己》中"一条船/像它自己/有箭头一般的脑袋/也有哒哒的轰鸣声"，这是写船吗？显然也是写人，或者写他自己的人生况境。还有《春日》中写水色的变化，他是这样抒情的："鸟鸣一滴一滴/如卤水点豆腐/河水中的绿/从水面向里一寸一寸加深。"写到从水色之变写到人生之变，或情感之变，即诗尾揭示的"绿浪之大/先覆盖了我的身体/后覆盖了我的欲望"。这时他笔下的水，有了多向指示，水变为多重的喻体，可以是命运的、终极的、不可预测的等等，他说水或绿浪变成追问、拷问或审问，让读者有一种自省的窒息感，仿佛溺水状态。他一直认为"活到如今/我时常感觉自己/身体和灵魂皆有湿气"，有湿气的应文浩笔底显现的是"行到水穷处，坐看云起时"和"秋水文章不染尘"的境界。

顾随在《驼庵诗话》里强调诗要有夷犹、坚实，更要有氤氲之气质。应文浩的诗水汽氤氲，在朦胧的诗意里，传达出他的人生思考和对诗歌美学的文本追求。他的诗有国画般的写意，又不同于大写意，是小品式的半工半写的小写意。他让诗意如水墨在宣纸上洇开，产生肌理、产生层次、产生韵味、产生五色。你看他笔下的《在人间》中"河滩上铺满了小巢菜/加密、攀延/你看见了吗？/原来天堂的台阶是可移动的""有时候，一个美好的世界/不在于位置高低，而在于盛它的容器"，他从"小巢菜"一个具象开始着墨，延伸到"天堂的台阶"，并且这些细节是"可移动"的，最后提示"不在于位置高低，而在于盛它的容器"，这时的具象似平常却饱含了深奥的哲理。他在表达诗意和创造诗意上，会采用智性的、灵性的手法，由此具象推至彼具象，又从彼具象传递到第三、第四具象上去，最终达到意境的产生和完成。

三、崇敬万物，从细微处捕捉诗意并放大诗境

爱万物崇敬万物，是应文浩先生为人为诗之根本追求。唯有心系苍生，心怀天下，关注万物生长的人，才能去写诗。他说《我们都有草木的属性》，他认为《万物呼唤我们》，他喜爱《春天》，他写道："山，水，空气，你好/星星，人，神，你好/这样，我可以爱你们/像你们爱我一样。"他的《时间是狗》说"它不会离开你/无论你/贫穷、富贵、健康、疾病"，他钟情《祥源花世界》和《方山谷》以及《崎云山古道》，在那里他寄情托志于山水。他也痴迷雪，他辟专辑来写雪，他的雪正如他诗里写的那样："雪，你看到的种种都不是真我/我是空中的瓦片，一直在飞/在建造，人间缺少的虚空。"他看到的雪天是"世界如圆罐/在倾倒幸福/每个角落一样的金色"。应文浩有着自己的诗歌写作系统和程序，就是他能从人们司空见惯的庸常里发现不一般的诗意，并铸造成诗境。从细微处捕捉诗意，放大诗境是他的一个高超之举。

《呈现》一诗里，他从屋内的闲适生活写到屋外的雪并挖掘其诗境。"不远处的菜地里/白雪点点/如一堆堆开悟的篝火"，这是雪转变为开悟的篝火让人阅读时迅速产生诧异和异议，并且他在诗的结尾又让诗上了一个台阶，意义上递进了一步，"一切像在呈现/无意顾及我们/是否看出了什么"，这使诗境得到拓展和提升，使这首诗变为立体和多元的，尤其是诗结尾的开放性设置，让整首诗有了延伸意义。再比如他写的《一天》，这首诗开始写早上和死者告别，中午参加婚宴，"这一天/给我上了一课/生、死、爱/这一天以后/都是伟大内容的重复"。其实，我们每个人每天都在经历生死和爱恨，只是我们被生活折磨得麻木和迟钝，对这些视而不见或见而不思。应文浩先生却从中敏锐地捕捉到诗意，同时放大诗意后面承载的重要意义。应文浩在写诗时，还有一个特点，就是对事物本体的抽象思维的思考和变形视角的审视。比如他在《猴子的四维》中写道，"据说猴子也有梦境，四维的/那里，时间是变量/每一个三维都是平等的/人类、猴子、草木……/在同一个维度上"他把猴子也有四维空间想象作为这首诗成立的新奇视角，这样一来，就让诗变得有趣味并给阅读带来新奇感。让我们再来看他的另一首《奇怪的人》，这个奇怪的人"他的安静来自于/星星

与月亮隐去的世界/头顶上没有了耀眼的光/他的焦虑和恐慌消失了/和他物平等/与草木一色/像一粒沙子/睡在沙漠里"。这首诗里提示的很多现象是矛盾体，是生活中不可能出现的一些现象，但又统一和谐地在一起，让生活中的不可能变为文学的可能，这里有超现实的体验性和后现代文学的理念表述，让我们对其拓展的新奇诗境有了全新的认识和接受。

　　佛曰：万法不离一心，心外无法，法外无心。

　　有心灯者自燃内焰，洞照心宇，如果把一己之心灯无私捧出照人，给人以开悟，给人以方向，给人以暖意，正如诗人把诗意传给他人，让他人也得开悟，我想也是在做一种大的功德。应文浩的《吾心之灯》诗集就是在做自渡和渡人的功德之事。

　　只有心灯举起，才能"千灯互照"，才能"光光交彻"。我想，这大概是应文浩写诗的另一种修为吧。

在故园怀想和都市审视之间咏怀

——对诗人吴锦雄《蓝火》诗集的小评

李云

我不知道诗人吴锦雄缘何把他的第二本诗集命名为"蓝火"。蓝色的火焰从物理学角度来说,它该是焰心之火,因为只有在内焰、外焰包裹之下,焰心才会由于缺氧发出幽蓝之光,如亚当之星蓝宝石的色彩和光亮。这是句闲话,他可能有别的喻义和暗示,也可能是他钟爱和痴迷于这种火焰的暖意和光晕。

在《蓝火》的一百零三首诗中,我们能看到诗人多维度、多主题的诗歌表达,既有人生感悟,又有对初恋和爱情的追忆、对山水的吟唱、对亲情的眷恋、对日常生活的思考、对时光流逝的叹喟,等等。和大多数作者的创作主题区域开拓一样,是多层面的,在这些区域里他有自己的独特发现和诗歌呈现。比如爱情,他不是人云亦云,不拾他人牙慧,他有自己的理解和表达,他找"狮子"这个动物具象来表现精神层面的"爱情"。他通过写一头公狮的一生来写爱情,别具一格,"谁也吃不了谁,对峙并肩／蹭磨掉彼此的敌意／温柔地相爱"。如果写到此,也就流于一般了,他从爱情又延伸到命运:"带着凶猛,剧毒的爱／在时光的古道上衰老、溃败",这时,这首《爱情》就不只是写现代人的爱情了,而是抵达对转型期都市人生活命运和际遇的诗观照了。再比如写《职场》斗争,他写道"冰雪一样的男男女女,永远保持正确的社交距离、60公分""办公场所都是恒温／26度""黑暗中自己拥紧自己取暖"等真实的职场不见硝烟却在喋血的战斗,以及职场中人与人之间的冷漠。再比如,他写对诗歌和诗人的本质理解,他写诗使自己长成了"十一指的畸形",写诗行为是"一种良药",可"治肥胖、治痔疮、治抑郁／治世间一切疑难杂症、悲戚痛苦",这是他对诗歌创作个体的理解和坦言。诸如此类,我还可以列出他很多成熟度较好的诗作,这些诗他写得确实比一般人的作品有力度,有感觉,有特色。我这里却强调对故园的怀想和对都市的咏怀,是他明显的特色,也是他这本诗集的主基调。诗人写作的主基调,恰是他匠心独具的诗歌美学创作探索,正是他着力营造的自己诗歌的根据地和诗歌后花园。

福克纳曾说过他只写"自己邮票大小的故乡"。评论家谢有顺认为，每个写作者要找到一个精神扎根的地方，因为熟悉的地域、物态人情能源源不断地提供真材实料，这个"写作根据地"不一定是偏远的蛮荒的山坳，也可以是凝结作家记忆和情感的地方。吴锦雄可能早已对此论有悟道，他一直在写自己的故园和校园的故事。在对故园的深情吟咏中，他是从三个维度进行推进的。一是怀念故园，怀念远逝的农业文明。他在唱着低沉的挽歌，在他的《一路向西》《我童年的玩具是一头水牛》《乡村纪事》等一些诗里，诗人用细节、情节和小说结构、戏剧化等形式，为我们描摹了一个个鲜活生动的乡村面庞和背影。二是对故人和故园的精神礼赞。他写到了爷爷的箫、外公的酒枣，以及爷爷用棍子击打门框告诫诗人要有一个男人的尊严。在诗人这系列作品中，我们分明看到诗人对传统文化和传统教育的再次肯定和褒扬。三是对故人和故园的恋歌。对故乡的深度爱恋，促使他每每对故人进行思念和追忆，是乡愁的缠绕使诗人不能自拔，也是他自觉对乡愁的情感自陷。他深情地写道："你说乡愁堆积在天上的云里／云承受不起了／就会放声大哭。"（《八月》）他还写道："我在阳台种了一些瓜果蔬菜／所有的思念都选对过去的依恋。"在挽歌、颂歌和恋歌的吟咏里，我们震撼于他的情愫之真切、表达之准确，同时我们也被他的诗歌所牵引，不由自主地朝着自己的故园一方眺望。小说家石一枫曾说，蓦然回首，故乡已不能像传统的田园牧歌一样，为游子提供温情、怀旧和哪怕虚幻的心理支持。"走不出，回不去"已经成了不止一代中国人的尴尬困境。我也赞同，我想，从乡村一路拼搏到南国都市立业的吴锦雄，也是处在这种共性的"尴尬"情感之中，所以，吴锦雄的故园吟咏，有异于他人的文化自觉和诗歌发现，他在用诗歌剖析、展示这种"尴尬"和走出这种"尴尬"。比如，他在诗中写道："一直想在故乡建一座平房，却一直没有建成，这只是他的一个梦想。"还有，他想自己挣钱在故乡买土地，却被母亲正色告诫"村里出了你也算个人才／你没能来造福乡里／不能回来祸害乡里啊／此话，一生难忘"（《你算个人物》）。这些，都真实地写出一个人有责任感和爱故乡的一种大爱情怀，以及不被故乡人所接纳的无奈和自责。新乡愁诗不好写，要写出新意更难，吴锦雄另辟蹊径，写出了怦然心动，主要归结于他为文之真。诗贵在真，有了真情实感，就有了真诗，拒绝假抒情是吴锦雄诗歌创作坚守的关键。

每一个从乡村到都市打拼的人，都是一部四十年的改革开放发展史的切片和微史记。他们每个人都经历过这个时代发展最初四十年的艰辛困苦，悲欣交集是他们命运的最好写照，吴锦雄也不例外。从生活的物质个体，到诗人的精神个体，所有的生活体验都化为诗人的精神经验，并以诗歌的形式来凸显其诗性和诗意。其实，写都市生活是有难度的，目前大多数作品内容上流于日常琐碎情感的记录，形式上流于口水表达，或者，沉湎于对小情感的小抒情，以及虚火的煽情，但吴锦雄却自觉和这些创作流向拉开距离，寻找自己的诗内核的坚实性和诗形式的多样性。他的都市诗文本突出三个特色。一是以哲学的思考，对日常生活及事物发展的规律进行内在的审视和批判。他在《生活》里深刻揭示了生活的本质和真相，即"生活原本如是／从未腐烂，并不新鲜"，不美化、修饰生活本体，也不歪曲、诬蔑生活的真身。其实生活就是生活，"与贫穷对抗，时间赛跑，荣辱争夺／汗水与泪水跌落的瞬间／每一滴液体都是生命的激浊"，他就是这样捧出生活的真实。二是在陈述日常的同时，用具象和意境告诉读者生活的别样诗意和别样的人生真谛。他在《我们都是城市里的一株仙人掌》里写道："我们彼此对视、瞩望，却不敢偎依拥抱／相爱，就是一场痛彻心扉的伤害"，以及"一群群坚强的外来物种／他们野蛮生长／没有半点时光容许他们悲伤"。诗人敏锐地捕捉和撷取仙人掌这个物象来准确表达都市人之间的关系，在对这个物象多角度的刻画中，完成对诗歌主旨和诗歌意境的塑造。确实如此，在都市里生活的人真的有仙人掌的属性，只是我们麻木和迟钝，没有察觉，而被吴锦雄发现了，这是他多智的表现。三是对都市人精神层面以及生存终极意义的揭示和追问。在他所写的都市人的作品里，如《灰蒙蒙的尘埃》这样写道："我们内心若已灰暗／世界哪里可找到光明""心里一把灯火／暗黑都是腐朽的"，以及他在《时光在不知不觉溃烂》里说，"世上的人来来往往匆匆忙忙／都在赶往自己时间的尽头／垂睑思索时光绝情歹毒的狡黠／时光在不知不觉中溃烂"，等等，在这些诗里，他一直试图揭示人生的终极意义和生存的目的。他在做灵魂的拷问和人性的追问。也就是从他无雕琢的口语式的诗叙述里，我们看到这位身处都市的诗人对都市人精神的人文关怀，他在用诗歌熨平都市人焦虑、彷徨、忧郁、沮丧的心灵褶皱。

正如学者王小章和郎友兴在《都市的体验：关于城市社会生活的三种

理论》这篇文章里写道,城市居民发展了各种适应性的保护机制从而变得冷漠、粗暴、疏离、戒备、不讲人情——当这些保护机制依然不足以应付困境时,便会出现城市居民常见的焦虑、紧张,以及各种精神病症等等。而吴锦雄的写作,恰是对都市生活版本的深度解读,是无数都市情境的缩影。

在《蓝火》中,我看到这样的吴锦雄:一个永远怀念故乡的都市人,一个在都市的乡村智者,一个在都市里能揭示都市人精神真相的诗人。他在乡村和都市之间搭了一座互通的桥,或者造了一叶共渡的舟,他是造桥人,也是摆渡者,他的桥与船就是他的诗歌。他让我们走进他的乡村和故园、他的都市。在过去和未来、当下这三个时空里,吴锦雄是自渡者,也是帮助他人的渡人者,当然他是用他的诗,用他的蓝色火焰,秉烛而行,哪怕一豆蓝火有些微弱,但在人生漫漫的征途里,有一豆《蓝火》相伴,总能让你有光亮、有暖意。我想,这该是诗歌的力量,也是吴锦雄写作的根本所在。

唐孙思邈《四言诗》中写道:洪炉烈火,烘焰焱赫;烟未及黔,焰不假碧。借这首诗,遥祝吴锦雄诗艺从《蓝火》早日达到炉火纯青的地步。

仰俯视野　淬炼诗意

——诗人程大宝《云端》诗集作品研读

李云

　　这是诗人程大宝的第二本诗集，其中收录了他近年来陆陆续续写下的100多首诗作。原先这个诗集的名字起的是"云端的粮食"，后来，他为何把"的粮食"三字舍去就不知其用意了。

　　作为这本书的编审，我有幸较早读到他的诗，大致时间是壬寅年的春天。这本诗集里的作品我很喜欢。

　　我欣赏诗人对人情世故、亲情爱情、日常与偶然、瞬间与恒常，哲理的、端正的、无邪的、纯粹的自我思考和感悟；我欣赏诗人书写中的俯视、仰视或凝视、注视之后的诗意淬炼和诗境挖掘、再塑的艺术技法；我欣赏诗人端坐云端又匍匐大地，遥望苍茫混沌的宇宙，又凝注万物的角色互变的精神状态。可能这是该诗集的特色所在，也是我推崇其作品的理由所在。

　　云端，是指物理上、气象上的苍穹和云层吗？抑或是诗人精神上、意识里、心空里的云端。

　　诗人程大宝的"云端"，我想应该是他意识里的、人生观中的神性之寓所。在古往今来的诗人心里都有自己的"云端"。庄子的《逍遥游》、屈原的《天问》《九章》、但丁的《神曲》、泰戈尔的《吉檀迦利》、聂鲁达的《马楚比楚》等等，都有这个宇宙意识和天堂、人界、地狱的三维写作向度，这是一个好的作家和诗人要具备的写好文章和诗篇的理念之一。其实，从2021年我们就进入了"元宇宙元年"，尤瓦尔·赫拉利在《未来简史》里就描述道：人类知识创造万物互联的工具，而万物互联可能从地球这个行星向外扩张，扩展到整个星系，甚至整个宇宙。这个宇宙数据处理系统如同上帝，无所不在、操控一切，而人类注定会并入系统中。我们说拥有"宇宙意识"写作于今日之作家十分重要，诗人程大宝近年来一直在他的诗歌实践里有意识地进行宇宙意识的诗书写，同时，他在"仰观宇宙之大"时，又"俯察品类之盛"，故此，他的诗歌在浩渺、阔大与幽微、细致两个维度里进行开拓和修炼，并逐渐形成自己雅正、坚实、睿智、灵动的诗风。

仰望：对流逝、渐变和未来可知与不可知事物发展的诗话

在"云端"，诗人程大宝用他的诗歌告诉我们他有两种视野：一是仰望，二是俯视。

他在诗中写道，"云朵上面生着云朵/它的叠加，也是一种寻求答案的方式"（《一只打转的猫》），以及"云朵变幻，跳内心的舞蹈"（《无意义》），还有"孩子们在高空中骑着粉红色的车"（《我爱这初春的校园》）等。他在云端仰望，看到是流逝的过往，是渐生的异象，是未来可知与不可知事物发展的初始和结局。他在仰望的同时，不断发生诘问和自问，即"我是静止的吗"（《慢慢发光的路》），和对事物本质和终极的质疑：如"原积云——像一位内心悲绝的人"（《原积云》），"像一个在云端训导我们的人，但疲惫一直存在"（《女儿的疲惫》）等。他让我们在他的诗行里看到一个在社会快速转型过程中，面对喧嚣、突变、速生速死的现状，而持有质疑、批评、揭示的知识分子的基本操守与良知。与此同时，他又用他的仰视，把我们带入一个神话、诗性的世界里。"抬眼看，穹顶如盖、云如圈马/我不是一个踉跄的开圈之人"（《反向故事》），"这一日，善良有了重量/真诚有了刺骨的花朵般的质感"（《这一日》）。并且，让读者自然地随他的诗句一起陷入他设定的沉思和冥想里。《你的》一诗中，他写道："你的方言不是你拥有那个肥沃的理由/你的遗传性也不是你唯一物种的/你的改头换面恰好验证了我们是如此熟稔/你的无意应答是我巩膜上的擦之不去／你的疾病是我起身的齿轮转动/你的风吹草动是我的戒备之心。"他在诗行里不断否定又肯定，以及否定之否定，让我们沉思，让我们思索个体生命存在的价值和世界存在的意义。个体的人（生命）对峙着时间与空间进程的无奈和妥协，以及相互的和解与救赎。这种大宇宙观的诗写作，是哲学意义上的诗写作，在当下中国诗坛是稀缺的，也是值得倡导的。

俯视：细察一切情感变化的本质内核裂变后的诗悟

诗人程大宝的诗歌视角同时又是俯视的。

他的俯视是一种贴近式的、触摸式的，所以，也是他精神匍匐前行的状态。他在《多么美好》的诗中写道："我们匍匐下来，终于看清相对和相向。"是的，只有俯下身子，深入万物，和万物同呼吸，才能看到万物生存的真实状态，也才能看清"相对"与"相向"，也才能"学会攀爬"，才能到达一种高度——或"云端"。

在俯视中，程大宝看到"劳作的人""夜晚寺院旁的一棵树""一颗新芽""一树幸福的栀子花"；也看到"指着一只流浪狗说是马"的《路遇的婴孩》，拥有"惊悚的脸"的《黑鸟》，以及《张开双臂的少年》和《我的孩子》；更看到《慢慢发光的路》《街头弃用的绳索》和《翠微路的地狱面馆》，这些都是诗人敏感和诗性的发现。

我喜欢他的这两首诗，一是《竹里的梯子》，一是《茶》。

在《竹里的梯子》里，他写道："每一竿竹子里都有一架梯子/这样，我们才明了竹的一生就是登高""仰视，眼前的人都架在摇晃的竹上/俯视，无影，唯闻竹林深处啄木鸟笃笃的敲击声/肯定又怀疑，像有时的遣词"。竹子里有一架梯子是他的诗发现，眼前人都在摇晃的竹上也是他的诗发现，听到啄木鸟的敲击声后，开始怀疑一切，这也是他的独特感悟。这种由表及里，由具象到意象，最后达到意境开掘的写法是一种机智的写法，这种注视性、凝睇性的写法，由物象到心象，从而达到"本我、自我到越我感受"弗洛伊德式的境界提升递进，使诗文本外部变得真实，内部变得深邃与多向复指，形成综合审美意趣。而《茶枝上的新芽》一诗中，他在对"茶"具象的书写同时，也是对父、母亲情主题的写作。这首诗让我想到爱尔兰诗人谢默斯·希尼写的那首经典名诗《挖掘》，他们的意境开拓有着异曲同工之妙。希尼在诗里写到爷爷，而程大宝写的是"去茶园的"父亲和"烧一壶水"的母亲。希尼诗里有细节、有情节，程大宝诗里也有，并且，程大宝还在诗里写出这样有质地、有声响、有内涵的诗句——"那蒸汽击打水壶的金属声惊醒了我/看茶枝像磁棒吸附铁粉，竖起一根根/锋利的针"。茶枝像磁棒，茶叶竖着如锋利的针，这是他的细心观察的发现，这当然需要他的俯视和注视才可以得到。

其实，细读程大宝的诗，你可以发现他的诗视角不是机械的俯视和仰视，更多的时候，他在一首诗里把俯视、仰视、凝视、眺望、回眸等多视角综合运用起来。比如他的诗《向晚河边的柳树》，就是用多视角叙述的方法来完成的。他先从平视的角度写"柳树冒领一个过路人的身份"，转而"踮起脚照河面的镜子"，仰视转俯视，接着"这个冬天，抱火而眠者"又转为平视，到"词语中也有电阻"又变为内窥视。同时，他又写道"在这个大中，我们可以荡漾"，从"大悲悯"大中的内视转为可见的"荡漾"的外视角。在这不到十五行的诗里，他变换了多个视角，形成诗歌的多维度的繁复美感。

淬炼：让独特情感有扬弃的镶嵌与诗景深

"凡万事万物皆可为诗，凡万事万物皆不可入诗"，这是我的有悖论的诗观。其实，剖开来说，就是万事万物你要给予其诗意，提炼它的诗性，注入诗思考，这样才能为诗，反之，就不是诗。

诗人程大宝对诗歌的创作，是严肃的，不故弄玄虚，不高蹈虚空，不装鬼，不弄神。他总是对自己的发现和情感有着谨慎的选择、小心的处理、科学的提炼、感性的书写、理性的修改。故此，他的每首诗的内核都是"坚实"而饱满的。

他不太追求外在形式，从这本诗集作品中可以看到，他的诗短的只有五行，长的在二十行之内，并且不分段。他的诗从外在形式来看，显得板正、规矩、无变化，这是他不哗众取宠的写作态度的文本呈现，也是他老老实实写作的真实写照。

他对诗意和诗境的塑造和提炼是煞费苦心的，或者说是独具匠心的。

在《云端》的九辑里，我们分明读到不少不同寻常的诗提炼或淬炼后的精品力作。

阿德勒说过："幸福的人用童年治愈一生。"程大宝持有一颗童心，在第三辑《我经常念起孩子》里，有很多诗是写给他女儿的，或者说是用童心写诗给所有的孩子的。他写《我的孩子》，诗中画出草原，让孩子不要丢失自己；他写《张开双臂的少年》，是给孩子以希望；《放风筝的孩子》和《落雪之夜》，是写"梅蕾般的小女孩""仰面朝天"问"天空怎么下起她的心里话"，以及"混淆""燕子与风筝"的孩子，是对"一个又一个春天的复盘"。他用儿童的视角，写出童真、童趣、童心、儿童情愫，他刻意给孩子以这个社会的暖意、人情的暖意，而把一切悲凉、寒冷、丑恶做了处理，以暗示的手法给予呈现，使孩子既看到社会的真相，又怀有希望。

他在对日常时间的诗化处理上也是费尽心思的，他竭力找到唯一的表达方式。卡尔维诺在《美国讲稿》中写道："我深信写散文与写诗并无两样，不管写什么都应找到那唯一，既富于含义又简明扼要的、令人难以忘怀的表达方式。"试看程大宝在《两股先于我们而至的风》一诗里如何写"唯一"的，表面上他写了自己出门上班、进电梯、出电梯这么一个日常生活片段，但他用一句"像两个蹦蹦跳跳的孩子"，写出风或者如风一样清新的孩子，让我们读到此，倏然产生对这庸常的日子的一种美好的感激和满足感。两股风是两个蹦蹦跳跳的"孩子"，由看不见到看见的形象转换，这就是诗的魅力和诗窑变。

他在处理这些诗时，有时无限放大局部和夸张细节，让孤立或静态的事物立体、喧哗起来。在他的《轻声的喊叫》里，他让"西瓜子"喊叫起来，让"西瓜子"发声，强调一种植物弱势生命体的存在；他在《我看见》里写"一座桥，那大于湖泊的银色骨架"，让静态的桥变为形象的"湖泊的银色骨架"，着力渲染银色骨架——桥的色彩，使"桥"与"湖泊"的内在相依关系形象化；他还在《走在路上》一诗里用"笼子"对应"猴子"的"合理性"，与"老虎"对应"栅栏"的"必要性"的关系，让我们读到"自由"的合理性和"被自由"的"必要性"的人为意识，以及它们背负的多重象征意义。

可能是诗人程大宝所拥有的医学背景，使他的诗有时更注重身体器官的诸多感受描写。他在《无意义》和《一颗新芽》两首诗里都写了这样的器官感受的诗句，如"为失聪者唱出赞美的歌/对盲者跳出僵硬的舞"和"有盲人和失聪者的坚信/世间有黑漆漆的温暖/和冷冰冰的笑靥"。"失聪者"如何听到"赞美的歌"？"盲者"如何看到"僵硬的舞"？显然，从字面看或现实中，他们是听不见看不到的，这是现实的残酷。然而诗人的善意是"让""盲人"和"失聪者""坚信"有"黑漆漆的温暖和冷冰冰的笑靥",是给予火和爱的举动,这让诗变得圣洁,有温度,有暖意。

当然,他还写有"荡漾一天叫徜徉/荡漾一季是忧伤"和《反向故事》逆向思考的警言句式和回文效果的好诗。《反向故事》一诗其实可以从结尾处向起始行反向阅读,这是程大宝有心为之,这让他的诗有耐读、耐嚼的阅读快感。

王羲之在《兰亭集序》里写道:"仰观宇宙之大,俯察品类之盛,所以游目骋怀,足以极视听之娱,信可乐也。"程大宝的《云端》是在俯仰之间,对万物的思考和追问,有着提炼和淬炼的诗性锻造,算得上是一部上乘的诗集,愿与众人共欣赏。

翩跹在爱情现场的独舞和咏叹

——读陈小曼爱情诗集《只有云知道》

李云

我国的爱情诗的发轫是涂山氏等待大禹时一句"候人兮猗"的泣血呼唤。爱情诗是诗歌诞生之初劳动号子之外的又一条河流。古往今来,有多少人写过爱情诗,还有多少诗人继续写下去,我想,只要人类尚存,爱情诗就一定会赓续延绵。

当社会发展进入后工业和量子信息化时代的今天,奢谈爱情是不争的事实。我们还能拥有真正的爱情吗?这是当下应有的追问。其实爱情诗如何走出传统爱情观所产生的诗文本的窠臼,写出当下快速转型期中人们新的爱情状态,新的爱情内在的肌理和纹路,新的爱情的脉搏和心跳,是社会精神层面新的需求,也是对优秀诗人的考验。

其实,众多诗人是在回避对爱情诗的主题写作的。有的诗人直接坦言"不会写爱情诗"。里尔克在《给青年诗人的十封信》中曾告诫青年朋友,不要写爱情诗。我认为,里尔克的意思是:爱情诗写作是有难度的。爱情诗写作的难度就在于,爱情和生命、死亡一样,是一个古老的主题,有诸多经典的作品立在那里,你无法逾越已有的高度。更难的是当下人们的爱情现场究竟发生和上演的是千奇百态的悲剧、喜剧,还是正剧、闹剧?用诗这个形式能表现清楚吗?所以,众多"精明诗人"是不敢涉足这个领域的,至此,好的爱情诗是当前文学里稀缺的"贵金属"。

作家陈小曼这时却向世人推出自己的《只有云知道》这本爱情诗集,刚接到电子稿时,我只知道陈小曼是个南方的既写诗又写小说的作家。当我用半天时间读完她的作品后,就觉得自己眼睛里的阴霾在散去,一束亮光照在一个为爱情独自起舞和吟唱者的身上,并产生炫目的光泽,我清楚地知道上乘的唯美的有特质的爱情诗出现了。为此,我想从四个维度来推介下这本诗集的特色和它的成功之处。

现场：爱情观和人生观独特的自塑

作品内核能抵达现场，这样的诗文本才会具有真实度和饱和度，才会达到顾随《驼庵诗话》里提到的对诗的"坚实"的要求。小曼的99首爱情诗是她自我爱情经历的记录和他人爱情现实的诗化再呈现。在她的诗中，也写"离别""失意""相思""重逢"等这些千古不变的情感际遇，但她更多的是从现代女性对现代爱情的审视和反思的角度来向内做自剖式的书写。

她写道"不要把整个春天都送给我/我的怀抱装不下如此富饶"，她渴望"此生，最浪漫的旅程/是从你的左眼/游到右眼"，她质疑"有人是我的狂风暴雨/有人是我的油盐柴米/你呢，你是/我的谜"。她是决绝的，"再无匠人/打开女人的心锁"，她拥有"在山里，生活与爱情却是慢活儿"，她看到"竹子是留守山村的年轻媳妇/风是她的远在城里的丈夫/竹子，不知道风的来处/媳妇，不知道丈夫的去处"，她惋惜"她活在尘世的某个角落/安静地生锈"……

小曼的爱情诗是个万花筒，斑斓的内部是斑斓的当下人们的情感写照，只是她更多的是以个体为切口切入的，可以说每首诗都是她的自我情感经历，也是众多"她人"的情感经历。这样，我们可以看到当下爱情现场正在发生的一切悲喜交集的日常和爱情被淬火后的真实，即诗歌的真实。

同时，她的诗由于写出了日常世态的情感真实，也就完成了她的诗人爱情观和人生观的自我塑造，让我们感受到现代人的独特爱情观，即敢爱敢恨，不为附加，不为给予，放下舍得，果敢决绝，自主自强。她写爱情是"他笑，石头都笑了/他暖，人间被烤暖了"，她表达"我像风一样爱过你/轻，利索/从不拖泥带水"，她痴迷"我一个人流着，两个人的泪"。但更多的是她警示的箴言："女人若不能自我救赎/整个地球都是牢笼。"

她对人间的爱上升到"无一人值得去恨/无一事值得去痛/这场遇见/让天地都宽了"的心境。以爱情贸然进入城中，又艰难地突围其城，并兼爱天下。这种情怀，是小曼大情怀、大格局的人生观形成后对爱情观滋养而形成的，这样的立意自然、通透。故此，她的爱情诗写得就更加脱俗，更加拔萃，就上升到哲学层面的诗之思境界了。

语词：踮起脚尖舞蹈的汉字

诗歌是语言的最高形式。有诗人说：爱是针尖上的蜂蜜。那么，套用这句话，我说语言是诗歌针尖上的蜂蜜，这蜂蜜应该是语言的纯粹性、精准性、多质性共同作用而成的。小曼的诗歌语言生动，且有张力，粗略梳理，有以下几个方面的特色：

（1）语言的纯粹性。她的诗歌里不少诗句来自对传统文学的汲取，也有些是对词语的再改造。她写"白天，我是落单的天鹅/长夜，我是缺水的骆驼"，来自民歌；"从你皑皑的白头/一直下到我茫茫的心头"，来自戏剧念白；"我们的距离，无限远，无限近/是诗歌的/上一行与下一行的距离/我们的相爱/是一个字与另一个字的相爱"，又受到台湾诗人洛夫的影响；等等。

（2）语言的多质性。小曼的语言多出现一些相悖的矛盾词语，造成语言的多质性、多异性。诸如她诗中常出现这样的句子："沿着铁轨去/交换被寒冷包裹的暖""在黑暗中，凸显光明的事物""正如在沉默中，诉说了千言万语"等，这里的"寒冷包裹的暖""黑暗中，凸现光明的事物""沉默中，诉说千言万语"，从表面看是矛盾的、是冲突的，恰恰就是种匠心，形成了对立后的冲撞效果，产生了异质之美。

（3）语言的张力。诗歌的语言是要有张力的，有张力的语言才是有生命的。小曼的诗行中有这样的诗句，让人拍案叫绝——"聆听波涛深处生锈的祈祷""忍得住眼泪的女人，就吞得下火焰""我拎着三天空白的光阴""我闭上兴奋了三天的眼睛"等等，尤其是最后一句"我拎着三天空白的光阴"，竟然有托马斯·特兰斯特罗默"冰雪闪耀，负担减轻——一公斤只有七两"诗句的意味。这样的语言和句子在她的诗行是随手可拾，这是她炼词炼句的结果，也是她的聪慧所在。

（4）语言的机智性呈现。机智写作亦是智性写作，一个诗人的灵气和才情要通过文字的机智呈现来表现。《只有云知道》里小曼有先锋的语词表现，如"独自在旷野，梳理满腹心事/我总是找不到生活的同谋""我抛下一具爱情的尸体/在你城墙外，犒赏/岁月的秃鹫"，更有智趣式的语言表达，如"我们不吃酒肉/只吃爱情""你偷我的东西/不肯承认，也不曾归还""你加我，大于一百岁岁月/你和我，等于一百份幸福，我们配得上人间的春花秋月",等等。

美国诗人罗勃特·布莱说,诗是一种舞蹈,一种从悲痛中飞出来的舞蹈。小曼的诗句,我认为是踮起脚尖舞着芭蕾的汉字,有灵气,并且飘逸。

设置:角色多重性的戏剧化构建

我们知道,诗歌有戏剧化技法,也有诗人主体的角色设置和构建技法——是第一人称的视角,是第三人称的视角,还是无性化视角;是诗人女性原视角,是全能全知视角,还是无视角;等等。这既是小说写作要把握的,也是关系诗歌创作的。好的诗人是要不断根据诗文本内在诉求的不同,不断改变自我视角写作的。

(1)小曼在她诗中是不断变化叙述的视角的。有时是"我",有时是失恋者,有时是决绝的决裂者,有时是城市女性,有时又是村里留守女性,有时还是爱的偷窃者。众多的角色意识的进入,形成了她每首诗的叙述视角的千变万化,形成了差异性。她写"我接受所爱的人/变成小偷,把爱情挪进暗处",她说自己是"张望的人"……99首诗歌各成单元,没有千人一面的感觉。

(2)她精心设置叙述现场,不断把诗歌的叙述现场设立在不同事件中。这些爱情事件现场,是分手的现场、相爱的现场、决裂的现场、相思的现场、都市咖啡屋的现场、农村村庄的现场……生活的现实现场和精神层面的虚无现场。她又赋予不同的现场不同的故事、细节和感悟,并且让每个现场通过诗性的表达,创造栩栩如生、身临其境的境界。

(3)设置爱情故事和戏剧化效果。小曼是写小说的,她很聪明地把小说创作中的故事设置和戏剧化的技法用到她的诗中,比如"两百个日子之前,填词的男子不辞而别"等。这些类似小说的情节,对诗歌的内核进行多方位的支撑和丰富,让诗歌的内容丰实饱满。

气息:倾诉或者独白

清阮元《与友人论古文书》云:"是故两汉文章,著于班范,体制和正,气息渊雅,不为激音,不为客气。" 气息感对诗歌很重要。小曼的诗歌有狄金森和阿赫玛托娃的气息感,但她正在形成自己的渊雅和高雅的诗歌气息感。她的气息感呈现以下特点:

一是淡雅。她的诗歌在形式上没有太多花里胡哨的装饰,给人一种很清新的雅正和素淡感,有"清水出芙蓉"之感,不雕不琢。

二是倾诉之态,是悄声独白。其诗须轻声慢读,忌大声朗读。适合晓月下,雪霁后,山泉边,茶舍内,咖啡正浓时,古筝悠然中,去咏吟。高声朗读就败坏了其诗情致,失去了韵味,就伤了诗的全部。

三是诗里流动的情绪和哲思。她的每首诗里都潜浸着其用儒释道思想对人生的思考,以及对爱情的前世今生的诸多理解和独特感悟。有思想的诗是上乘之诗。

四是坚韧者的心声回响。诗人诸多角色的综合演绎形成和树立了一个坚韧的新女性形象,她的心声表达是山谷回响,我们听的只是她本人向山谷说出的真实的话语的回响。在回响里,一个不屈不惧、敢爱敢恨、决绝且柔情的新女性形象在我们心幕上熠熠生辉。

瑞士作家德尼·德·鲁热蒙在《爱情与西方世界》中写道:"我们能从激情中看到一种更加朝气蓬勃的生活,一种改变的力量,一种超越幸福与苦难的事物,一个炽热耀眼的极乐世界。"我想说,从陈小曼的《只有云知道》里我们业已看到这一切。

精神之痛、暖意之唤的诗性塑造

——对宗晶《空山语》诗集作品的浅析

李云

宗晶的诗正在发生蜕变和蝶变，变得越来越隽永，变得越来越深邃。这对于女性写作者是难得的突破和跨越。

诚然，在中国当下女性写作者中不缺少灵气充溢的诗人，但有思想深度的创作者却很少。不少女性诗人的思想还停留在吟花颂月的境界和一般性亲情、爱情的书写层面上，难得有一些有对社会内核和事物发展真相或本质的梳理、审视、洞察而进行的批判、揭示、干预和影响的有力度的作品。宗晶《空山语》的完成，显然标示着她在思想层面跨越了有别于其他一般女性诗人写作的台阶和境界。

《空山语》的作品主题是从两个维度来开拓的。一是对现代人，尤其是现代女性知识分子的精神之痛的剖析和精神解药的寻觅；二是用哀而不伤的，充满真情的诗句和对生活之爱的薪柴，点燃读者及作者自己对人生、生活和美好的殷切追求。

在这两个维度里，宗晶细镂精雕。她从日常发生的细微之变里敏锐地捕捉到事物的内在规律和由此引发的独特的启示，用诗性的语言和架构塑造自己心中"诗花园"里的诗塑像，并且让每尊雕像（每首诗）生动、立体、有张力、有喻示、有意义。让每个走近雕像的读者，看到雕像的内在意义，看到诗者本体的用心，也让读者看到自己的心迹被诗人重新塑造的另一个图境，从而生出感动和激动来。

希尼说，诗歌是对心灵极端认识的延伸和加工。宗晶在《空山语》中力图用诗文来诠释这句话的真实性和唯一性。

现代社会的快速转型发展，尤其是这几年的疫情岁月，使现代人一边接受享用现代社会给予的丰富物质资源的快感，一边又深深陷入焦虑、窒息、抑郁、不安、颓废等情感"黑洞"的吞噬、煎熬之中。为此，不少人变得冷漠、绝望、伤感、沮丧，感到从肉体到精神无处"不痛"，无处"不在生病"，步入一种总是在找药吃药、自我拯救、自我疗伤的过程。宗晶能抓住社会之变过程中现代人的现代病的多种现象，用诗的形式，为我们绘制出真实的现代人的精神浮世绘和"CT图像"。她的笔总是刀刃向内，从自己的身体和精神之痛开始动手术，其诗手术刀般地剖开现代人的精神病灶和病灶组成的社会之原图。在她的诗中，我们看到"风湿病""寰枢关节脱位""左腕部腱鞘炎""半月板损伤""腰椎间盘突出"……这些外在表现的病痛，还看到诗人对精神层面之痛的揭示，那就是"它是扎进我身体里的一根刺"（《好想说疼》），不说不快，不说出来就会使诗人不安。她写现代人的精神丢失："把自己丢进秋天/才发现，离自己最近的还是自己"（《深秋疗法》）。她写现代人精神在物质面前的退让和妥协："我看到自己的强大/越来越弱小"（《博弈》）。她承认现代人的怯懦，"我怕疼痛，尤其是肉体上的"（《我狠不下心来》），以及现代人自嘲似的叹喟"好像都懂得/带着病才会更好活着"（《互动》）和"喝下这杯药/以毒攻毒"（《以毒攻毒》）等。在她的诗集里，我们看到现代人的精神层面诸多之痛的表象，也看到内在之象，即对人的欲望本该持有的正确态度。她告诫"保持冷静/隐藏锋芒"（《归宿》），她提醒"滤去我们所有的傲气/只留一副傲骨"（《名分》）和"好在，下颌骨已停止发声/它知道，有些病必须忍"（《除非，我忍住疼》），她倡导现代人要坚韧和坚忍，要保持精神的清洁，不和世俗和解，做傲骨铮铮之勇士。这是宗晶自己的操守，也是她对这俗世中精神清洁的提倡和期许。

在书写现代人饱尝现代精神之痛时，宗晶也在寻找自救和他救的"药"。她承认"哎/这年头谁也离不开谁啊"（《一枚起舞的药片》），也认可"没有伤痕/生活就失去了真实"（《岁月尽头，彼比听命》）。她知道"埋葬在伤痕里的快乐与幸福/多少能原路返回"（《原路返回》），但她更理智地清楚"一种病治一种病"和"当所有病都拒绝了痛"（《今夜给自己写一首诗》）这种现状，并且敢于"数着疼痛，像数着春天的迎春花"（《从哪里开始疼痛》），心里有痛，笑看春天，面向未来。于是她有了"忧伤远离忧伤"（《十里春风》）的心境，有了"让各种各样的疼痛/在这一瞬间苏醒并学会喊叫"（《下落的雨》）。她用诗表达承受一切厄运的积极姿态，有了"只有那根刚掉下的白发/坦诚地如入无人之境"的坦荡和释然。应该说，宗晶既让我们透视到现代人的精神秘境，又让我看到不惧病痛、不忌医的决绝刚毅；不妥协、不屈服的人生观和战斗精神。宗晶的职业是教师，在诗中她仿佛是仁心医者，但归根结底她是个诗人。评论家霍俊明说，我们目睹的更多的是"写诗的人"，而不是"诗人"；"诗人"一定是同时具备人格高度、精神难度和写作深度的共时性的综合体。她应该是这样的诗人。

宗晶的诗主题第二个维度是——暖意人生的呼唤和礼赞。罗曼·罗兰曾说过，世界上有一种英雄主义，就是认清生活真相之后依然热爱。宗晶是个对生活真相看得很透彻的理性诗人，她不因为看到更多负面的东西而放弃对这个世界的热爱，她以赤子之心、用盗火之志，呼唤人间的温暖和真情。她持有这样一种英雄主义的高尚精神，我喜爱她有希望、有暖意的诗歌。

宗晶在对暖意人生呼唤的诗性表现上，是从三个方向展开的。

一是文本呈现现实生活存在的亲情、友情、爱情之温暖。她借用这"三情"进行暖意人生的描绘，她写父亲母亲，写故乡她深爱的一切，都是充满爱意的。比如《语言的结节》里的父亲和《八月十六》中的母亲，他们都是善良、纯朴、热爱生活、热爱劳动的，是大爱的持有者，也是普通人。包括她《途经小劳务市场》的等活干的打工者，以及《抒情》里的环卫大姐和《早春的芭蕾》中刻画的"脚手架下的师傅们"，都是普通人。在宗晶的诗行里，他们积极向上的人生态度是一种温暖之源，以朴素之光照亮人们。此外，她还在对爱情的美好描写上渲染人生之暖，她写道："但我知道那些萤火虫都搭鹊桥去了"（《七夕夜》）和"嗅到爱的味道"（《秋词》）。

二是写出自然之美，让自然万物的暖色调来温暖人，影响人。她写《豆秸，豆秸垛》："像一片暖靠近另一片暖/来了，就不准备走""等待阳光，等待爆裂"。让植物呈现阳光的暖意。就是写雪天里的际遇，她也写出暖意来，在《静物帖》中她写道："老屋的灯光，很暖/浪漫的吻让白雪心神摇荡/这注定是个好梦"，写出雪夜里的温馨和宁静之美以及灯光之暖。

三是对暖意人生多层面的颂扬。比如她的《暖的丽江，暖的古城》《渔人码头的黄昏》《狗尾草》中对景色的白描，"影子叠着影子/幻想挤着幻想"，"土黄色的小狗藏在狗尾巴草丛里"……从不同角度和侧面来对暖意人生进行吟唱和礼赞。其实她对暖的吟唱就是对暖意生活的吟唱，就是对暖意人生的吟唱。有了这些，或者说宗晶从这个维度去写诗，她的诗就变得圆润和透明。"圆润"在她的诗中有所表现，可能是她所追求的特有的境界。她在《圆润之说》里写道："圆润是一个招人喜欢的词语/它投我所好，除了胸/脸、臂部，能圆的都圆了/花叶上，一滴水珠缓慢/它的圆润缚住了阳光/大幅度的缠绵，令人羞涩……"这是她心系的，或者说是她所追求的、需要达到的境界。而"透明"是我看完她这本《空山语》所得的感觉，她的诗心、诗性、诗见是透明的，她的诗语、诗话、诗句是透明的。"圆润"和"透明"在司空图《二十四诗品》和顾随《驼庵诗话》均有诗学阐述，我想宗晶一定有所研读和感悟，所以她的《空山语》诗行里就氤氲这两种品质的气息，她的诗有着如玉石如琥珀般的质感。波兰作家亚当·扎加耶夫斯基说道："内心世界，这诗的绝对王国，其特征即在于它的不可表达性。它就像空气，其中当然存在真理、张力、温差，但主要特征是它的透明。"但愿宗晶守着透明之诗心，在对精神之痛的诊治中，向暖意人生做有诗意的行走和跋涉，写出更多更好的精品佳作，以飨读者。我们拭目以待她新作送出。

在轻与重的统一复调中倾诉与放歌

——读孔晓岩诗集《重击的轻音乐》

李云

  复调属音乐的范畴,定义是两段或两段以上同时进行的相关但又有区别的声部所组成的音乐。这些声部各自独立,但又和谐地统一为一个整体,彼此形成和声关系。我读完孔晓岩诗集《重击的轻音乐》,脑中就蹦出了这样一个感受。

  这本诗集的七个卷辑,恰是七个不同的声部,在各自的音区里吟唱着。诗人对历史与当下、家与国、个体与世界、内部与外部、乡情与亲情、城市与村庄、日常琐屑纪实与哲学冥思在不同区域里有着诗性发现和诗性呈现。她对这些写作主题有自己独特的诗陈述和诗阐释。在这些被众多作家和诗人涉足的园地里,她撷取自己的花朵,提炼自己语言的芬芳和诗歌"香精",使自己的诗变成蜜汁或者中药、酒酿、盐,让人有了温暖的甜蜜、沉疴的康复、酒醉的苏醒和咸苦的感觉。

  不少女性诗人的一般性写作里,都是流于一般性的向外抒情和浅层次描摹,而孔晓岩一上手就有别于此。她自警地在诗文本中和这些"浅写作"拉开距离,不从俗随众,而是对事物的发展进行深层次的注视和思考,深入事物的内部,思考事物的生存规律和发展方向,以及它们的前世、今生和未来。在三维空间里思考良久,才开始发声和作文,自然比只在"二维对立"的传统思维里看待世界和人生来得深刻和有重量。

  让我们来读这首短诗《骨》:"它在纸上/比走动的它要轻/它在死者身上/比在活人那里重/它睡在棺木里/比睡在肉身里／更安稳。"这首短诗内涵阔大、辽远、隽永。物理的骨可能是这样,写在纸上,比走动的骨头轻;在死者身上,比在活人那里重。骨头在棺木里,就是静止并达到朽烂后的永恒,这时骨头就是不受他物驱使的"骨",是安稳的,不再是动荡的。这就让我们进一步认识到人的生存和死亡、短暂和永恒的意义,衍生与消亡的本源性质的揭示在这首诗里得到了很好的哲学阐释。也就是这首带着中年男性写作风格的短诗,让我对年轻女诗人孔晓岩思想的深邃刮目相看。也是这首诗，让我豁然理解了她为什么把自己的诗集命名为《重击的轻音乐》。

显然，她是在思想之重量和抒情之轻盈两个维度中找到飞翔的平衡。

在第一卷《都市书》里，她虽然选择"斑马线""立交桥""地铁"等现代都市物象来写，但没有人云亦云地仅对物象进行简单的书写，而是借物写理，开拓这些物象背后的现代都市人的情感认知和精神经验。

她写道："一把铁钥匙，只能开一把锁，而一列地铁／却能打开城市／那么多条着急的街"（《地铁》），"建立肋骨般的秩序／车轮碾过窨井盖——咔咔嚓嚓，骨折的声音"（《斑马线》），"林深时不见鹿／只见被侮辱和被损害的你们"（《共享单车》），等等。这时的地铁已经不仅是打开城市那么多着急的街，还应该是都市人现代病的共同焦虑和躁乱。共享单车被都市人遗弃，在诗人的眼中是被侮辱和被损害的"你们"，这时的单车，显然也不是物理意义上的单车，诗人对"单车"的悲悯之心和对人损坏单车的行为的谴责、批评，随诗行凸现而跃然纸上。

孔晓岩的诗歌是有重量的，还表现在以下两个方面。一是她对世间真相的疑问和诘问。敢于质疑一切是对一个有思想的作家的根本要求。她对事态发展写下："演着演着就成了真的／真着真着又成了假的／成百上千个穿青衣的人，从我跟前走过／要我辨认／哪个才是我前世的妹妹。"这首诗叫《戏台》，读完这首诗，你一定会明白这样一个道理：世间是戏台，一切都是真亦假来假亦真。你也会读到这样的泣血之句："人们用笑声抵抗婴儿的哭声。"（《告别》）这是首让人有着震撼之感和切肤之痛的诗。还有她的"倒立的月亮转过头／我把水的灵魂抱回体内"（《夜行者》），能把水的灵魂抱回体内的人，是怎样精神洁净的人？又是怎样无畏但慈悲为怀的大爱者？二是她的诗里有着现代人个性表达的骇俗之思。她强调，个性解放和对世俗抗争时不屈从，张扬自我的叛逆，是她每每在诗行里不经意的火山岩浆的迸发。她写出"有些时候／我想活成一根刺／长在刺桐树上，等你经过时／就轻轻扎一下"（《刺桐》），这里有独立和自强的女权意识的表现，也有女性温柔的情感外泄；"这盲目追求真理的后果，是把自己葬于真理"（《织网》），又有着追求飞蛾扑火的决绝,也有精卫填海的坚韧;她还在《我清楚地看到自己》中说,"我盯着自己,渐渐生出鸟的翅膀",在《从大海里挖出我们的盐》和《在人间听最美的鬼话》等诗里有着奇峭和裂变的诗歌主张和感受。

诗歌有了深层次的思考和哲学要素的注入,自然就有了重量,有重量的诗也还要有好的表达和呈现,如果一味地去说理,就可能陷入说教的误区。反之,一味轻飘地抒情,自然又陷入向外抒情的泥淖。这两者都是成熟的诗人要驾驭好的两翼,这样才能不偏不倚,才能冲刺、爬高,才不会折翼泥沙。

孔晓岩在对立的思想层面上的轻盈之诗表达,完整度很高,也很聪明。她常常是举重若轻地运用不同的现代诗技法,来进行深刻而贴切的呈现。首先要说的是机智写作,她的诗行里充溢着年轻人敢于创新的勇气,充满了智慧写作的效果。她在《汉书可下酒》诗尾写道:"门外有纸条:老朋友／名姓,不详。"这搞怪的语言,流露出年轻人应有的诙谐和黑色幽默;还有"漆房的女人活成楷书的姿态,却把半生写成草书"(《漆房的女人》)这样的句子,"楷书的姿态"应该是法度正言、工整规矩的,而"半生写成了草书",草书又是狂放不羁、潦草狂乱的,那么这个漆房女人就有人性之感,有了立体形象。这短短两句写出了一个女人的人生际遇和情感际遇,作者用短诗句完成了一个长篇的任务和使命。其次,她对主题的诗呈现运用了多歧义性的表达,她不停留在对具象和物象的第一和第二层面的表现上,她总是在做1+1=3或者5的"诗数学"试验。我们来欣赏她的短诗《狼》:"远处／狼在喝水／水里也有一只狼／流着羊的泪／狼要找新泉／草原到处都是它的影子／和被风吹散了的／羊的／影子。"这里她写了狼与羊以及草原三个物象,显然她的用意不只是对这三个物象的命运的揭示,诗中对狼性、羊性、草原性的暗喻,以及由这三性反衬世间发展万物命运的相互纠缠和狼与羊(强者与弱者)之间关系的对立等很好地完成了诗歌的歧义的指向,使这首诗有了多义之美和复合多元之美,读来让人感到思与诗的空间变得阔大和深远,这就是好诗应该具备的基本条件和根本要求。再次,她的语言具有轻盈感和陌生化。她的诗语言是灵动的,尤其是她对语言陌生化的处理。她的诗歌有一定的辨识度和轻盈化,她在一组《民国》组诗的写作里,用很贴近民国人文和生活气息感的语言写出了民国味儿；《虚构》里她写"小团圆，半生缘，她在阳台嗑瓜子/吐出黑白的人生底片铺满常德路"，让我们看到嗑瓜子的民国时上海时髦且闲适的女人；她在《裁缝》里写道，"首先要去选购一丈三尺三寸布／选择这黄浦江，像选择这黄浦江除去一百万平方的水域剩下一点点""时间把涟漪熨烫／浪奔浪流余下的咸"，让我们嗅到了黄浦江水的腥咸；她还在《麻线胡同》里写道，"一条打结的麻线／曾把心紧紧地锁住／在这里，黄包车不费力气／把苦难赞美／把人变成风筝／而那放飞的长线就是宿命"，又让我们看到了麻线胡同的民国现状；而《小说》一诗中，我们分明看到了民国时的小说家张爱玲的生活侧影。

　　她还有一些写佛的诗，词语氤氲着檀香之味。在《气酣日落西风来》中，她有这样生机勃动的诗句："前世的雪，把大海又埋了一遍／千年的骨头，拨动千斤的经文"；《万山深行》里，她写有"夜里诵经／红色袈裟落满雪"以及"针尖比麦芒还要易断/而麦芒我有千亩待选／针呀，我只有一枚"。这些有禅机、有深悟的诗句，让人读来有同感，有触动，有深思，有顿悟。

　　孔晓岩的诗歌正在走向自然、圆润、特质和机智。她可以再在主题的开拓、语言的修炼和先锋性的表达上做多方面的努力和实践，或诗实验、诗试验。我们期待她会迎来自己的"会当凌绝顶，一览众山小"的境界，这一天肯定会很快来临。

因缘广种，诗酒人生

——浅析诗人黄晔现代新诗十六行作品的内象与外境

李云

佛家说缘有四，即因缘、等无间缘、所缘缘、增上缘。诸缘为因果的接触和再延续，是一种无形的牵引，其内质主旨说的是万事万物之间的相互联系与相互作用。

道家论缘，即为功德，有功德才有缘起，才有果。明悟或有悟，其内核是人有教化，也就有了缘或造化。

结缘是一个人在世间一趟必不可少的行为，结善缘得善果。

酒，属日常生活中必不可缺的要事之一，酒可以联络情感，抒发感情，活血化瘀，浇心中块垒。

那么诗呢？孔子说："不学诗，无以言。"又曰："诗……迩之事父，远之事君，多识于鸟兽草木之名。"又曰："可以兴，可以观，可以群，可以怨。"诗到了荷尔德林那里，即人生充满劳绩，但还是应该诗意地栖居。

诗有诗神缪斯，酒有酒神狄俄尼索斯，这是西方人所崇拜的，我们拜苏轼或李白，仪狄和杜康，这是些闲话，不赘述。

如果一个人，他拥有酒，拥有诗，又广结善缘，那么他必然是一位生活和精神上的富有者。诗人黄晔就是这样的人。

新近，黄晔给我送来他即将要出版的《黄晔新诗选》的大样。我仔细研读后，有些惊讶又有些好奇，这大概是他的第十一本诗集了，我曾读过《站在远处的一只鸟》等。令我惊讶的是，他的诗风在坚守中有了异变，然而我好奇的是，他的诗如何在短短一年中带给我诸多新意和沉思，在这种心理的促使下，我对他的文本创新形式有了新的认同。

内象：缘与酒之间，是其人生意义追求的个体诗性表达

长期以来，黄晔的诗文本是在两个维度里进行的，即对缘的抒情和感悟，对酒的颂吟和礼赞。当然，这可能与他经营的缘酒事业有关，他要为自己的缘酒文化身体力行进行多方面的构建和阐释，所以在他诸多诗集里，这两个主题书写目标一直没变。"千年一瞬，万年随缘""缘起性空，性空缘起"这些宗教思想早在他的诗文里有了更多体现。酒的诗歌他也写了很多很多，那么我一直有疑问，他为何这样不厌其烦地写这些主题？他不怕重复同一写作路子，落入仄窄的视野里吗？当我读完这本《黄晔新诗选》后，我有了新的理解。从他的诗歌文本内象来细析，他无疑是把"缘与酒"当成了一个人生追求中的两个参考极或两个介子来考量的，他把"缘与酒"放在人生终极和人生过程的意义层面来展开——一个是从精神层面或哲学层面来审视与参照，一个是从日常层面和生活层面来探索与把握。

缘是人与人之间的相互联系，酒又是人与人之间联系的道具与媒介，这些都是我们回避不了的，是精神与生活两者之间有纠缠、有互动的关系，如量子纠缠一样。所以我认为，黄晔的诗境定在这样的高度，自然诗品有了上乘存在的根本和可能，所谓古人云，取法之上，得乎其中。可如果仅有诗境，仅有思想，却转变不了诗的呈现，也就成了空话而已。黄晔是诗家，他用诗来表达心中的缘与酒，以及自己的人生意义所在。

他的诗歌书写路径有三条，一是说理。"诗言志"是不变的诗创作律条，他的许多诗是在一种说理的层面推进。在《荒芜是没落的芳华》里，他渴望"昨日的野风满山遍野／收获三月里胸前的萌发／捏造一盘似是若非／装饰我的前世今缘"；在《荣耀，一件华丽的外衣》里，他感叹"荣耀，一件华丽的外表／如果背在身上／一半为自己着装／一半为别人时尚"，这些诗就是把一些人生现象做一个诗性的再塑，用说理的方式娓娓道来。

二是对一种人生境界追求的诗倾诉。"大幕展开／铿锵的语句震耳发聩／天赐一份缘／行进永远在路上"（《行车在朝圣的路上》），他写到一个人永远在求索的途中。"我要推开临海的窗户／呼吸日照的太阳／做自己的慢酌客／品诗，品茶品酒"，《做自己的慢酌客》中，他写出要让自己慢下来，和快节奏的都市生活拉开应有的距离，回归到慢的境界。再比如他在《陈瑶湖日出》里写道："快乐是一只诱饵／伸出去的鱼竿／钓一湖清新宁静／一湖丰腴甜美。"这是一种"归去来兮"的心境，回归自然的神往。

三是在出世与入世之间的境况里寻找诗意生活的定位。其实我们凡夫俗子都有着出世与入世的矛盾心态，只有智者知道如何把握平衡木的上下，才能出入有度。黄晔在现实生活中，可能也把握不好这个度，所以他很诚实地在诗中展现，他在《等你不久将来的烟火》中写道："谁说山花烂漫／只是春天的气息／我在奄奄一息的广袤空间里／寻询色与空的法门／得与失的过往中／一株莲在浓郁的夏日里为我开放／我在冬日的深夜里／祷求紧闭的那扇窗。"他向我们倾诉他出世的渴求，还有《用虔诚的内心追逐不变情缘》写道："今夜我在等你的消息／在连绵起伏的山坡间穿梭／我的余生宿命天涯／风雨浮沉／咎由自取。"其中又有入世的强烈的情感。在这两个空间世界里，他用诗告诉读者的是迷惘，是迟疑，更有顿悟的错觉感和复合多元情境的不可把握感。如果，黄晔写缘写酒是定位在对人生意义的思考和追问上，我们不妨就这样通过窥探他诗歌的内象切片，以及他内心镜像的图境，来解读他的诗文本中的隐秘衷情。我很笨拙，只看他的这三条路径了。

外境：语词多变的吊诡十六行表情所呈现的斑斓

《黄晔新诗选》的诗，多为十六行。

这十六行与莎士比亚的十四行本质以及形式均不同。

黄晔十六行这个形式感吊诡，如狄金森诗中的破折号，臧棣的诗标题的"简史""协会""入门"，木叶诗中的"一二一"分行等。"十六行"显然是黄晔写诗多年后诗歌在形式感上的一个突破，他这样做无论成败，我都为之叫好。黄晔的十六行，有些是沿着"起承转合"的模式来写的。一般第一段为起势，第二段承接递进，第三段为转折，第四段结穴成豹尾。当然，他有时也把诗倒置过来去写，让诗结尾放在首句或标题，还有就是让诗有破碎感，散点透视法和意象叠合来处理分行分段和整首诗的构建。这样的创作用心，自然让其十六行有自己的特色，有了自己诗歌的辨识度，也才能让诗坛记住"黄晔的十六行"。

我还想说说他诗歌的语词。语词，是诗歌的第一要件，语词的修炼，是一个诗人作诗的根本所在。黄晔的诗歌语词，总体上是雅正、通俗，有底蕴，有来历的。他常常在民俗里、口语里、佛家语里找语词，所以他诗歌的语词读来易懂易记。比如他在《潦草的一点红》里有"六月清风落地／七月花开满池"这样的诗句，和知名的网络小说《天官赐福》里那句"为你花开满城／为你明灯三千"有异曲同工之妙；再比如，他在《品读朱备小镇》里直接用高僧大愿和尚名句"好人好自己／坏人坏自己"入诗；还有他在《凿开一潭井》里用对道家语"大音希声／大象天成"的引用和改用等，让诗歌有了底蕴和支撑。当然，他的诗更多是他自己的现代意识的诗化表达，他的诗歌的现代性充溢在他的诗行里，在《你又给我带来了诗意》中，他写道："我这个时辰／张开我的双翼/以一只大鹏的姿态入手／独自放飞恼人的黄昏。"这极具张力的语词表现的是大鹏展翅的意向，表达的是现代人不羁的抗争。还有他诗歌里的口语化提炼的语词也是值得我们关注的。他在《想吃一碗方便面的味道》写道："简单的生活／其实就是一碗方便面／没有老婆饼的日子／咀嚼一杯白开水的温度。"他从生活日常里借物，取"方便面""老婆饼"和"白开水"这些普通的物象来写出一个生活背面的哲理，即对生活的不妥协和抗争，他赋予这些普通的物象以诗意的飞翔。

　　黄晔的诗正在走向成熟，走向特质的铸造，衷心祝愿其诗更加老辣、先锋、现代以及空灵和高蹈。在主题多维空间写作里进一步开拓和挺进，让自己路子更广宽些，我们有理由相信，他的诗会步入佳境，再攀高峰。

唱尽万物苍生的悲欣交集

——张璘诗集《穹庐之下》序

李云

  当天宇以穹庐的形状拱立在诗人的精神视野时，万物苍生的呼吸、心跳、血脉的悸动以及情感际遇，均是持悲悯之心的诗人要关注、细究和书写的。诗人要存济世兼仁之情怀，来透视和把握这个陌生而又熟悉的俗世内部存在的悲欣交集的规律和轨迹，并用诗的形态提炼和还原事物主体真实的精神图像，让人们在读诗时有感触、有思索、有顿悟，这大概是有抱负的诗人该持有的创作圭臬，诗人张璘近年来的诗歌创作，正在为实现这个目标而做孜孜不倦的努力。这可以从他的新著《穹庐之下》的百余首诗歌文本显现的气象、韵致及思想中发现，他的诗歌创作应该说业已步入到：心存猛虎，细嗅蔷薇的境界，既持有大格局、大视野对人生世界俯瞰，又有探幽溯源对事物内部的凝视和窥探。

  他的诗歌总体上看有斑驳苍劲、古朴厚重的底色基调；有澄明沉静、细腻入微的本真质地；有灵动多变、繁复多元的复调音响；有坚实雅正、及物抒怀的内核。

  细研他的诗歌，我们可以发现他为了吟唱"人世间万物苍生的悲欣交集"这个主题，从三个层面进行抒怀的。

  一是他的诗歌是从生活现场发生的可入诗的事件和事物规律中提炼而来的。

  他的诗不玩虚蹈，是在坚实内核打造上下足功夫。他有写爱情的《我的爱在月河里不会随波逐流》《冻伤》《等》等爱情诗，也有写景抒情的《三月》《芦花飞》《斑马线》《秋风》《杏花村》等，也有许多很好的诗句："有时候／人们记住的盛开／有时候／人们遗忘的飞翔""木纹里暗藏鸟鸣""春天却在心里又抽条了一次"，但我更喜欢他对当下正在发生的事情的书写。他在疫情期间的创作总基调是温暖向上，充满暖色调，哀而不伤，丧而不颓，诗行里总是给人以希望和期盼。他在《见证》一诗记录到"白色的希望和生命／正进行着一场，分秒必争的赛跑"，在《面对》诗中他写"天使，面对恶魔／终究是一场鏖战"，《一粒尘埃》里他继续歌颂天使"天使的翅膀，掠过苍茫／掠过黑夜的惊慌"，以及《昨日之日》里的"储备紧缺的日子。用缜密的／网络搭建成云梯，等核春风／把疫情封控的困顿／运送到乌有之乡"这些诗让人读来有一种振作感。其次，他的诗对时代之变和乡村扶贫等社会进程中大的事件进行有责任的艺术书写，表现了诗人高度的社会责任感。他对新事物和新变化做到了敏锐地捕捉，《玻璃栈道》"伫立玻璃栈道上／举手，可摘星辰／躬身，亦缚苍龙"的诗句，使我们随他的诗句进入到现代人享受现代生活的豪迈人生境界，还有他笔下写的新农村之变的《霭里谣》让我们看到新山村的人和景，以及具体的景物之变，刻画出了人们的精神之变，他让细节和情节说话，做到抒情和说理交融，使诗歌饱满不概念化。尤其是他的组诗《扶贫档案》让我看到扶贫干部的奉献精神，农民老曹哥个体的生活变化，和张兴旺母子俩从最初不愿搬迁到在扶贫人员帮助解决实际困难后，乐意主动搬迁等故事，随着他的诗，我们看在社会巨变下，普通个体的人生际遇和变化，可以说，张璘这组现代诗完成并发挥了史料记录的作用，这不由得让我想起《山乡巨变》小说和《史记》。

二是他的诗来自对传统文化美学具象的当下新意识诗性重塑后的再使用。

张璘的众多诗歌具象来自于古诗词里常见物象，比如：梅、荷、菊、竹、桃花，还有杏花村、蝴蝶泉、龙井茶……，这些均是被《诗经》以来唐诗宋词元曲小令用滥了的物象，如何写出新意不落俗套，这是考验诗人的根本所在。张璘迎难而上，在保留传统文化赋予这些意韵的同时，他进一步开掘这些古老具象在当下人们情感里的现代表达，他用现代性的视角看待这些具象。在这本诗集中，他有近十首是关于梅花的，有五首写了荷花和残荷。在《望梅九章》里从"梅屋""南山忆""广陵散"到"陌上花开子时""鱼群""飞蝗"，分九个层次和侧面写与梅的精神所相关事理，这些从表面来看有些物象和事理与梅花没有多少联系，但仔细研究就可以看出诗人是在不同层面着力地塑造梅花高洁的精神。这是诗歌的内核，如果不是这样写，那么就会自然地陷入前人经验的陷阱里，被裹挟被覆盖。再者，是张璘历史人物和事件的重新解析的诗表达，他写《竹林七贤》，写李白、晁盖、宋江等历史人物，他有着新的发现和新的解构，他让一些沉寂的历史重新鲜活起来。我喜欢他的《竹林七贤》，你看他写的嵇康"每根琴音，扩展到心胸／撑高了天空／唯余音，在天地间／跌进绝响"，他写的阮籍"饮酒两斗，吐血三升／不看任何人脸色／握一枚为棋，仰望星空／哪怕途穷，也要与黑对弈"等，他用白描手法，勾勒其人生轨迹和人生价值所在。包括他写的《兵马俑》《陶罐》等，都是以古喻今，升华其在当下的现代主题意义。此外，他擅长在从古取物抒情时，进行有机改造，比如改造古词牌写今天的诗，他写今天的宿州，改古词牌《八声甘州》为《八声宿州》，还有《西瓜帖》《春燕帖》，化源于书法的碑帖等。还有他的《捉妖者》就是从志怪小说《聊斋志异》里"淘宝"而来的。

三、他在思考中让自己的诗歌有了深邃和机智的因子。

好的诗人或作家最根本的要素就是要学会独立的思考，这样写出来的作品才能有重量。从《穹庐之下》文本来看，张璘是严肃的有思想的诗人，是一位有独立思考的诗人。他一是思考生命与死亡的终极意义，这些作品有《一粒尘埃》《笼中虎》《孤影下》《残荷》，尤其是他写的《命运》"命运皆有原由／大起和大落，有时有形，有时无形／时光的云烟里，光秃秃的钓竿／支撑这一幅画卷"写出了命运的无常和不可知不可控的属性，也写出了命运之空和虚无的哲学性和宗教性。

二是思考人生本体的意义是什么？他写《撑伞人》《出浴者》《垂钓者》《奔跑者》均是在写人缘何活着的哲学意义。他在《在尘世》一诗中写到"我的日出给落日／埋下伏笔／我的黑夜和星辰／才会如此跌宕起伏""在暮年时也不曾拒绝／开疆拓土"，我们看到作者表达的人活着就要面对厄运，就要奋斗不止的精神状态，这种状态是向上的，积极的。他的《浮与沉》中"我轻轻睁开眼睛，又静静闭上眼睛／来世离我很近，今生离我远"，又从另一侧面告诉我们，个体的生命体在宇宙间的存在该持有的悲欣交集的淡然和豁达乐观态度。

当然他的对当下社会一些现象和问题也在思考后进行了诗的批评和指责，比如他对有关《教授说》中要取消传统年夜饭的说法，进行批评，并可看到诗家忧患意识跃然纸上。"我凝视着一碗热气腾腾的水饺/竟然长久的，不能下咽"。还有他的《倒立》也是一个视觉重置——倒立看待人生真相，他的倒立视觉里"一群比神明／还要庸碌的人／正把双脚埋入虚空／手里颤巍巍地／托举着一颗／信仰或是朝拜的星辰"，这种先锋意识的表述，让我们读到转型后社会另一面的精神存在，同时也是我们当下信仰存在的曲折反映。其实，这样的触及灵魂和心灵，昭示一种方向，提出一种精神上可能的诗，应该是好诗，或是隽永深邃之诗。

张璘还有一些有趣的诗制作，我是很爱把玩的。比如他的用儿童视角写的《石头剪刀布》《杠子老虎》《烤红薯》《打陀螺》，既充满了童趣，又从这些童事经验展示中使我们体会到一种久违的亲切感。他写得机智，有些看似简单说的是童年趣事，其实却有着多向复指的意韵。这里摘一首《杠子老虎》，作为本文的结尾。

我说杠子你说虎
我说老虎你说鸡
我说鸡你说虫
我说虫你说杠子

你绕过我的坎
我越过你的河
生活这杯酒啊，围着日月
在盈亏之间推杯换盏

纸上还乡诗意流溢

——评成颖诗集《平原叙事》

李云　夏红梅

翻看诗集《平原叙事》，诗集的头一句，让人在夜半的雪光中惊愕良久。人间需要多少雪，才能照亮回乡的路——这高悬于诗集凤阙的冷峻灯盏，既以雪的苍茫俯视着诗人过往的曲折人生，又以雪的冷白呼应着诗人未来的智思光影，同时这"回乡之路"的艰难，也是对百年历史背景下辽阔时代的深刻反思，更是对存在之痛的深沉抚慰。可以说整部诗集就是诗人成颖对"回乡的路"的慨叹与求索。

诗集《平原叙事》是成颖继其诗集《只有寂静是温暖的》之后推出的又一部力作。该诗集收录了其近三年来的创作，诗人将乡愁和赤子情怀融入时代，探索个体和事物存在的意义。皖北平原是一片多姿而厚重的土地，有着源远流长的文化传统和雄浑深厚的历史积淀。诗人成颖生于斯、长于斯，对这片土地有着百感交集的体验和刻骨铭心的感知。当这种体验与感知融入了诗人的他乡跋涉，其地理故乡就发酵成其精神原乡，并在对雪的追问和故园之恋中，由其个体经验升华为我们的集体共鸣和时代回响，从而成为我们的精神原乡。从"我"走向"我们"，《平原叙事》获得了更加深广的意义。

一本沉甸甸的《平原叙事》在手，我欣喜地感受到成颖诗风的逐渐转变。他的诗正走向老辣又冲淡、澄澈而通透的境界。这给了读者更多信心，期待他在创造之路上，走得更远，以抵达属于他的"华枝春满"之艺术至境。社会的发展进步，给我们带来世界范围内的文明悖论和精神困境：我们找不到回乡之路。无数的作家们只能在语言中疾走，以期达成纸上还乡。成颖这部诗集命名为"平原叙事"，我想，他所叙述的正是这"重拾故乡、回归与再建故乡愿心"（杨键语）等诸多心理事件迂回与并进共生的艰难心路历程，也是精神的还乡历程。

这种精神还乡，首先是"物"的还乡。成颖诗歌首先是对平原万物的深情回视。作为曾经生活在皖北平原上的赤子成颖，当他以异乡跋涉中练就的俯瞰能力再度北顾平原，他的平原万物便逐渐获得自然神性。"只有生活在这里的人/才配得上,这片土地的安静//比如今天,那个身上覆盖着/一层薄薄鸟鸣的,初生婴儿/那只小狗的吠/因安静,也有了家乡的方言"(《安静的土地》);"有只孤独的羊,来到了/这片苦涩的水域/像一位行者历经长途/它抬头的姿势/与白色芦苇构成了一个/茫茫秋天里的国度"(《芦苇》);"我也在植物中,看土地/一寸寸生长/看豆秧,如何自己翻过身/在野菊的黄昏/挽住了,蝈蝈的声音"(《七月豆花》);"上有八百里平原/下有八百里河流/它把青涩的穗背在身上/奔走于人间"。什么是神性?神性即自由与朴真。成颖的这类诗歌,其审美带有令人解放的性质,有深度的治愈功能。这种治愈性得力于他"以物为量"的成熟眼光。成颖与他平原的万物同在,与落日同在,与羔羊同在,与雪同在,也与"卑微之心"同在。可以说,平原万物是成颖归乡的引擎,也是其雪的城市住所里,悬浮着的战栗的灯火。

成颖的精神还乡,还是"情"的还乡。情主题难写。冯唐写爱情:"是毒,是瘾,是如来。"大卫写情爱:"我爱你腹部的十万亩玫瑰,也爱你舌尖上小剂量的毒。"(《荡漾》)这些写情的好才力,依赖的是语词的相互沟通与互通有无而带来的丰富潜能。但成颖写情,靠的却是语词自身的力量,而尽量不倚仗其他语词的外援;他相信词语本身的能力,他要挖掘出这种能力。从某种程度上讲,这是更难的诗写;但若写得好,则有更持久流传的可能,因为这是对汉语的另一种贡献。成颖的亲情诗即具有此种禀质:"阴影中的父亲/已融入了街道和树冠/沉浮于,故乡的黄昏中。"(《父亲的风景》)"当我想他们的时候/就把脸和头深埋在水里/让整条河/替我哭出声来。"(《清明》)这样的抒情诗写,自然,且有着惊人的力道,但这种力能不是爆发性的,而是缓缓释放出的,是化无形于天地间的。其实,从整部《平原叙事》看来,可以说成颖无诗不情,无诗不痴。成颖是一位情的重症患者。但冯梦龙说:"天地若无情,不生一切物。"唯有这情之存在,天地万物方能生生不灭;否则,我们哪里得来于俗世里颠簸的热腾腾之理由,还乡之路,又所为何来?所以,作为读者,我接纳成颖的重度深情。

诗人的还乡之旅,也是文化的归来。诗人这种根植于故乡,又试图回归于原乡的探索历程,势必要以文化的归来为基础。成颖诗歌正是以传统文化、古典哲学为基点,再切点为线,并遥遥指向于他的浩浩归途。可以说，《平原叙事》是儒释道互为参悟的精神返乡。读完整本诗集，你有没有看到我们的成颖正怀抱着石头，或火焰，行走在狂风漫雪的天地一线间？今我来归，雨雪霏霏。他于雪中怀抱着的，正是他的儒释道。佛家讲悲悯与慈悲。"槐花一朵朵摘下/就不再是花了/而是人世的饥饿和无力/抬起的浮世"（《洋槐花》），这里，诗人从一朵槐花出发，用"人世的饥饿和无力"巧妙一转，托出"抬起的浮世"，这反重为轻的臂力，让这些汉字在纸面上纷纷漂浮上来，那是从沉重的俗世里升腾出来的雾莲哪。她页瓣的成分是佛性，是悲悯。这种悲悯与儒家的"仁者爱人"是相通的。成颖诗"仁"的特征也非常突出。他笔下的那些落日、白银、芦苇，墙上的一部分，无名的坟、细弱而嶙嶙的冷、雪中悬浮的灯火，都是诗人仁爱的对象，诗人进一步赋予它们以仁爱的眼神。同时，诗人的表达也是合乎"中道"的。质胜文则野，文胜质则史，文质彬彬，然后君子。成颖其诗不剑走偏锋，整体上呈现出温柔敦厚的君子特质，与古老的《诗经》遥相呼应。当然，成颖诗歌还有道家风骨，这种风骨既体现于其与物的互为主客，也体现于他的冲淡表达；这既与顾随先生所倡举的"素诗"为一脉，也是他从哲学层面上的诗性回归。可以说，《平原叙事》正是这儒释道深度互为交融之后，与个体生命纵贯线深度融合而生成出的平原镜像，诗人以此来完成他的纸上还乡。

诗人的返乡之路，更是"存在"的反思。《平原叙事》有对物的回视、对情的怀念、对文化的撷取，但他搭建起来的这所有艺术楼台，都基于一根本原点：存在之思。或者换一种说法：对死亡的思考，对时间的思考。"死亡"者，死的是肉体，那亡者何？何以亡？我们能否找到超越肉体局限的存在方式？归乡之问在存在之思中的意义为何？我想，这是《平原叙事》想探讨的根本问题。"死亡"这个语词，在诗集中共出现三次："试图，多次抵御着死亡/我知道冬的植物/一直都活在，自己的成长里/试图，多次抵御着死亡"（《冬日的生命》）；"深秋的平原，巨大的落叶/总是发着森林的气息/落下的死亡，总在彼此的不经意处/一寸寸地浸入"（《平原叙事》）；而最重要处是出现于其代表作《在厚厚的积雪上》中：

在那里，白雪像一件夜行的缁衣
必须与之为伴

才能穿越我的归途，穿越

生与死亡

这里，与其说诗人给我们提供了答案，还不如说给我们提出了问题：你用来穿越"生与死亡"的雪是什么雪？对诗人来说，他的"雪"应该是时空之源、记忆之源、情感之源、文化之源，以及包裹着它们的诗歌语言和艺术力量。在成颖这里，雪，既是消亡，也是生成；既是"时间和空间中一切分离和分裂的亡的忧郁"（别尔嘉耶夫《论人的使命》），也是记忆、情感借助诗性得以复活的生之热烈。

当然，诗人的精神还乡也需要诗艺的支撑。没有诗艺，就没有诗。《平原叙事》作为一部抒情诗集，有着它独特的艺术肌理与美学风貌。

其一，在细节叙事中还乡。在其诗歌文本中，诗人运用了各种细节说话，形成了他自具特色的语词风貌。细节是一切文本的底线。我以为，无论是先锋派的语词怪谲，是后现代派叙述视角的揉碎变形，还是抒情诗语词的传统风调，如果忽略细节的介入，诗歌总难形成它的质感。而如果诗的质感与肌理缺失，只有陈词老调，或滑行无阻，就很难抓到读者。成颖诗歌的细节很用心。它的特点是：善于在辽阔和细小之间自由转换。一方面，他随手引来细节，再瞬间放大，让细微突变为岩石磊磊和草木葳蕤同在的飞来山体，小小瞬息须臾间便生出令人吃惊的诗性意义。如"母亲，开始忙碌/堆积在她身体内的，生活之累/加重了，平原的重量/当她停下时/整个清晨，落入她的眼中"（《事物渺小》）。这"平原的重量"与"整个清晨"，就呈现出细节被卷入大块时空后的深邃审美局面。再如"当老牛用蹄子，轻快地/敲击泥地时/月光流淌的声音/席卷了，寂静的平原"（《老牛》），也体现出此种特质。另一方面，他又能取来辽阔，以宏赡的心力，快速把它凝聚成某个质点，以此获得诗歌的另一种铅球式的分量。如"这八百里雪原/很小，瞬间成了一个人的脚步"（《空了的雪花》），这种意象的微缩式质变在诗意的趋重性上举足轻重。成颖的这种腾挪本领，不是刻意的诗技，而是情重的自然结果。这正如他在《故乡》中所言："这一刻，辽阔与细小/都在我胸口/像短暂的呼吸，变得越来越急促。"

其二，依凭江南美学还乡。《平原叙事》写的是淮北，写的是成颖心中的北方平原。但成颖的诗不像中原诗歌群体写中原文化，它们的共同特征是文本叙事的粗粝感。成颖的诗歌却是精致的。精致并不是皖北大地上那苍凉古朴的地域风貌，也不是中原诗歌的美学特质，而是安徽、江苏、浙江、江西等地区的江南诗群特征，如陈先发、杨键、庞培、胡弦、育邦等诗人的创作风格，其整体风貌就是精致的。其中，南京诗歌群体的诗风，以诗学为主，精致、隽永中还呈现出智性风貌。成颖的诗歌显然受这种文化圈的熏染，形成精致的、小品式的温和雅正特色。他对语词慢慢雕琢，细细打磨，以江南美学与江南诗人的敏感，来创造其浑成的诗境。"当月光飘落了下来/好像有人，拍了拍我的肩膀"（《光芒从体内进出》），这种以江南美学写淮北平原的艺术表达，给成颖诗歌带来了独特的异质感。而这种文本上的异质感，又增添了返乡的难度。正如诗人杨键所言，我们已经无法回去。这既是精神上的回不去、身体上的回不去，也是文本上的回不去。在这种背景下，诗人以江南诗人的视角来写北方，既写出了个性，写出了异质感，也为还乡蒙上了一层深深的怅惘。

其三，用空灵的意境还乡。相较于具有智思品质的现代诗歌而言，传统诗歌更注重意境的营造。成颖的现代诗歌却有着王维式的空灵意境。"星星落了下来/河面上，就有了神的影子/我不知道去往何处/每个方向，都像是洗过的福地"（《河水》）。这"洗过的福地"，可谓神来之笔。成颖钟情于意境的营造，这使得其诗具有传统士大夫风骨。"我只能，把那轮故乡的月亮/搬到宣纸上/这张暗黄色的宣纸/就成了我，比月色更纯的故乡了"（《故乡月》），这种"黄色宣纸"里折射出的温良与醇厚，与庄周梦蝶极似，唱的是老派文人的调子。但这并不是说成颖诗歌没有现代性。相反，他的诗歌有着别具一格的现代风味，那是传统的抒情性与现代性智思的有效融合。这是其诗的另一种异质感，非常珍贵。这种现代感，在成颖这里，主要体现在用空灵的笔调表达对存在本质的思考。如"而我老了，一直都在缩小在缩小/缩小成了落日下的一滴水/那就是我内心的江河啊/它流着，却已没有了长江的重量"（《平原的忧伤》）。这里，从生命之河到"一滴水"，到"内心的江河"，再到"没有了长江的重量"，诗人以不断的否定与反转，在矛盾冲撞中，表达其对本体存在的追问。"几株折入淤泥中的莲/比水还要低/骨节，有韧性的钙质/是最后两只蝴蝶抓住它，变为/并蒂的一部分"（《枯莲无声》），这种"从干枯的涟漪里牵出丰沛"的生命思考，也极动人。

其四，用智性的表达还乡。与上述智性诗思相对应的，是成颖诗歌的智性表达。首先是张力的运用。成颖诗歌的张力表现为语词、意象、结构、诗歌内在节奏等方面。如"只几声犬吠/就能把搬空夜色的灯火，唤回家/把忘了的路，唤回家"（《在厚厚的积雪上》）。这里，灯火"搬空夜色"的语词张力状态，即哲理化的表达。又如"天，空不见底"（《浮云》），这里的逗号形成语速的停顿，把熟滑之词分裂成两个陌生词语，既带来视觉的通透，也带来意义的逗留与盘旋，形成智性风格。诗人还善于将寻常物象，借用智性思维，凌空一转，运作出智慧之光。如"我看见阳光照耀在人们身上/羊群正从天际归来/雨在找雨，种子在找种子"（《寒露过后》）。"雨在找雨，种子在找种子"，此种打破语言桎梏的智性叙述，颇有意味。戏剧化的运用也给成颖诗歌带来非同寻常之气象。如"坐着，又好像没坐/门口的路，挪动着父亲的脚/像过去了一年、十年/又像即将到来的/一个又一个的一年、十年"（《父亲的黄昏》），这时间的错觉与错位，给诗带来意想不到的深邃。另外，反复转折也是成颖诗艺的新特色。如"像一个人离开另一个，另一个/遇见了又要离开的人"（《八月献诗》）。这种反复转折的诗写，得海子《九月》之神韵："目击众神死亡的草原上野花一片/远在远方的风比远方更远/我的琴声呜咽 泪水全无/我把这远方的远归还草原。"英国诗人菲利普·拉金也擅长以此种艺术手段，巧妙抒情。可以说，成颖诗歌汲取中外优秀诗歌的养分，并以之融入自我的存在体验，形成他的诗歌能力。

其五，用沉郁的格调返乡。诗人韩东说，写诗就是找到对应你心灵的语调。顾随在《驼庵诗话》中谈到好诗的标准：锤炼、夷犹和氤氲。他认为：锤炼是山，夷犹是云，氤氲是气。诗歌的情绪或语调，就是顾随所谓的"氤氲"之气，它是弥漫着个体精神的独特情绪，也是诗的要害。成颖的诗氤氲着的是沉郁之格调。但他的沉郁并不像辛弃疾或昌耀那样，生出倒钩。成颖是把他的粗粝与莘确磨成温玉，以透明与感性、纯净与轻盈现于读者。那是"正是江南好风景，落花时节又逢君"的风调。所以，我们读成颖的诗，要自带钩子。戳破它，戳出血来，戳出更多的血来，以浇你的块垒。

总体上说，成颖诗歌清正、坚实、忧伤、悲悯。其诗整体上呈现出实力型作家的面貌。他以自己的矻矻苦吟，给汉语诗歌注入了新的意义，但这并不是说其诗歌无可挑剔了。由于他是一位如此深邃的抒情诗人，又有传统士大夫温雅的审美格调，这使得成颖之诗，其现代性还有更大的发展空间。但无论如何，成颖其人，我们还是愿意看到他一如既往地保持着"羞"与"诚"的独特气质，那就"像虚构的光线"（《无处不在的羞愧》），投在他故乡低矮的墙脚，只有拢着袖口卑微沉默过的人，才能体悟这残余的雪之光芒。

论文两则

新时代需要真诗、新诗和"新史诗"

李云

习近平总书记在中国文联十大、中国作协九大开幕式指出，改革开放近四十年来，我们党领导人民所进行的奋斗，推动我国社会发生了全方位变革，这在中华民族发展史上是前所未有的，在人类发展史上也是绝无仅有的。面对这种史诗般的变化，我们有责任写出中华民族新史诗。而要完成这一重要任务需要有责任感的诗人们树立文化自信心，坚持深入生活、扎根人民，遵循艺术规律，切实创作出真诗、新诗以及人民喜欢的诗和与时代精神相符的诗。

毋庸置疑，近四十年来，我们的新诗总体发展是好的，产生了一批精品力作，对于净化人民心灵、提升人民美育、讴歌时代变化、抨击时弊流俗、鼓舞人民投身改革开放实践中去的热情和激情，起到了教化作用、催化作用、鼓舞作用和美育作用。尤其诗文本和诗流派呈现出辉煌璀璨和风姿摇曳的局面。但是我们不可回避的是诗歌现场也还存在着一些差强人意的地方，中国新诗肌体染上不同程度的疾病，表现为"虚热症""盲目症""巨肥症""千人一面症""跛腿症"等，即全国各地诗歌"虚热"高涨，各种诗歌节比农村赶集还多；一些诗人的创作是"盲目"状的，看不到新时代巨大的变化，只写琐屑的口水诗、下半身诗；全国伪诗人群巨大，作品"千人一面"类同化过多；创作精品的"腿短"，泛诗歌一般性非诗"腿长"等病症，已经或多或少影响了我国新时代诗歌的健康发展。同时还派生出当下诗坛"五多五少"现象，所谓"五多五少"：一是装神弄鬼的诗人和诗作多，向高难度写作的诗人和诗作少；二是琐屑情感、私密情感表达得多，关注当下人们真实情感共性问题和个体精神层面独特表达得少；三是黑、灰、黄类的诗作多，以创作"四个讴歌"为主题的精品力作少；四是模仿西方或翻译体的诗作多，继承和发扬中华文化和中国汉诗新气象新美学理念的作品少；五是一般化平庸诗作多，对新时代、新事物、新物象、新格局的诗性表达少。这些现象的存在，既有诗歌方向引导不力的问题，也是诗人自身价值取向、美学倾向和修为所致等诸多因素的综合作用，所以到目前为止尚没有创作出惊世骇俗、发人深省、脍炙人口、影响深远的新史诗精品大作来，这是真实现状，谁都不能否认其存在。

新时代需要真正的诗歌，需要能客观和诗意地反映时代特征的真诗。

新时代的人民需要真正的新诗、好诗，需要有个性、有品质、有美感、有思想的新诗好诗。

"歌诗合为事而作"，纵观诗歌的发展史，每个重要的历史节点总会有伟大的诗人和伟大的诗作产生。新诗创始的1917年是这样，抗日时期是这样，改革开放之初也是这样。在进入新时代之后，我们的诗歌文本给这个时代，给我们的人民提供的精神营养是不够的。造成的原因，我个人认为有几个方面：一是有些诗人深入生活和扎根人民不够，总是沉浸在"象牙塔"里寻章摘句；二是有些诗人更多沉浸在各种虚热的"诗会""诗赛"的走穴队伍里，没有时间写该写的作品；三是有些诗人本能地拒绝创新，抱残守缺，满足于自己过去的创作成就，沉睡在已有的美学理念上，不断重复自己；四是有些诗人故弄玄虚，以实验为由，制造出一些垃圾，仿佛自己是不食人间烟火的大神，站在半空中，说着鬼话、梦话、神话、醉话，就是不说人话，对人民的冷暖、悲欣不去了解、体味、发声、呼吁，只是喃喃自语，自说自话；五是只是看到新时代发展的一些不足就变形放大在诗行里，没有底线地进行所谓的"讽刺与批判"。长此以往，中国新诗必将走向繁荣的负面，走向萎缩的危途。习近平总书记在全国宣传工作会议上强调，宣传和文艺工作者要树立正确的"历史观、民族观、国家观、文化观"，并自觉地"讲品位，讲格调，讲责任"。作为有责任感、有担当的真正诗人，我们理应担负起为时代讴歌，写出中华民族新史诗的重任。这是党和人民、时代赋予我们的责任和义务，也是我们知识分子的良心和担当所决定的。

完成新史诗创作重任，新诗再创辉煌，需要诗人有对新时代的本质特征和内部真实的认知。我们一定要了解和发现新时代和过去的五千年、两千年、近百年以及改革开放四十年的内部联系和不同，新时代的人们的精神面貌和真实诉求是什么，我们该用怎样的视角、心态和思想去看待它们的变化，发现它们的独特性，用全球化的当代眼光来打量中国当下发展的历史性、必然性和优越性，只有这样，我们才能在思想层面完成创作新史诗的根本任务。

完成新史诗创作重任，新诗再创辉煌，需要诗人们有"刮骨疗伤"的决心和勇气。剖析我们诗歌创作的流俗病灶和"癌细胞"，认识自己的不足，方能修正我们的创作方向，从而强身健体，告别病症，让自己强大起来。

完成新史诗创作重任，新诗再创辉煌，需要诗人切实深入生活，到人民当中去。生活是人类全部创造的源泉，深入生活、扎根人民是创作的"不二法门"。唯有深入生活，方能了解和发现我们新时代的第一现场和最根本的现实存在；唯有扎根人民，才能了解和掌握人民究竟需要什么样的诗，以及他们的喜与乐、爱与恨，也才有可能写出不辜负时代和人民的好诗来。

完成新史诗创作重任，新诗再创辉煌，需要诗人们端正正确的创作方向，要确实解决"小我"的问题。所谓"小我"本质上是宇宙观的问题，是艺术趣味的问题，要从"小我"的状态走出来，步入"大我"的格局，切实解决从"观望新时代"到"赶上新时代"以至"写出新时代"和"写好新时代"的问题。

完成新史诗创作重任，新诗再创辉煌，需要诗人能写好新诗，写好真诗。"真"是"新"的前提，"新"体现了"真"的提高与超越。写好新诗，这里的新诗是指新时代所需要的内容新鲜，美学理念新颖，思想新、语词新、形式新的新诗，不是脱离当下生活的所谓"新诗"。写好真诗，是针对当下一些写"伪诗""非诗"而言的，一些人为了刷知名度和存在感，每天都在制造一些"伪诗""非诗"，这些诗是垃圾，是个人的情绪分泌物，是让人不齿的。有责任感的诗人，一定要自尊自爱，向难度写作，不可复制自己，一定要有为新时代写新史诗的决心和信心，不断炼思想炼文字，使自己的作品在新史诗的写作建筑中发挥促进作用。写真诗需要真心真情真诚，写好诗需要守正创新，需要严谨思考，需要潜心创造，不写假诗、不写非诗这是根本的要求。

完成新史诗创作重任，新诗再创辉煌，需要诗人既心存高远，又脚踏实地。一定要从小悲哀、小感动、小情绪、小欢喜和沉溺于语言内部炼金术的小伎俩中走出来，要有大格局、大抱负，才可能有大的作为，踏实做人作诗。回到生活的原点，发现诗意，去书写新时代的诗情。

完成新史诗创作重任，新诗再创辉煌，需要全体有责任、有担当、有情怀的诗人们共同努力，共同奋进。我们伟大的民族有着悠久的诗歌传统，特别是在一些转折、奋进的时代，往往贤哲挺身，他们秉笔抒胸臆，妙手著华章，绵延至今。让我们一起以习近平总书记指出的"举旗帜、聚文化、育新人、兴文化、展形象"为指导，遵循诗歌创作规律，让我们持有为民之心，关注新时代的苍生大地，让我们拥有宽阔视野，把握时代脉搏，看清新时代飞速发展的前世今生，走进亿万人民中，和他们同频共振，让我们涅槃一次，重生一次，为这个伟大的新时代唱出一曲伟大的新史诗。

发表于2019年3月18日《文艺报》

营造诗性精神家园

——谈诗歌杂志编辑的责任和坚守

李云

习近平总书记在文艺工作座谈会重要讲话中指出,文艺是给人以价值引导、精神引领、审美启迪的,艺术家自身的思想水平、业务水平、道德水平是根本。作为一个深耕诗歌杂志多年的编辑,我深以为,作为诗人,创作要有道德感;而作为编辑,工作要有责任感。这是党对文艺工作的根本要求所决定的,也是知识分子的身份属性所决定的。

诗人是知识分子。知识分子创作的精神产品最根本的是要为社会、为人民的精神生活服务。其产品应该是向上的、积极的、温暖的、理性的、健康的,也应该是符合道德规范的。反之,向下的、颓废的、冷酷的、非理性的,注定为人民所拒绝,为人民所抛弃。

作为诗歌杂志的编辑,要讲党性原则和坚持正确舆论导向,肩负着引导、把关的责任,要把能量充足、导向正确、品格优雅的精品力作呈现给人民大众。

英国当代著名文学评论家特里·伊格尔顿在《如何读诗》中强调:"诗是道德的陈述。"这说的其实就是"诗言志"。诗人在创作中就应该有创作的道德感,这是诗歌能成立的可能和先决条件。

当下我国诗歌创作总体是健康、积极的,但也有一些低俗的口水诗、庸俗的口语诗、个体呻吟表达等。这些现象如不旗帜鲜明地加以批评、禁止,不去很好地正确引导,必将影响当代诗歌的可持续发展。

作为诗歌杂志的编辑,在对稿件处理上更要坚定从严、从细和不妥协的态度。坚持自己的编辑原则,就是对文本的美学独创、思想深邃、先锋探索兼具的"人间诗"多推介,对讴歌新时代和新时代进程中人们的真实情感的精品,要不惜版面地推出。

作为诗歌杂志的编辑,要与时代同行,为现实发声,发表有时代呼吸、现实体温的诗歌。诗与时代密不可分,杰出的诗人总是时代的见证者和表现者。一个诗人不能总是满足于营造空中楼阁,不能一味沉浸于海市蜃楼,而要以敏锐的观察和深刻的思考,绘出时代的精神图像、生活的肌理和人心的纹路。诗人要有悲天悯人的情怀，为人民的艰苦奋斗而奋笔疾书，为人民的欢欣鼓舞而笔走长虹，创作出具有家国情怀、时代印记，有筋骨、有力度的诗歌。我们正处于一个波澜壮阔的新时代，更需要坚守"及物"的写作立场，用诗歌去拥抱、见证、书写新时代。

作为诗歌杂志的编辑，我们将继续与青年同行，以先锋发声。以青年性、探索性、先锋性，集结青春诗歌方队，激发诗歌活力，呈现新时代"百舸争流"的朝气。中国新诗百年以来，一直在继承传统诗歌美学的基础上，利用现代文学的表现手法，致力于创造真正意义上的现代汉语诗歌。一个百花齐放的时代，诗人都应该有自己的美学风貌和艺术追求，展现"各美其美、美美与共"的气象。诗人要保持一种倾听者的姿态，探索现代汉语书写边界，让诗歌呈现出多元发展的格局，呼唤和倡导新诗整体性现代美学规范的生成。今天，新时代的中国经验、新媒体的传播平台，无不赋予诗歌创作和展示更加丰富的可能性。我们更需要增强对诗歌创作规律的探索，在观念和手段、内容和形式的融合上进行创新，丰富诗歌的精神纬度，提高作品的精神高度，让新时代诗歌不断焕发新生机。

作为诗歌杂志的编辑，我们将继续与世界同行，坚持中国源流、东方气度。面对诗歌的世界语境，要坚持汉诗表达，弘扬中国精神。任何一个伟大的诗人，背后都站着伟大的传统。没有传统文化的滋养，诗歌语言势必会成为无源之水。拒绝传统文化的源流，诗歌创作势必缘木求鱼。只有立足于中国传统，才能更清晰地看清世界诗歌的现场，才能更准确地看清自己的来路和去向，才能找到我们的先民用方块字描述世界的初心，找到藏在汉字里天人合一的钥匙。

作为诗歌杂志的编辑，我们将继续与诗心同行，坚持真诗写作，坚持真诗内核，坚持诗必震撼人心、必照亮事物内部、必澄明万物的态度，致力于营造永不凋零的诗性精神家园。面对新时代，我们有责任推出弘扬中国精神、中国价值，展现中国气派、中国风骨的好诗。

发表于2019年12月11日《光明日报》